홈스테이 인
베이징

홈스테이 인 베이징

신사명 지음

iB 인터북스

BEIJING

열정과 헌신으로 살아오신 나의 아버지께
존경과 사랑을 담아 바칩니다.

샹그릴라로의 시간 여행

1

낡은 시간들, 내가 꿈꾸는 '돌멩이 접기'는 언제 완성될 것인가.

서울 C호텔 뜨락 앞자락에는 사자상이 새겨진 '돌북'石鼓이 있다. 그 돌북은 언제 둥둥 울릴 것인가. 나는 한때 몽유병자처럼 틈만 나면 덕수궁 앞으로 해서 그 뜨락까지 일부러 걸어갔었다. C호텔 1층 대형 커피숍 통유리에 비치는 기념 정자 끝에 초라하게 쪼그리고 앉아서 기다렸다. 기다리다 지치면 공기놀이도 하면서 이순신 같은 장군을 기다렸다. 그리고 영화마냥 우렁차게 북을 두드려 주길 기다렸다.

그러나 북채를 쥔 누구도 나타나지 않았다. 나는 책가방으로 돌북을 치기도 하고, 막대기로 치기도 했다. 그러나 돌북은 별로 울지 않았다. 근처 돌멩이를 주워다 쳤더니 처량

한 비명 소리만 났다. 달려온 호텔 경비원에게 쫓겨나올 때마다 그날 밤은 악몽에 시달려야 했다. 서울을 떠나야 한다. 이 도시를 탈출해야 한다. 왜 가죽북이 아니고 돌북을 만들어서 이렇게 기다림에 지치게 하는 것일까.

중국에 가면 곳곳에 돌사자가 있다. 암수가 나란히 다정하게 서 있다. 음양에 따라 반드시 두 마리 사자가 대문을 지킨다. 유럽 같은 정교한 조각은 아니지만 전통적인 건축물 앞에는 꼭 돌사자 조각들이 있었다. 밀가루를 반죽하듯, 나도 돌멩이를 마음대로 반죽할 수가 있을까. 유럽의 건물들, 특히 로마 시내를 쏘다녀 보면 온통 돌조각들이다. 레오나르도, 미켈란젤로의 열 손가락은 신의 손일까, 돌덩이들을 정교하게 접어서 반죽해 놓았다.

돌멩이를 접는다는 게 가당치나 한 얘기일까. 내 입술 사이에서도 피식 빈 웃음이 나온다. 사실 내 빈 웃음은 가당치 않다고 비웃는 사람들을 향한 빈 웃음이었다. 세상에는 돌멩이를 접는 일보다도 더 가당치 않는 일들이 많으니까.

홍대 앞을 헤매다가 '하늘로 가는 티켓'을 준다는 '잃어버린 지평선 클럽' 이벤트 광고가 눈앞에 나타났다. 젊은이들의 발칙한 꿈을 파는 이 환상의 거리는 이따금 엉뚱한 이벤트를 한다. 나는 삐뚜름하게 붙여진 광고지를 몰래 뜯었다. 하늘과 가장 가까운 길목이라는 '샹그릴라'로 가는 무료 티켓이란다. 나는 광고지를 안주머니에 훔쳐 넣고 권총이라도 다루듯 조심스럽게 집으로 향했다. 집에 돌아와 찬찬히 확인해 보니 이벤트 날짜는 바로 오늘밤 12시. 망설일 것도 없었다. 돌북이 울리기를 기다리고만 있을 필요가 없다. 나는 꼼짝 않고 집에 틀어박혀 있다가 11시경 홍대로 향했다.

생각대로 꿈의 클럽 안에는 많은 사람들로 빽빽했다. 무료 티켓이니 그럴 만도 하다. 나도 입구에서 받은 티켓의 번호표를 추첨함에 넣었다. 한눈에 봐도 모인 사람들의 행색이 다양했다. 젊은이들의 클럽, 평소 같으면 2, 30대 남녀들이 왁자지껄 흔뎅거릴 텐데 어린 아이부터 양복 입은 회사원, 백발의 노인, 동네 상점 주인아줌마처럼 보이는 남녀노소들이 군데군데 무리지어 긴장한 듯 어정쩡하게 서 있는 모습이 보였다. 클럽 안에 흐르던 음악이 멈추었다. 일순간 내부는 정적이 감돌았다.

> "이 추첨 상자 속에는 하늘로 가는 여행을 할 수 있는 세 명의 당첨 주인공 명단이 들어있습니다. 발표되는 즉시 세 명의 주인공들은 저 앨버트로스 앞으로 나오십시오. 꿈의 여행으로 떠날 티켓을 바로 드리겠습니다."

그는 자신을 앨버트로스라고 소개했다. 앨버트로스? 가장 높이 가장 멀리 난다는 그 새라는 말이지.

무대에 선 사회자의 바리톤 음성은 클럽 안을 더욱 긴장된 분위기로 몰아갔다. 휘청거리던 손님들의 시선이 중앙무

대로 일순간 집중되었다. 맨 앞 테이블에서 모락모락 피어오르는 담배연기와 함께 그의 손이 상자 위로 올라간다. 손님들은 초조한 표정으로 그의 손가락 끝을 주시한다. 그는 마술사처럼 빠른 손동작으로 하늘빛 상자 뚜껑을 걷어 올리고 종이 세 장을 단숨에 꺼내어 차례대로 소리쳤다.

"27번, 129번, 181번 손님! 축하드립니다!"

클럽 안은 일제히 환호성으로 소란스러워졌다. 내 추첨번호는 들어있지 않았다. 실망스러웠지만 포기할 수는 없었다. 앨버트로스는 귀 아래로 흘러내리는 회색의 가는 머리칼을 꼬리처럼 좌우로 흔들어 넘겼다. 그의 부드러운 회색빛 곱슬머리는 선천적인 것 같았다. 어느 청년이 불쑥 튀어나오더니 흥분된 몸짓으로 앨버트로스에게 다가간다. 그 청년의 눈빛은 클럽의 조명등보다 더 밝게 흔들리고 있었다.

"129번입니다. 보십시오!"

그 청년은 땅 속의 유물이나 꺼내 듯 안주머니에서 당첨번호 129가 뚜렷이 적힌 표를 꺼내 보인다.

"축하드립니다! 한잔 하시죠. 당첨 축하주입니다."

앨버트로스는 얼음을 넣은 마티니 잔을 높이 들어 올렸

다. 청년은 여전히 상기된 뺨으로 술잔을 받고 단숨에 들이킨다. 마치 막걸리라도 마신 듯 옷소매로 입술을 훑어 닦는다.

"저어, 181번입니다."

커트 머리에 싸구려 파마를 곱게 빗은 아주머니가 조심스럽게 나왔다. 검정색 커다란 가죽가방을 어깨에 걸친 채 수줍게 서 있다. 누가 채가기라도 할까 봐 그녀의 한 손은 왼쪽 어깨의 가방 끈을 꼭 쥐고 있었다.

"축하드립니다! 한잔 하시죠. 당첨 축하주입니다."

앨버트로스는 손님들을 기쁘게 하려고 과장된 제스처로 술잔을 권했다. 그녀는 쥐고 있던 가방끈을 얼른 왼손으로 바꿔 들고 잔을 받아들기는 했지만 마실 엄두를 못 내고 앨버트로스와 그 청년의 눈치를 번갈아 살핀다. 그녀는 앨버트로스의 야릇한 보조개 미소에 힘을 얻었는지 술잔에 입을 갖다 대더니 한순간 입 안으로 털어 넣는다.

"허허허, 제가 27번 당첨자입니다."

너스레를 떨며 나오는 큰 웃음소리가 아주머니의 어색한 장면을 잠시 밀어주었다. 이 중년 남성의 오겹살 배꼽 둘레를 봐서는 아마 50대 후반, 돈 많은 사장이라는 인상을 언뜻 풍긴다. 그는 웃옷을 벗더니 의자 등받이에 올린다. 옷 안쪽에 붙여진 명품 라벨이 총천연색 조명 빛을 받아 거만하게 반짝인다. 앨버트로스가 권한 술잔을 받아 들 때도 너무 치켜 든 그의 손목에선 고급 브랜드 황금시계가 광채를 뿜었다. 그는 일부러 그렇게 과시하는 것 같았다. 나는 맥없이 그들을 바라만 보고 있었다.

"자아, 이제 세 사람의 당첨자가 모두 나왔으니 추첨을 마감합니다. 여기 오신 많은 분들 감사드립니다. 다음 기회에 또 뵙겠습니다. 마음껏 즐기고 가십시오. 저희는 저쪽 조용한 장소로 가서 여러분들이 곧 떠날 '하늘로 가는 꿈의 여행' 방법에 대해서 이야기 합시다."

순식간에 세 명의 당첨자가 불리고 허무하게 추첨식은 끝나 버렸다. 나는 이렇게 멍하니 바라만 보고 있다간 정말 낙동강 오리알이 될지도 모른다는 위급함이 엄습했다. 그들은 앨버트로스의 엉덩이를 따라 고분고분 뒤를 쫓았다. 나는 그들의 뒤를 밟기로 했다. 어디서 이런 용기가 나왔는지 모르지만 따라가야만 할 것 같았다. 나는 일정한 거리를 두고 그들을 놓치지 않고 따라갔다.

앨버트로스가 바의 한쪽 벽 진열대를 옆으로 밀어내자 비밀통로가 나왔다. 이 클럽과 전혀 다른 색다른 고풍스런 세계가 꿈같이 펼쳐졌다. 순간 과거로 빨려 들어가는 듯했다. 양 벽면은 프레스코와 이콘으로 가득했고 네모꼴 기둥 아래에는 루이 16세가 사용했다던 마호가니 책상이 화석처럼 앉아 있었다. 중세 유럽풍의 장중한 분위기에 압도되어 어떤 성스런 의식을 치르는 것 같은 착각이 들었다. 앨버트로스는 긴 복도의 가장 끝 방으로 그들을 안내했다. 나는 그들 뒤에 더 가까이 바짝 붙었다. 앨버트로스의 매서운 눈길이 내 얼굴 위를 훑고 지났다.

"이번 행사는 우리 가게 '잃어버린 지평선 클럽'의 11주년 기념행사로 개최되었다는 것은 이미 말씀드려 잘 아시리라 생각됩니다. 매일 반복적인 일상에 지친 시민들에게 조금이나마 '잊혀진 꿈과 추억'을 다시 찾아 드리고자 매년 이맘때면 기획하는 환상여행 이벤트입니다. 그래서 올해는 샹그릴라 3박4일 여행코스를 준비했습니다. 그곳은 잃어버린 꿈을 찾아 드리는 '하늘로 가는 가장 가까운 길목'입니다."

그의 말끝에는 의미심장한 웃음이 섞여 있었다. 회색빛 귀고리를 크게 흔들며 마치 그들을 동화 속으로 끌고 들어가는 것 같았다. '진실 혹은 거짓'의 캐스트로 초대된 듯 세 사람은 잠시 혼란에 빠졌다. 앨버트로스는 나를 다시 매서운 눈빛으로 주시하며 말을 이었다.

"그러면, 지금부터 이 행사에 참가하게 된 동기를 간단히 말씀해 주시기 바랍니다. 저희는 여러분들이 미지의 세계로 떠날 확고한 자신감이 있어야만 최종적으로 이 '꿈의 티켓'을 드릴 수 있습니다. 물론 마지막에 누군가가 탈락할 수도 있답니다. 전부 떨어지면 로또 복권마냥 다음 달로 또 넘어가는 수도 있습니다. 그리고 여러분들께서 하늘여행을 다녀오신 후, 바로 이 자리에서 여행 후 '자신이 경험하고 느꼈던 생각'을 솔직하게 보고해 주시면 됩니다."

앨버트로스는 숨을 고르더니 세 명의 참가자들을 감시관처럼 둘러보았다. 그리고 그 시선의 끝은 내 머리말으로 올라왔다.

"빨강머리? 무슨 까닭으로 여기 있으신 거죠?"

분홍색으로 물들인 내 머리칼이 조명 때문에 붉은 빛으로 보였는지 그는 나를 빨강머리로 지목했다.

"죄송합니다. 저도 가게 해 주십시오. 이번 기회가 저의 운명이라고 생각합니다. 저는 그곳에서 분명 저의 꿈을 찾을 수 있을 거라고 확신합니다."

떨리는 심장을 부여잡고 나는 꽤 침착하게 간절하게 말을 이었다.

"좋습니다. 우선 빨강머리 당신은 저를 도와 심사를 맡도록 하겠습니다. 심사위원석으로 가십시오."

나의 눈은 휘둥그렇게 커졌다. 나는 길게 두 가닥으로 땋은 빨강머리를 짐짓 흔들며 벌떡 일어났다. 앨버트로스는 관심 없는 듯 주의 집중을 가장 못하고 있는 중년 남성에게로 시선을 돌렸다.

"맨 먼저 27번부터 말씀해 주십시오!"

나는 발바닥이 얼어붙은 듯 꼼짝을 못하고 있었다.

"빨강머리 아가씨는 빨리 제자리로 돌아가 채점 준비하세요. 정신 나간 사람같이 왜 천정만 쳐다보고 있어요? 저 구멍으로 히말라야 하늘이라도 보이나요?"

그때서야 나는 정신을 차리고 앨버트로스에게 달려가 볼펜과 심사용지를 받아왔다. 누군가 탈락되면 내가 추가로 발탁될지도 모른다는 생각에 흥분이 됐다. 어쩌면 그렇게 꿈꿔왔던 돌북을 신나게 쳐서 쩡쩡 소리 나게 할 수 있을지도 모른다. 하늘나라에서는 가능할지도 모르니까 말이다. 미켈란젤로같이 대리석 돌멩이도 반죽하여 돌북을 만들 수도 있을 테니까. 오겹살 중년 남자는 은근히 긴장한 듯 헛기침을 두어 번 하고는 마이크를 잡았다.

"저는 사업차 세계 여러 곳을 다녀보았습니다. 부동산 투자로 돈도 많이 벌었습니다. 하지만 단 하나, 여태껏 자유롭게 다녀본 여행은 한 번도 없습니다. 늘 비즈니스로 바빴으니까요. 그래서 아내는 나를 돈벌레 지렁이 보듯 합니다. 하지만 저는 우리 회사 주식이 조금씩 올라갈 때마다 까무러치는 환희를 느낍니다. 크큼! 어쨌든 저는, 이번 여행에서 내가 과연 비즈니스 사업을 떠나 여행다운 여행을 할 수 있을지 스스로 시험해 볼 기회로 삼고 싶습니다. 항공권이 공짜이니까요."

앨버트로스는 목덜미까지 흘러내리는 그 중년 남자의 땀방울을 훑어보면서 온화한 보조개 미소로 고개를 끄덕였다. 나는 저렇게 부자인데 공짜 티켓을 가져간다는 게 억울하다는 생각이 들었지만 그를 탈락시키면 고혈압으로 쓰러질 것 같아서 나도 모르게 27번 번호 위에 동그라미를 크게 쳤다. 다음으로 지명된 129번 청년이 얼른 일어나 나갔다. 그는 마이크를 빼앗다시피 하며 말보다 손짓발짓부터 크게 흔들어대었다.

"안녕하십니까! 저는 인천에 사는 가난한 대학 3학년생 아니 휴학생입니다. 이번 경품여행에 당첨이 되어 날아갈 듯 기쁩니다. 내 평생 26년 동안 당첨이나 당선은 한 번도 없었습니다. 이게 처음입니다. 저는 국내 여행조차 가본 적이 없습니다. 인천 소래 부둣가에서 생선 노점상을 하시는 홀어머니 밑에서 그 흔한 수학여행조차 한 번 가지 못했으니까요. 하지만 전 꿈을 잃지 않았습니다."

그는 웅변하듯 두 팔로 크게 원을 그리며 소리소리 쳤다. 격한 감정에 앞이마를 두 손으로 때리기도 하고, 헤진 등산화 바닥으로 마룻바닥을 두 발로 번갈아 구르기도 했다.

"저는 기필코 파일럿이 될 것입니다. 지금은 비록 항공정비를 전공하고 있지만 반드시 고구려 백두산 하늘을 훨훨 날아다니는 파일럿이 될 것입니다. 샹그릴라는 티베트어로 '마음속의 해와 달'이라고 합니다. 그 영혼 속의 해와 달은 바로 나의 꿈과 희망이지요. 전 이런 꿈의 하늘을 파일럿이 되어 날아볼 것입니다. 만약에 탈락된다면 저는 인천 앞바다에 뛰어들지도 모릅니다. 저는 대학 등록금도 없어서 휴학했습니다. 이번 여행이 처음이자 마지막입니다."

불타오르는 그 청년의 눈빛에 나도 모르게 129라는 숫자에 두 번이나 동그라미를 쳤다. 곁에 있는 또 다른 심사위원들은 그의 어설픈 웅변과 연극에 폭소를 쏟아내고 있었다. 그러나 그 비웃음만큼이나 청년의 굵은 입술은 새까맣게 변해갔다. 나는 마지막 아주머니에게 기대를 걸었다. 어쨌든 이 181번을 탈락시켜야만 내 차례가 돌아올 것이기 때문이다.

불안하게 비스듬히 앉아있던 181번 아주머니는 그 청년의 무거운 분위기에 억눌려 어쩌지 못하고 가방끈만 만지작거렸다. 앨버트로스가 그녀의 긴장을 풀어주기 위해 발바닥을 쿵쿵거리며 콧노래를 불러 주었다. 오겹살이 그녀의 옆구리를 쿡 찔렀다. 마지못해 일어선 그녀는 도살장에 끌려나온 듯 곧 도망칠 것 같았다.

"저는 그냥 집에 있는 40대의 평범한 가정주부입니다."

모기 뒷다리 긁는 목소리다. 야, 이거야말로 기회다. 나는 무조건 181 숫자에 엑스표를 미리 그어 놓았다. 더 이상 들어봐야 시간낭비다. 나는 두 눈을 감고 귀를 막았다.

"일찍 결혼해서 중학생, 고등학생 남매가 있습니다. 둘 다 모두 재작년에 호주로 유학을 보냈습니다. 저의 남편도 예전보다 사업이 잘 되어 아파트도 2채나 장만했습니다. 이젠 부러울 게 없습니다."

아주머니는 이런 분위기에서 무슨 말을 더해야 할지 버벅대었다. 나도 모르게 꽉 막은 양쪽 귀에서 슬픔의 북소리가 어렴풋이 들려오는 걸 느꼈다.

"그러나 문제는 저 자신인 것 같습니다. 매일 아침, 불면에서 잠이 깨면 하루 종일 우울증과 공포에 시달립니다. 저는 늦었지만, 전문대학에서 내 아들 또래들과 어깨를 겨루며 중국어 관광통역을 전공했습니다. 으음, 샹그릴라의 옛 지명은 '중디엔中甸'이지요. 샹그릴라는 영국작가 로버트 힐튼이 지은 '잃어버린 낙원'이라는 소설에 나오는 지명입니다. 유토피아를 찾아 떠난 사람들이 그곳 샹그릴라를 찾아 헤매지요. 하지만 찾을 수 없었던 곳이 바로 샹그릴라입니다."

'시간 낭비입니다.' '그만 끝냅시다.' '여긴 강의실이 아니에요.' 심사위원들의 불만이 터져 나왔다. 겁먹은 그녀는 가방끈을 다시 휘어잡더니 뒷걸음치기 시작했다. 앨버트로스는 당황한 그녀의 뒤를 부드럽게 막아섰다.

"허허, 제가 인터넷에서 수집한 샹그릴라 자료보다 더 재미있는 이야기를 많이 알고 계십니다. 계속해 주십시오."

"아, 예에…"

가정주부는 더 이상 말을 잇지 못했다. 대신해 내가 끼어들었다.

"'중디엔'에는 시간이 순식간에 공중 속으로 사라져 늙지도 죽지도 않는다는 곳입니다. 많은 사람들이 이 소설을 읽고 샹그릴라를 찾아 동으로 동으로 왔었지요. 하지만 그 곳을 실제 봤다는 사람들의 얘기를 들어보면 서로 다른 곳을 말하고 있다는 거예요. 신기하지요."

오겹살은 두 팔을 크게 벌리며 노골적으로 하품을 했다. '이게 뭐, 정신병원 상담실인가?' 그 소리에 내가 잠시 주춤거리자 가정주부는 곧이어 조곤조곤 이야기를 이어 나갔다.

"저에게 우울증이라는 거대한 기관차가 내 이마를 눕힐 때마다, 나는 샹그릴라를 생각하며 내 이마에 꾹꾹 눌렀습니다. 중국어를 공부하면서 알게 된 샹그릴라는 내 상상 속에는 늘 꿈틀거리고 있었거든요."

"중국의 남방 소수민족 가운데 '나시족'이라고 있어요. 여성은 집 밖에서 일하고, 남성은 집 안에서 일하는 여성중심 사회입니다. 여자는 집안일만 하고 아이들만 키우는 지금 저희 사회와는 사뭇 다르죠. 아마도 여기 아주머니는 그런 삶들을 만나보고 싶어 할지도 모릅니다."

내가 사족을 덧붙여 주었다.

"이 아가씨 말이 맞아요!"

가정주부가 소리쳤다.

"내 눈으로 똑바로 확인하고 싶어요. 그래야 이 협심증의 절망에서 벗어날 수가 있을 것 같아요. 그래서 이 이벤트에 참가했지만 그러나 탈락되어도 괜찮아요. 그런 돈쯤은 있으니까요."

가정주부는 자존심이 상한 듯 경직된 목소리로 단호하게 말했다.

앨버트로스는 심사위원 5명의 채점표를 걷었다. 나는 그 가정주부 번호의 엑스표 위에 다시 동그라미를 쳤다. 같은 여자로서, 같은 불면증을 앓고 있는 나는 그 가정주부의 고통을 너무나 잘 이해할 수 있기 때문이었다. 볼펜에 너무 힘을 줘서 종이가 찢어졌다. 앨버트로스의 이마가 그 찢어진 종이만큼 찌그러졌다. 그러나 그는 이내 이마를 활짝 펴고 소리쳤다.

"좋습니다! 심사위원들도 대개 큰 이견이 없는 것 같습니다. 탈락 없이 세 명 모두에게 하늘나라 항공권 티켓을 드리겠습니다. 세 분 다 절실하군요. 자아, 출발은 내일 새벽입니다. 그리고 4일째 되는 날, 이 자리에서 마지막 보고회가 있겠습니다. 건강하게 이 세상에서 다시 만나도록 합시다. 그럼, 출바알!"

나는 무뚝뚝하게 자리에서 일어났다. 앨버트로스는 나를 눈여겨보고 있었다.

"빨강머리 아가씨는 왜 샹그릴라는 가려고 하죠?"

내 시무룩한 표정을 읽었는지 앨버트로스는 경쾌하게 물었다.

"돌북을 울리려고요."

앨버트로스는 고개를 살짝 기울인 채 나를 응시하며 잠시 동안 아무 말도 하지 않았다.

"아가씨는 특별히 저를 대신해 저 세 분의 당첨자를 돕는 도우미 역할로 함께 갈 수 있도록 티켓을 드리겠습니다."

내 몸에 모든 힘이 빠지는 것 같았다. 나는 머리가 바닥에 닿도록 고개를 숙였다. 눈물도 함께 핑 돌았다. 고개를 드니 앨버트로스는 벌써 자리에 없었다. 앨버트로스는 심부름꾼을 통해서 나에게 디지털 카메라 한 대를 전했다. 그들의 행적을 카메라에 담으라는 지시였다.

2

나와 당첨자들은 샹그릴라까지 가는 직행 비행기가 없어 쿤밍昆明을 거쳐 그날 밤10시, 샹그릴라로 가는 밤 비행기로 갈아탔다. 비행기 안은 다른 나라 민족들끼리 서로의 얼굴을 고대 유물이나 보듯 신기하게 훑어본다. 고물 비행기는 간담이 내려앉도록 크게 흔들렸다.

50대 오겹살 중년 남성, 40대 우울증 가정주부, 20대 가난한 휴학생 청년, 억세게 운이 좋은 나, 이렇게 일행 네 명의 머릿속은 각기 다른 생각을 하며 같은 곳을 향했다. 유토피아로 가는 꿈의 여행이다.

나는 한숨 돌리며 기내에 비치된 '인민일보'를 훑어보았다. 반도 읽어 보지 못했는데 벌써 내릴 준비를 한다는 사람들로 소동이다. 이곳 사투리 억양의 안내 방송이 나왔다. 비행기는 쿵하고 내려앉았다. 소수민족 전통의상을 입은 사람들의 동작이 부산해졌다. 젖은 땀 냄새가 진동하는 짐이 하나씩 내려가기 시작했다.

샹그릴라 공항은 한국의 시골 기차역만큼 작고 평범했다. 공기도 강원도 내설악 산골짜기 소나무 향기가 난다. 대나무 참빗 사이로 빗질하듯 가슴에 스며드는 솔향, 나는 잠시 기절한 듯 정신을 잃었다. 나는 어디서 왔는가. 그리고 어디로 가는 것인가. 현실의 모든 고민을 잊자고 따라나선 여행에서 나는 거꾸로 다시 고민 덩어리를 주워 모으고 있다.

공항 현관에는 어떤 빡빡머리 청년이 손을 흔들며 다가온다. 우리는 약속이나 한 듯이 그 청년을 따라 주차장으로 향한다. 그 빡빡머리는 얼굴만 보아도 한국 사람을 금방 알아낸다며 서툰 한국어를 섞어가며 자랑이다. 이미 앨버트로스에게서 연락을 받았단다. 최근에 한국 관광객이 많이 찾아온단다.

공항 주위는 검은 벽지라도 발라놓은 듯 갑자기 어둑하다. 은하수만 아니었으면 우주 밖이라는 착각이 든다. 아니 실제로 우리들의 일상은 우주 밖에 있다. 지구 표면에서 사는 게 아닌가. 검정색 산타나 승용차에 올랐다. 그 빡빡머리는 한 손으로 운전대를 잡은 채 '삼성' 로고가 선명한 핸드폰을 들고 티베트어로 신나게 떠든다. 승용차 라디오에서도 한 남성의 노랫가락이 히말라야를 넘는 높은 음색으로 소리치고 있었다. 중국어 같진 않고 아마도 소수민족 중 어느 민족의 언어인 것 같았다.

그 리듬은 고원 위 파란 하늘로 연기처럼 솟아올랐다. 아리랑 같기도 하고, 도라지 같기도 한 3.3.4조의 슬픈 가락이 언뜻 깊은 골짜기 아래로 추락하는 비명 같았다. 험악한 산악지대 때문일까, 노랫가락이 천둥소리 같기도 하다가 갓난아이 코 고는 소리같이 잔잔히 가라앉기도 했다. 우리 모두는 어디서 왔다가, 어디로 가는 것일까. 마치 삶과 죽음을 저 고원을 향해 부르짖는 듯한 그런 음률이 느껴져 소름이 돋았다.

차창 밖을 열심히 내다보고 있는 셋은 낯선 곳, 낯선 이와의 동행이어서인지 불안 속에서도 신비감에 서로를 말없이 쳐다보며 몸을 떨었다. 티베트와 가까워서인지 티베트의 고유 건축양식으로 지어진 듯한 송찬판뎬이라는 호텔 앞에 내렸다. 샹그릴라와의 첫 만남이다. 우리나라 전통 가옥의 솟

을대문같이 큰 대문 안으로 들어섰다.

"아, 아무래도 나는 그냥 돌아갈까 봐! 이런 산골짜기에서는 아무 일도 할 수 없다구."

오겹살은 나이답지 않게 엄살을 피웠다. 그러면서 가정주부 아줌마가 땅바닥에 가방을 내던지며 소리쳤다. 밤인데도 황토 흙먼지가 풀썩 올라왔다.

"불안해요! 무서워요! 남편은 가스 불도 못 끄는 사람이에요. 오늘 저녁 밥상도 준비해 놓지 못했다고요."

그녀는 맨 땅에 주저앉았다. 호텔리어 여성 하나가 뒤늦게 반기며 뛰어나왔다. 툭 튀어나온 이마, 잘 닦은 청동거울같이 빛나는 두 눈, 진한 황토빛깔 피부의 그녀에게서 이국적이면서도 어딘지 가까운 친척 언니같이 느껴지는 놀라움이 있었다. 동화나라 같다. 빡빡머리가 가정주부를 부축했다.

그들은 카운터 앞 소파에 앉아서 10시가 넘어 있는 손목시계를 한 시간씩 늦게 9시로 돌려 현지 시간으로 맞춘다. 같은 시각인데도 세상의 지역 시간은 또 다르다. 내일부터는 개인행동이라며 빡빡이는 일정표를 나누어 주고 사라졌다. 나는 그들을 무사히 호텔방 안으로 안내하고 나도 방으로 들어서자 피로가 몰려왔다. 그대로 침대 위에 쓰러졌다.

호텔방은 원목 가구들 일색이었다. 편안하고 포근함이 느껴진다. 타원형 창틈으로 늦은 10월의 히말라야 면도날 같은 바람이 스며들기도 했다. 몸은 천근만근인데 눈은 오히려 말똥말똥하다. 잠도 오지 않았다. 이걸 '비몽사몽'이라고 했던가. 우리의 삶 자체가 꿈이기도 하고 꿈이 아니기도 하고 여하튼 비몽사몽으로 있다가 어느 한 순간에 쭉 뻗는 게 아닌가. 샹그릴라에서의 첫날밤은 이렇게 '잃어버린 시간' 속으로 사라져갔다.

다음날 그들은 일층 로비에 모였다. 오겹살은 이미 랜드크루저 한 대를 예약해 놓았다. 미처 아무런 준비도 못한 청년과 주부를 위해 나는 카운터로 다시 가서 렌터카 한 대를 더 부탁했다. 나와 청년 그리고 가정주부는 어쩔 수 없이 한 차로 함께 움직이기로 했다. 우리들은 예약한 차가 오는 동안 호텔 로비에서 잠시 기다려야 했다. 방처럼 꾸며 놓은 로비는 청남색과 보라색, 붉은색 기조의 무당집같이 음산했지만 색상의 조화와 벽화 그림은 신비감으로 가득했다.

우선 공기 냄새가 이 세상 것이 아닌 저승 또는 우주의 냄새 같았다. 처음 맡아보는 냄새다. 나는 가슴을 떨며 잠깐 환상에 젖는다. 낯선 환경의 변화는 신선한 식초같이 코끝과 머릿골을 시큰거리게 한다. 2층으로 올라가는 나무계단 옆에는 아주 오래된 고대 세숫대야처럼 생긴 청동대야가 놓여 있었다. 주부는 용도가 궁금한지 꾹꾹 눌러 보았다. 달라이 라마가 세수하던 것일까. 박물관에서나 볼 수 있는 것들이 여기는 생활이었다.

그때 어떤 젊은 중국 관광객 부부가 엉덩이가 다 드러난 아이를 안고 급히 다가왔다. 그리고는 아무렇지도 않게 그 청동대야에 쉬이! 오줌을 뉘는 게 아닌가. 똥이 아닌 게 다행이다. 셋은 선뜻 놀라 물러섰다. 어떤 백발의 영감이 그 대야를 양손에 쥐고 쓰다듬자 옛 조상이 땅 속에서 일어나 노래를 부르듯 징징 울기 시작했다. 어린애의 노란 오줌이 주름살을 잡으며 영감의 온몸 동작에 따라 요동쳤다. 영감은 금세 사라졌다. 내가 환영을 본 것인가.

"차가 왔어요!"

어제의 그 청동이마 아가씨가 뒤에서 불렀다.

오겹살의 랜드크루저 차가 먼저 왔다. 그는 덩치에 비해 너무 작은 배낭을 등 뒤에 흔들며 팔자걸음으로 나갔다. 청년은 지도를 꺼내어 오늘 갈 목적지를 주부에게 손으로 짚어 보인다.

"혹시, 미리 생각해 두신 곳 있으세요? 저는 설산을 꼭 먼저 가보고 싶은데요?"

"저는 바이수이타이百水台를 먼저 가려고 합니다. 이곳은 나시족 문화의 발원지이기도 하지요. 나시족은 우리 전통 습속과 닮은 게 많다고 했잖아요."

"아, 그래요? 저는 잘 몰라서요. 여행책자에 보니까 하바哈巴 설산이 가장 아름답다고 하던데요."

"좋아요. 오늘은 하바 설산을 가고 내일 바이수이타이를 가죠."

우리는 기분 좋게 의견일치를 보고 차에 올랐다.

코끼리 울음소리 같은 엔진 소리가 들렸다. 청년은 지도를 편 채 주부와 함께 우리나라 80년대 코란도 같은 렌터카에 올랐다. 그 옆에는 아까 아이 오줌 뉘던 그 중국 식구들이 올라타 있었다. 고물차인지 엔진을 몇 번 반복하자 겨우 시동이 걸렸다. 여기선 모든 게 고물이다. 어젯밤에 날아온 비행기도, 이 렌터카도, 주민들도 고물이다. 시간도, 공기도, 배경도 다 고물이다. 옛날 같은 냄새와 옛날같이 시간도 느리다.

중국어를 전공했다던 주부가 서툰 중국어로 천천히 운전해 달라고 기사에게 말했다. 기사는 왁스처럼 굳어진 긴 머리를 뒤로 넘기며 배시시한 웃음으로 대신한다. 차창에 달라붙는 신비한 풍광을 사진에 담았다. 산허리를 빙빙 돌아

올라가는 골짜기 사이사이로 만년설이 덮인 설산이 흰 토끼 마냥 와락와락 품 안에 안겼다.

흰 눈을 배경으로 연초록 나무들이 굴절되는 햇살을 꺾어 들고 시간과 공간을 정지시켜 놓은 듯 보였다. 일순간 우주를 테이프로 칭칭 감아 놓은 듯 모든 게 멈추었다. 기쁨도 슬픔도 정지되고, 행복도 불행도 딱 숨 죽여 있는 듯했다. 차는 달리고 있었지만 내 시선 속 모든 것은 멈춤이었다. 좁고 긴 물줄기, 산골짜기 사이로 태고의 아낙들이 보인다. 물줄기를 따라 줄을 지어 물을 긷는 마을 여인들의 모습이 샤갈의 '눈 내리는 마을' 같다. 보일 듯 말 듯한 그 모습들은 현실 같기도 하고, 비현실 같기도 했다. 여기에선 시간도, 공간도, 세월도 없는 그냥 자연일 뿐이었다. 가도 가도 허연 설산과 푸른 나무숲밖에 없더니 이윽고 차는 어떤 작은 마을에 닿았다.

이렇게 깊고 깊은 설산 속에서도 사람이 살고 있다니 신비하고 놀랍다. 마을 입구에 조용히 엎드려 있는 오랜 집들 담벼락에는 진초록 담쟁이와 이상한 과일 나무들이 쭉쭉 뻗은 채 두 손으로 우리들을 환영하고 있었다. 누군가가 아기 머리통만 한 사과 같은 걸 내밀었다. 청년과 주부는 흙 묻은 그 사과를 한 입 콱 깨물었다. 사과 깨지는 소리가 더 신선하게 우리들 혀끝을 당겨 주었다.

"아직 하바 설산까지는 멀었나요?"

아침을 먹고 5시간을 달렸는데도 설산은 먼발치 그림처럼 서 있다. 왁스머리 기사는 말없이 손가락으로 아뜩한 산봉우리 저쪽을 가리켰다. 그곳은 거대한 아이스크림 같았다. 전혀 닿을 수 없을 것 같은 세상 같았다. 왁스머리 기사는 차 속도를 줄이며 고개를 살랑살랑 흔들었다. 이 시간에 더 가는 건 의미가 없다는 표정이었다.

"아직 늦지 않았으니까 조금 더 가보는 게 어떨까요?"

"지금 설산에 오르는 건 무리입니다. 이제 시간이 없습니다."

왁스머리 기사는 냉갈령하게 대답했다. 그러나 청년이 고집을 부리자 고물차는 다시 속력을 내는 듯 보였다. 동화책 같은 하늘과 양떼구름만 나타났다.

"설산은 며칠 예정으로 등산을 해야 해요. 이렇게 급히 가서 모양새만 보고 오는 건 아무 의미가 없어요."

계속 툴툴대는 왁스머리 기사에게 청년이 한국에서 가져온 기념품을 꺼내 주며 마음을 달래 보았다. 기사는 마음을 돌렸는지 까짓것 해보자는 식으로 전속력을 내기 시작했다. 바로 눈앞에서 손을 벌리고 있는 것 같은데도 하바 설산과의 거리는 좀처럼 좁혀지지 않는다. 가도 가도 그 자리 같다. 어린 시절 분명 뛰었다고 생각했는데 뛰어도 제자리걸음이었던 소풍 전날 밤의 꿈같이 설산은 거기 그냥 그대로 있었다.

졸고 있던 주부는 차창에 머리를 부딪쳐 선잠에 깼는지 공포 속에 소리쳤다. 벌써 어두워지는데 언제까지 설산을 갈 거냐고 울먹였다. 왁스머리 기사가 차를 멈췄다. 시동소리가 팍 죽었다. 사실 지금 바로 돌아간다고 해도 한밤중에나 호텔에 도착할 것 같았다. 아니면 험난한 이 계곡에서 자칫 미끄러지면 시체가 될지도 모를 일이었다.

"이 고물차가 자칫 시동이 걸리지 않으면 이 깊은 산 속에 갇혀 버리는 수도 있지요. 작년에도 관광객 몇 명이 이 골짜기에서 동태가 되었지요. 차가 계곡으로 굴렀는데 눈에 푹 쌓여 찾지 못한 거예요. 이듬해 여름에 겨우 찾았어요. 눈을 시퍼렇게 뜨고 몸은 씽씽한데 숨이 없었어요."

반은 공갈 비슷한 왁스머리 기사의 엄포에 주부는 자기 아이들 이름을 차례로 부르며 두 손을 모았다. 그래도 자기 남편 이름은 끝까지 안 불렀다. 청년은 속이 탔다. 설산은 손에 잡힐 듯 보이지만 한 걸음 다가서면 다시 한 걸음 물러서고 있었다. 가까이 가면 저만치 달아나 마녀같이 유혹만 하고 있는 것 같았다. 나도 설산의 장엄한 절경에 취해 하염없이 바라보다가 내게 주어진 임무가 번쩍 내 머리를 두드렸다. 나는 급하게 카메라를 꺼내 정경을 찍어 댔다. 카메라 액정 화면으로 비친 설산은 정물화처럼 멈춰 있었다.

우리는 초죽음이 되어 깜깜한 밤을 헤치며 호텔에 겨우 돌아왔을 때, 오겹살은 넓은 현관 로비에서 혼자 기다리고 있었다. 그는 노트북으로 한국 신문을 보다가 지쳐 돌아온 청년을 반갑게 맞이했다.

"젊은이! 오늘 관광 어땠어?"

"온종일 만년설 산골짜기로 차만 타고 다녔습니다. 하바 설산은 결국 올라가지 못했지만 좋은 경험이었습니다. 그 설산에 팍 묻히고 싶을 정도로 아름다웠어요. 나중에 파일럿이 되면 이 창공을 반드시 날 거예요. 두고 보세요."

청년의 힘없는 말꼬리 속에는 하바 정상을 올라가 보지 못한 아쉬움이 살짝 스쳐 지난다. 그의 눈은 태양 하나를 가슴에 안은 듯 뜨거운 빛을 숨기고 있었다.

"나는 샹그릴라가 이렇게 개발하기 좋은 곳인 줄 몰랐어. 오늘은 중디엔 도시 주요 외곽지역을 돌았고, 내일은 시내 중심 최고 번화가를 돌아보려고 하지. 괜찮은 개발 자리를 두어 개 봐 두었거든. 잘 되면 이봐, 젊은이 내가 비서로 써 주지."

그들은 짧게 인사를 나누고 각기 이층 숙소로 올라갔다. 호텔 복도와 층계 모두가 이곳 천연 목재로 만들어서 발뒤꿈치를 뗄 때마다 깊은 산골짜기의 중후한 숨소리가 났다.

3

다음날 아침 그들은 다시 호텔식당에 모였다. 식당 실내 벽은 의외로 서양 인상파 화가들의 그림이 줄지어 걸려 있었다. 벽난로를 중심으로 커다란 나무 탁자 주위에는 유럽 관광객들인지 모여 이야기를 나누고 있었다. 돌멩이 구르는 듯한 프랑스 발음이 마치 발레 음악처럼 들렸다. 그들이 마시고 있는 차향이 숨 막히도록 방 안을 진하게 가두었다.

어제와 같이 오겹살이 먼저 출발했고 이어 청년과 주부는 바이수이타이白水台로 향했다. 왁스머리 기사는 어제 설산을 못 간 게 미안했는지 먼지투성이 왁스 머리를 긁적이며 중얼거렸다.

"설산은 먼 곳에서 바라보는 게 더 멋있어요. 전문 산악인처럼 로프 등반을 하지 않는 한 가까이 가는 건 위험한 일입니다. 오늘 바이수이타이는 설산보다 더 아름다운 곳입니다. 마치 신선이 사는 곳 같다니까요. 바이수이타이만 보기 위해 매년 찾아오는 사람도 있어요."

바이수이타이는 그리 멀지 않았다. 한 시간 못 미처 달리자, 어느 산골마을에 들어섰다. 그 마을의 집들은 마치 네모난 흙 상자 같았다. 지붕이 모두 평평하다. 어디서 나타났는지 건장한 경주마 같은 말들이 말갈기를 휘날리며 마을 사람들과 함께 모여 들었다. 청동색 이마에 근육질 주름이 깊게 잡힌 노인이 맨 앞장에서 말고삐를 쥐고 있었다. 그 중에는 한 번도 화장을 해 보지 않은 듯한 민얼굴, 생머리의 키 작은 여자들도 절반이나 섞여 있었다.

그 마을의 말 주인들은 서로 자신의 말을 타라며 몸싸움을 벌였다. 처음에는 승마 비용으로 10달러를 부르다가 누구도 응하지 않자 5달러까지 내려갔다. 그들은 가까운 친척간이라고 했다. 서로 돈 벌기 위해 시아버지와 며느리가 싸우기도 한다며 왁스머리 기사가 웃었다. 우리는 순서대로 말에 올라탔다. 말 위의 안장이 불안했지만 구름 위에 앉은 느낌 같았다. 말 주인은 고삐를 끌어 쥐고 신나게 산을 오르기 시작했다. 가정주부도 말안장 손잡이를 꼭 쥐고 오랜만에 소녀같이 웃었다. 나는 말을 끌고 가는 아낙에게 물었다.

"당신은 나시족인가요?"

아낙은 햇빛 때문에 한쪽 눈을 찡그린 채로 끄덕인다. 나는 살짝 흥분되었다. 옆에 나란히 가던 가정주부도 들더니 얼굴이 상기되었다. 내가 타고 가는 말 주인이 나시족이라니, 그 나시족 여인이 먼 상고시대 아낙처럼 느껴졌다. 나는 연득없이 생각이 많아지고 할 말이 벅차오르는 것 같았다. 가정주부는 기회를 낚아채 그 나시족 여인에게 말을 걸기 시작했다.

"당신은 결혼을 했나요?"

"했어요."

"아이도 있고요?"

"넷 있어요."

"남편도 집안일을 하나요?"

"해요."

"무슨 일을 하나요?"

나시족 아낙이 뭐라고 길게 말하는 것을 나는 다 알아들을 수 없었다. 가정주부도 사투리가 심해서 무슨 말인지 몰라 난감해 했다. 그렇게 꿈꾸던 나시족을 만났지만 그저 막막하기만 하다. 물음표만 꾸물꾸물 목구멍으로 올라올 뿐이다. 우리는 바이수이타이에 도착해 말에서 내렸다. 청년도 바이수이타이를 보더니 어제보다 더 흥분했다. 나와 청년과 아주머니는 각기 술에 취한 듯 바이수이타이를 배회하기 시작했다.

작은 폭포 뒤쪽에서 백발의 한 노인이 나에게 오라고 손짓하고 있었다. 환상적인 흰 수염과 백발이 등허리까지 내려온 신선 같은 영감이었다. 아침에 호텔에서 환영처럼 봤던 그 영감 같기도 했다. 나는 뭔가에 홀린 듯 영감의 손짓을 따라갔다.

그 영감은 내 허리를 말 위에 가뿐히 올려놓더니 말 엉덩이를 사정없이 걷어찼다. 그 말은 놀래어 산 아래를 단숨에 달려갔다. 순식간에 들판을 향해 까마득히 달렸다. 들판 한복판 어느 바위 앞에 그 말이 우뚝 섰다. 시뻘건 핏물이 뚝뚝 흐르는 시체가 보였다. 독수리들이 새까맣게 하늘로 치솟았다. 그들이 뜯어먹던 건 사람의 시체다. 나는 열 손가락으로 두 눈을 가린 채, 한편 손가락 사이로 그 처참한 광경을 찬찬히 훔쳐보며 울부짖었다. 그래도 내 말은 시체 주위를 뱅뱅 돌 뿐 돌아갈 생각을 하지 않았다.

마을 쪽에서 아까의 그 백발 영감 목소리인가 고함소리가 들리는 것 같았다. '시간은 흘러가는 거야! 기다리는 게 아니지. 기다리는 게 아니지.' 영감의 목소리가 귓가에 맴돈다. 그 말은 또 다시 어디론가 한참 달렸다. 기절했다가 내가 깨어난 곳은 역시 말잔등이었다. 그 백발노인이 나를 말에서 안아 내렸다. 더욱 이상한 것은 그렇게 쏜살같이 달리는 말 위에서도 나는 어떻게 떨어지지 않고 돌아왔는가. 영감은 아무렇지도 않게 늙은 말을 이끌고 마을 속으로 사라졌다. 순식간이었다.

청년과 아주머니는 방금 전 모습 그대로 에메랄드빛 물색깔을 보고 하품하듯 감탄하고 있었다. 나는 머리를 좌우로 세게 흔들었다.

"나도 한국에 가지 말고 그냥 여기 이 원시와 대자연에 주저앉을까 봐요? 이곳은 너무나 평안해요. 영원한 고향에 돌아온 것 같아요. 내가 남편과 아이들을 떠나서 나 자신의 진정한 모습을 찾을 수 있을 거 같거든요."

주부는 뜬금없이 소리쳤다. 자신을 찾아 끝없이 자신을 의심하면서도 자기도 모르게 아이들의 이름을, 그리고 마침 남편의 이름을 한껏 소리쳐 불렀다. 청년은 하늘빛이 고스라니 담긴 흘러내리는 물빛을 보며 깊은 상념에 잠긴 듯 보였다. 우리에게는 많은 말이 필요 없는 것처럼 느껴졌다.

돌아오는 고물차 차창에는 따뜻한 황혼 해가 걸렸다. 들판에 널려 있던 시체가 황혼 빛으로 다시 달려든다. 나는 아랫배에 힘을 주면서 호흡을 가다듬었다. '생각은 생각하기 나름이야.' 오랜만에 단 기운이 목구멍으로 올라온다. 무엇인가 초월하는 날갯짓이 양쪽 팔 아래에서부터 저절로 솟구쳐진다. 눈을 감은 채 천천히 호텔로비로 들어섰다. 눈을 감았는데도 앞이 훤히 트여 보였다. 머릿속으로 폭포수가 떨어지듯 맑게 깨어지는 듯했다.

오겹살은 여전히 먼저 와 있었다. 노트북으로 역시 증권 뉴스를 서핑하고 있었다.

"저녁은 아직 안 드셨지요? 조금 있다가 내가 사겠습니다. 오늘이 샹그릴라 마지막 밤이니까요. 그래도 돈 있는 놈이 사야지요."

"시내 중심가에는 볼거리가 있던가요?"

내가 물었다.

"여긴 세계적인 관광지이면서 아주 깡시골이더군요. 우리나라 강원도 읍내 수준입니다. 시내 한복판 대형 서커스가 있어 들어가 봤더니, 우리나라 삼류 서커스예요. 그래도 손님들은 빽빽하던데, 뒤쪽에서는 마리화나인지 시퍼런 연기를 내뿜고 있는 사람들이 많아요. 원 샹그릴라도 별 거 아니더라고요. 그래도 수확은 좀 있었죠. 여러분들은 어땠습니까?"

오겹살의 돈독 오른 말이 우리들에게는 딴 나라 이야기같이 전혀 생쌀 씹는 기분이었다.

"우리요?"

카운터에 서 있던 주부는 요 며칠 일을 정리해 보는 듯 깊은 의식 속에 잠겼다. 청년도 덩달아 비밀스러운 미소로 그 오겹살에게 건성 머리만 끄덕였다. 동상이몽! 세상은, 우리는 어쩌면 모두 동상이몽이다. 우리는 샹그릴라에서의 마지막 밤을 동상이몽으로 지새웠다.

그렇게 우리들은 다시 다음날 새벽 쿤밍으로 갔다. 그곳에서 올 때처럼 갈 때도 똑같이 되짚어 서울행 비행기로 갈아탔다. 그리고 여독이 아직 풀리지 않았지만 약속대로 우리들은 '잃어버린 지평선 클럽'을 찾아갔다. 앨버트로스와 손님들은 화성에 갔다 온 우주 비행사만큼 우리들을 뜨겁게 환영해 주었다. 우리는 맨 처음 만났던 그 방으로 다시 안내되었다. 처음과 똑같은 그 자리에 다시 앉았다. 원점으로 회귀한 것이다.

4

"자아, 그럼 여러분들의 간절했던 여행 보고회를 잠깐 들어 볼까요? 맨 먼저 중년 아저씨부터 수고해 주세요."

"허허. 샹그릴라가 저에게 꿈과 희망을 심어줄지 몰랐습니다. 이번에 새로운 프로젝트 하나 확실하게 잡아 놓고 왔으니까요. 제 눈에 샹그릴라는 개발의 가능성이 무궁무진한 곳이었습니다. 전 역시 일을 떠나 살 수 없다는 사실을 알게 되었습니다. 일벌레, 일지렁이라는 말을 부인할 수가 없더군요. 허허 일을 하면서 저의 존재감을 느끼니까요. 샹그릴라에서 제 꿈을 펼칠 생각을 하니 벌써부터 흥분이 됩니다. 이번 여행은 저에게 수익 사업 하나를 보태어 주는 기회가 되었습니다. 감사합니다."

앨버트로스는 흐릿한 미소를 띠면서 두 번째 가난한 대학생을 호명했다.

"저는 꿈에서라도 가고 싶었던 하바 설산은 발로 직접 밟아 보진 못했지만 멀리서나마 오랫동안 바라볼 수 있었습니다. 저는 진정한 꿈이란, 꿈을 손아귀에 넣는 것보다 꿈을 찾아가는 과정이 더 소중하다는 것을 깨달았습니다. 그래서 저의 열정은 더욱 커지고 강해졌습니다. 밝고 맑은 하늘을 나는 파일럿이 되겠다는 저의 꿈은 설산 정상의 눈만큼이나 더 견고한 것이 되었습니다. 여러분 정말 감사합니다."

세 번째 주부를 지명했다. 그녀는 역시 가방끈을 불끈 쥐고 나왔다.

"전 저를 찾아 떠난 여행이었습니다. 하지만 저는 절대 저 홀로 자신을 찾을 수 없었습니다. 역시 가족과 이웃이 없이는, 나는 어디에도 있을 수 없음을 진정으로 깨달았습니다. 그래서 우리 가족을 더욱 사랑하게 되었습니다. '우울증'의 해결은 결코 밖에서 찾는 것이 아니라 바로 내 마음 깊은 곳에서 스스로 찾아서 빨래를 세탁기 돌리듯 북북 열심히 씻어내야 한다는 걸 깨달았어요."

"자아, 마지막으로 보조 아르바이트로 간 빨강머리 아가씨도 한마디 하시죠?"

앨버트로스는 두 손을 높이 들었다.

"우리들의 꿈은 우리들 마음속에서 더욱 크게 자라날 것입니다. 처음의 마음가짐이 비록 다른 결과를 낳는다 하더라도 진실한 것입니다. '처음처럼' 그리고 같은 곳을 쳐다보더라도 모두가 다르게 보이지요. 동상이몽! 그게 세상입니다. 그리고 그게 부정적인 게 아닙니다. 누구나 다 자기의 가치관이 다르니까요. 이제 진정한 '돌북' 소리가 쟁쟁 들립니다. 그리고 대리석 돌멩이 접기도 끝냈습니다. 돌멩이를 밀가루라고 생각한 순간 반죽을 할 수가 있습니다. 대리석을 대리석으로만 인정하면 절대 접을 수 없습니다. 모든 건 생각하기 나름이라는 걸 이제야 깨닫고 왔다는 걸 말씀드리고 싶습니다."

"좋습니다. 자아, 여러분! 이번 11번째 기념 '잃어버린 지평선 클럽' 이벤트는 이것으로 모두 마치겠습니다. 이제 일상으로 돌아가 열심히 살아가세요. 그리고 행복하세요."

그들이 돌아가는 뒷모습, 그 길 위로 기러기들이 먼 하늘을 줄지어 날고 있었다. 그들은 찾고자 하는 것을 보았을까. 그 백발노인의 목소리가 먼 하늘에서 다시 들려왔다. 낡은 시간들, 오랜 시간 돌멩이 접기는 이제 끝났다.

『펜문학』 2006년 가을호, 원제 〈대리석 돌멩이 접기〉

베이징, 마스크의 기억

스마트폰을 열어 AQI 지수를 확인한다. 376 Hazardous, 붉게 물든 숫자 위로 위험을 알린다. 마스크를 외투 주머니에 넣고 호텔 방을 나선다. 복도는 고요하다. 불빛이 깜빡이자 엘리베이터가 열린다. 나뿐이다. 로비로 들어서자 마스크를 착용한 사람들이 눈에 띈다. 창밖은 희뿌연 대기가 맴돌고 있었다. 마스크를 한 사람들은 마치 방독면을 두르고 소방훈련을 하는 것 같다. 하얀색 마스크를 한 그들은 모두 표정 없는 마네킹 같다. 얼굴 반을 가린 얼굴에서 아무런 표정도 생기도 느낄 수 없다. 금방 눈이라도 내릴 것 같은 하늘은 허옇게 내려앉아 있다. 사람들은 쇠고랑을 발목에 찬 듯 무거운 걸음으로 움직이고 있다.

시계를 보니 왕 작가와의 약속 시간이 아직 10여 분 남아 있다. 메일로만 몇 번 연락을 주고받았을 뿐, 직접 만나는 것은 처음이라 사뭇 긴장이 된다. 왕 작가는 중국에서 유명 수묵 화가이면서 갤러리 관장이기도 하다. 베이징에서 개인전을 연다는 것은 영광스러운 일이지만, 사실 난 아직도 자신이 없다. 그의 강력한 설득이 없었다면 여기까지 오지도 않았을 것이다. 작년 봄, 그가 한국에서 열린 내 판화 개인 전시회를 보고 중국 베이징에서도 작품 전시회를 했으면 좋겠다고 관계자를 통해 전해왔을 때에도 나는 관심을 보이지 않았다. 베이징은 아직 나에게 스모그처럼 남아 있는 기억들이 있기 때문이었다.

마스크를 한 사람들을 보니 그때의 기억들이 잔잔히 올라온다. 마스크를 쓴 내 모습이 호텔 회전문 유리창에 비친다. 내 눈은 빙그르 돌아가는 회전문을 따라 고정되어 버린다. 눈이 감긴다. 하얀 마스크가 하얀 거품을 일으켜 내 얼굴을 뒤덮는 듯 점점 부풀어 오르는 것 같다. 비대하게 부풀어 오른 거품이 툭툭 터져 나가더니 나의 맨 얼굴이 그대로 드러난다. 내 입술은 미세하게 떨리고 있다. 마치 물 밖을 뛰쳐나온 물고기가 자신의 죽음을 기다리며 오물거리는 입술 같다. 그래, 죽어가는 그 물고기의 입술. 10년 전 그날, 그땐 그랬다.

누군가 자꾸 등을 떠민다. 나는 밀리지 않으려고 저항하지만 내 몸은 자꾸 땅 밑으로 빠져든다. 이러다가 땅 밑으로 사라져 버릴지도 모를 일이다. 죽을힘을 다해 저항하지만 몸은 내 마음대로 움직여 주지 않는다. 내 몸은 이미 바닥에 붙어 버렸다. 손등 위로 개미가 기어간다. 한 마리 개미가 지나가자 그 뒤로 개미 떼가 열을 지어 내 손등 위로 행군한다. 털어내고 싶지만 손조차 움직여지지 않는다. 이러다가 저 개미들이 미세하게 떨고 있는 내 입술 속으로 행진해 들어올지도 모를 일이다.

이번엔 누군가 내 등을 잡아끈다. 그 힘은 점점 더 강력해져서 내 몸을 뒤집는다. 햇살이 처량하게 내 몸을 감싼다. 백발이 성근 노인의 얼굴이 공중에 떠 있다. 노인의 입은 꺼질 듯 말 듯 움직이고 있다. 늙은 붕어의 입 같다. 정신이 돌아오기까지 얼마나 시간이 흘렀는지 모르겠지만 그 노인은 내가 정신이 들 때까지 붕어 같은 그의 입을 멈추지 않았다.

나는 버스 정류장 가로수 밑에 쓰러져 있었다. 버스를 기다리고 있다가 현기증이 나서 나무에 기댄 것까지 기억이 난다. 아마도 어지럼을 이겨내지 못하고 그대로 주저앉아 쓰러진 모양이다. 나는 나무를 짚고 일어섰다. 노인은 계속 뭐라고 말을 한다. 좀 더 주의 깊게 그를 바라보니 그는 내가 사는 아파트에서 자주 마주쳤던 노인이었다. 그는 걱정이 가득한 얼굴로 나를 바라보고 있다.

"전 괜찮아요. 정말 고맙습니다."

나는 약간 비틀거리며 몸을 일으켰다. 허벅지와 팔 주위에 묻은 흙먼지를 툭툭 털었다. 건조한 봄바람은 흙먼지를 일으키며 바닥을 쓸어 가고 있었다. 따듯했지만 거칠었다.

"여기서 이렇게 있으면 위험해요."

그는 손짓 발짓을 섞어가며 말을 했다. 겨우 두 달 어학연수를 받은 나로서는 몸짓언어가 더 이해하기 쉬웠다. 나에게 중국어는 알토 파트의 노랫소리처럼 들린다. 음치인 나는 그 노랫소리를 따라 하는 데 애를 먹는 중이다. 음감이 있는 사람이나 사투리를 쓰는 한국 사람이 중국말을 더 쉽게 배우지 않을까 쓸데없는 비교를 하기도 한다. 가끔 길을 가다 중국 사람이 내게 말을 걸어오면 나는 뒷걸음질 먼저 쳤다. 내가 중국말을 해야 할 상황이 되면 스트레스는 머리끝까지 솟았다. 지금까지 내 말을 알아들은 중국인은 없었으니까. 그들은 내 말을 이해하려 들기보다는 웃음거리로 만들기 일쑤였다. 하지만 이 할아버지는 달랐다. 그와는 말 대신 그림이나 몸짓으로 소통할 수 있었다.

나는 버스를 타고 까르푸 가는 것을 포기했다. 동네 가까운 야채 가게나 과일 가게에 갈 수도 있지만 주인과 가격 흥정을 하기 위해 말을 해야 한다는 것이 부담스러워 말이 필요 없는 대형 마트를 이용하고 있었다. 그와 나는 나란히 걸으며 아파트로 향한다. 바람에 흔들리는 황사와 꽃가루가 발걸음을 방해한다. 콧속도 파고들고 입속에도 들러붙는다. 노인은 마스크를 하고 있었다. 그는 마스크를 가리킨다. 나도 하나 사라는 뜻인 것 같았다. 나는 고개를 끄덕였지만 어디에서 구할 수 있을까 또 막막해진다.

그와 나는 신장지역의 회족이 직접 운영하는 낭을 파는 가겟집 앞에서 헤어졌다. 이곳은 소수민족이 많이 거주하는 지역이다. 화덕에서 갓 구워 나온 낭은 내가 가장 좋아하는 빵이다. 낭은 회족들이 아침 식사로 먹는 둥근 빵인데 빵 속은 아무것도 없고 피자 도우처럼 생겼다. 피자의 토핑 대신 짭조름한 양념이 둥근 도우 위에 살짝 발라 있다. 표면은 바삭하지만 씹는 질감은 촉촉하면서도 부드럽다. 나는 어느 날 작은 사이즈 낭 열 개를 먹어댄 적이 있었다. 그 이스트 덩어리들이 내 안에 들어와 살이 되어 부풀어 오르는 듯했다. 중국에 온 후 한동안 아무것도 먹을 수가 없었는데 그날 난 폭식증 환자처럼 낭 열 개를 하루 동안 내 입으로, 위 속으로 밀어 넣었다.

그리고 다음날부터 또다시 제대로 먹을 수가 없었다. 뭐든 먹으면 구역질이 났다. 내 몸은 많은 걸 거부하고 있었다. 말도 사람도 음식도, 알레르기가 일었다. 내가 있는 곳에 내가 존재하지 않는다는 라캉의 말을 되새기고 있는 중이다. 한동안 책과도 멀리 지냈다. 무엇이 날 여기로 이끌었을까. 도망치듯 온 것은 아닐까. 나의 진심은 무엇이었나. 그 사람의 진심은… 여기까지 생각이 미치자 머리를 흔들었다. 도리도리, 도리질을 친다.

M과 나는 결혼을 하고 함께 독일로 유학을 떠났다. M은 철학을 공부하고 나는 미술을 공부했다. 새로운 언어를 배우고 낯선 환경에 우린 꽤 잘 적응했다. 3년이 흐를 즈음, 그가 난데없이 공부에 별로 재능이 없는 것 같다면서 과정을 그만두고 싶다 했다. 사실 난데없는 일은 아니었다. 시아버지 사업이 어려워지고 시어머니의 건강이 안 좋아지자 집에서 보내 주시던 생활비가 끊기고 우리의 생활도 팍팍해지면서 M이 오랜 고심 끝에 내린 결정이라는 걸 나는 알고 있었다.

진짜 난데없는 일은 한국으로 돌아온 후였다. 그는 혼자 살고 싶다고 했다. 농담처럼 듣고 싶었지만 우린 그저 그런 농담을 하던 사이가 아니라는 걸, 늘 미치도록 진지해 왔음을 부인할 수 없었다. 나는 어떠한가. 나도 혼자 살고 싶은 것일까. 스스로 묻는다. 혼자 살 수 있을 것인가. 의문의 꼬리를 품기도 전에 나는 그의 말을 들어 주었다. 그는 그렇게 메마르게 사라졌고 나는 하던 미술 공부를 계속하자는 생각으로 서둘러 중국행을 결정했다.

미술을 하겠다고 이곳에 왔지만 혼자 이 낯선 곳에 올 만큼 미술에 대한 애정이 깊은 건 아니었다. 사랑도 꿈도 한꺼번에 뚜껑 열린 맨홀 속으로 빠져 들어가 버린 것 같았다. 그저 난 위자료로 받은 돈을 다 쓰고 나면 뭘 해야 하는지 고민해야 하는 이혼녀일 뿐이었다. 이러한 사실을 인식하면 몸서리가 난다.

창밖의 봄볕은 소리 없는 공중 속으로 방향 없이 흩날리고 있다. 현기증을 일으킬 만한 햇볕이 방구석 구석으로 내려앉는다. 텔레비전을 켠다. 리모컨이 말을 안 듣는다. 손바닥 위로 두어 번 내리치고 다시 눌러 보지만 텔레비전의 검은 화면은 꿈쩍도 안 한다. 그 앞에서 나도 꿈쩍도 않고 검은 화면에 비친 내 모습을 바라보고 있다. 눈은 퀭하고 얼굴은 죄다 멍투성이 같다. 난 어떻게 여기까지 온 것일까. 오른손을 들어 얼굴을 더듬거려 본다. 살결의 감촉을 느낀다. 눈을 감으니 나의 숨소리가 들린다. 살아 있구나. 나는 침대에 기대어 그대로 잠이 들었다.

집에서 어학원까지는 걸어서 10분 정도의 거리이다. 아침 8시에 시작이라 적어도 7시에는 일어나 아침을 챙겨 먹어야 한다. 그리고 작심삼일이 될지라도 오늘부터 동네 한 바퀴라도 뛰리라는 계획을 세웠다. 분홍색 운동복 차림은 좀 촌스러웠지만 날 아는 사람도 없을 테니 입고 나가기로 했다. 한국에서 일부러 사 온 조깅화를 처음 신어 보았다. 오리발처럼 큰 발이 연두색 조깅화 안으로 쏘옥 들어갔다. 신지 않은 듯 가벼웠다. 위로 두어 번 운동선수처럼 점프해 보았다. 마음도 가벼워졌다. 현관문은 이중문이다. 철문과 나무문을 한 번은 안쪽으로 한 번은 바깥쪽으로 밀고 당기고 나왔다. 나무문은 열쇠를 돌려 잠가 두었다.

80년대 지어진 아파트라 많이 낡기도 했지만 구조물은 돌멩이처럼 단단하고 튼튼해 보인다. 복도식으로 한 층에 열 집은 되는데도 엘리베이터는 하나밖에 없었다. 엘리베이터를 타면 엉덩이 한쪽만 걸칠 수 있을 것 같은 간이의자에 앉아 층 버튼을 눌러 주는 여자가 있다. 고등학교를 갓 졸업한 겨우 20살이나 됐을까라고 생각되는 앳된 얼굴이다. 그녀는 탈 때마다 수줍은 미소를 보이며 말하지 않아도 1층을 누르거나 11층을 눌러 준다. 10명도 탈 수 없는 엘리베이터 공간에 앉아 아침 6시부터 밤 12시까지 그녀는 오르락내리락하고 있다. 그녀는 엎어져 잠을 자거나 가끔 책을 보고 있기도 했다.

엘리베이터가 열리자 어김없이 그녀가 먼저 미소를 보냈다. 나는 '니하오'라고 인사를 건네자 그녀는 아까보다 볼살의 골을 더 깊게 드러내며 방긋 웃었다. 그녀는 내 옷차림을 보더니 팔을 앞뒤로 흔들었다. 운동하러 가냐는 뜻이리라 생각하며 '응응'하고 고개를 끄덕거렸다. 그녀는 비교적 억지 미소를 지었는데 마치 힘들게 무슨 운동이냐, 하는 표정이었다. 베이징에서 엘리베이터를 타면 곧잘 층수를 대신 눌러 주는 여인들을 볼 수 있다. 여인이라고 보기에는 다소 앳된 얼굴의 소녀들이다. 엘리베이터의 위험성 때문인가. 어쨌든 그들이 있어 오르내리는 시간이 지루하지 않다. 1층까지 내려오면서 타는 사람은 아무도 없었다.

나는 엘리베이터 문이 열리자 뛰는 시늉을 했다. 밖으로 나오니 봄 햇살이 요동치듯 출렁이고 있었다. 나도 주체할 수 없는 힘이 솟아났다. 어디로 뛰어나가야 할지 방향을 정하지 못한 채 제자리 뛰기만 하면서 주위를 둘러보았다. 나처럼 운동복을 입거나 뛰거나 하는 사람은 한 명도 없었다. 걷고 있거나 자전거를 타고 정확히 자신들이 가야 할 방향을 향해 가고 있는 사람들뿐이었다.

갈피를 못 잡고 눈동자만 굴리고 있는데 순간 낯익은 뒤통수가 눈에 잡혔다. 며칠 전에 날 구해준 그 노인이 잔디밭에 들어가 몸을 구부리고 뭔가를 하는 듯 보였다. 나는 그쪽을 향해 4분의 4박자로 뛰어갔다. 노인의 형상이 가까워지면 질수록 나의 궁금증은 커져갔다. 그의 긴 등허리와 성근 백발은 꽃들 틈에서 생기 있게 돋아나 있었다. 나는 잔디밭으로 들어가지 않고 그에게 말을 걸 수 있는 최단 거리에 똑바로 섰다.

"니하오!"

들리지 않는 모양이었다. 노인은 작은 이젤을 놓고 그림에 열중하고 있었다. 난 다시 좀 더 큰 소리를 질렀다.

"니하오!"

노인은 귀찮은 듯 천천히 고개를 내 쪽으로 돌렸다. 나는 방해를 한 것 같아 미안했지만 꽃 앞에 앉아 그림을 그리고 있는 노인을 그냥 지나칠 수 없었다. 노인은 내 얼굴을 말끄러미 쳐다보며 내가 누구인지 생각해 내는데 시간을 들여야 했다. 그는 그제야 고개를 끄덕이며 '니하오, 니하오'라고 답해 줬다. 나는 검지를 이용해 나를 한 번 가리키고 노인의 스케치북을 한 번 가리켰다. 노인은 고개를 끄덕였다. 나는 잔디밭으로 뛰다시피 들어가 그의 스케치북을 들여다봤다. 그는 분홍 장미를 그리고 있었다. 물감으로 그린 수채화인데 내가 봐도 수준급이었다. 아침에 핀 장미의 생기가 그대로 표현되어 있었다. 나는 그림을 보면서 내 안에 요동치던 봄볕의 활기가 달아나 버리는 것 같았다. 마치 망둥이처럼 까불다가 한 대 얻어맞은 기분이었다.

"할아버지 화가세요?"

나도 모르게 한국어를 해버렸다. 노인은 미간을 찌푸렸다. 나는 얼른 '바오첸(미안합니다)'라고 했다. 그도 내 말이 무슨 말인지 알았는지 화보에 있는 다른 그림도 내밀었다. 모두 장미꽃 그림이었다. 지금 한창 들장미들이 곳곳에서 자태를 드러내고 있는 시기이기도 했다. 그림의 오른쪽 상단에는 숫자가 적혀 있었는데 아마도 그 그림을 그린 시간인 것 같았다. 노인은 하루 중 매번 다른 시간에 나와 같은 장미를 그리고 있던 것이었다. 열 장이 넘는 장미는 어느 것 하나 똑같은 그림이 없었다. 나는 화보를 돌려드리면서 '셰셰(고맙습니다)'라고 했다. 노인은 다시 그림을 그리기 시작했고 나는 방해가 되지 않게 잔디밭에서 나왔다.

나의 조깅 계획은 첫날부터 도루묵이 되었다. 학교 갈 시간이라 서둘러 집으로 돌아가야 했다. 늘어지는 잡념 탓인지 좀처럼 발걸음에 속력이 나질 않았다. 노인의 그림이 마치 나를 깊은 내면의 호수에서 헤엄치게 하는 것 같았다. 나는 내 발끝의 더딘 움직임을 멍하니 응시했다.

중국어 수업은 생각보다 흥미로웠다. 초급반은 특히 국적도 인종도 다양했다. 한국인과 일본인과 같은 동양인은 보통 선생님의 눈이 덜 띄는 곳에 고양이처럼 앉아서 열심히 읽고 쓴다. 반면 유럽이나 미대륙에서 온 친구들은 선생님이나 반 친구들의 시선을 끌기 좋아한다. 그들은 틈만 나면 웃음을 자아내는 제스처로 반 분위기를 이끌었다. 중국인 선생님도 그들의 행동엔 너그러웠다. 그들의 그런 여유와 유머에 위축 당한 동양인들은 부러운 시선으로 바라볼 뿐이었다.

특히 미하엘이라는 독일 친구는 무뚝뚝한 표정으로 가벼운 농담을 하면서 반 분위기를 이끌었다. 훤칠한 키에 파랗고 깊이 들어간 눈, 날카롭게 솟은 코, 발달된 턱에 차가운 눈빛과 입모양은 한눈에 독일인 같다는 연상을 하게 만들었다. 나는 늘 유미코라는 일본 여학생 뒷자리에 앉았다. 일주일 정도 같은 자리에 앉다 보니 모두들 앉던 자리가 지정석이 되어버렸다. 유미코는 하얀 피부에 눈이 크고 턱이 갸름한, 한마디로 예쁘장하게 생겨 누가 봐도 눈길이 오래 머물만한 여자애였다.

유미코와 난 이미 친했던 친구처럼 자연스럽게 가까워졌다. 오전 수업이 끝나면 으레 같이 나와서 점심을 먹으러 갔고 몇 단어밖에 모르는 중국어로 대화하며 서로를 알아가려 애를 썼다. 사실 난 일본어를 할 줄 알았다. 일본에도 6개월 정도 머물렀었고 대학 때 2년 정도 취미 삼아 공부를 했었다. 하지만 나는 일부러 일본어를 사용하지 않았다. 그녀와 비밀스러운 이야기를 나누기 전까지.

어느 날 유미코는 느닷없이 자신의 과거를 이야기하기 시작했다. 윈난 음식점에서 파인애플 밥을 먹다가 갑자기 뭔가 생각난 사람처럼 '그러니까'로 시작했다. 그것도 일본어로 말이다.

"그러니까 이건 비밀이야. 내가 열일곱 살 때였어. 같은 동네 살던 오빠랑 처음으로 관계를 가졌어. 그것도 우리집에서. 내 방은 2층이었고 1층엔 엄마가 계셨거든. 놀랍지 않아?"

나는 눈을 동그랗게 뜨며 영락없이 놀란 표정을 짓고 있었다.

"지수, 너 일본말 할 줄 알지?"

"어… 어떻게 알았어?"

나는 내 동공이 점점 확대되고 있음이 느껴졌다.

"지난번 너네 집에 갔을 때 일본어로 된 소설을 몇 권 봤거든. 일본어 할 줄 알겠구나 생각했어. 한국 사람들 중에 일본어 할 줄 아는 사람 꽤 많더라고."

나는 멋쩍게 웃으며 '고멘(미안)'하고 작지만 상냥하게 말했더니 유미코는 일본어 할 줄 아는 게 왜 미안한 일이냐며 손사래를 쳤다. 그러면서 유미코는 더욱 비밀스러운 이야기를 시작했다. 지금까지 몇 명의 남자를 만났고 그중 자기 아빠의 친구도 있었다고 했다. 나는 일본 여자들의 정조관념을 어느 정도 알고는 있었지만 유미코의 말은 다소 충격적이었다.

그녀가 가족사진을 보여 줬는데 꽤 부유한 가정이라는 걸 한눈에 알 수 있었다. 유미코와 그녀의 엄마는 샤링이 들어간 세미 드레스를 입고 있었고 그녀의 남동생과 아빠는 나비넥타이를 매고 있었는데 사진 배경을 보니 호텔에서나 열릴 법한 파티장 같았다. 유미코의 마지막 연인이었던 아빠의 친구는 국회의원이었다고 했다. 둘과의 관계를 아빠가 알게 되어 유미코는 유부남이었던 그 사람과 헤어지게 되었고 이곳 중국으로 왔다는 것이다. 여기까지 들었을 때 나는 유미코에게 아무 말도 할 수 없었다. 유미코는 마치 자신과 아무 관련이 없는 누군가에게 고해성사를 하고 싶었던 것 같았다. 그러므로 난 더욱 그 이야기에 대한 아무런 의견을 내놓지 않았다. 다만 나의 비밀도 말해 줘야 할 것 같아서 난 이혼녀라는 사실을 말해 주었다.

이 일이 있은 후 우린 더욱 친해졌다. 유미코는 같이 살자고 제안했지만 아직은 혼자 지내는 편이 나을 것 같아 거절했다. 유복하게 자란 아이들이 그렇듯이 유미코는 솔직하고 밝았으며 친구들과도 좋은 관계를 유지했다. 수업 중에 미하엘은 유미코와 대화 파트너를 도맡아 하면서 둘은 조금씩 가까워지는 듯 보였다. 나도 독일에서 살았던 경험을 이야기하며 우리 셋은 친해지기 시작했다. 나는 그들과 함께 지내면서 나의 이혼 후유증도 잠시 주춤거리는 것 같았다.

잠잠했던 베이징이 술렁거리기 시작했다. 텔레비전을 틀

면 모든 채널에서 사스에 관한 뉴스였다. 베이징은 안전하다고 보도했던 뉴스들이 베이징 감염 환자 수를 대대적으로 보도하기 시작했다. 걱정은 되었지만 학교도 휴교에 들어간 것도 아니고 뉴스 보도만 빼면 주위에서 느껴지는 변화는 아무것도 없었다. 하지만 하루 이틀이 지나자 같은 반 친구들은 앞다투어 자기네 나라로 돌아가기 시작했다. 15명이었던 반 친구들은 5명으로 줄었고 그중 셋이 나와 유미코 그리고 미하엘이었다. 일주일이 더 흐르고 학교에서도 결국 휴교령을 내렸고 우린 그날 수업도 하지 못하고 집으로 돌아가야 했다.

"지수, 넌 한국 안 들어가?"

우리의 걸음이 학교 정문에까지 미치자 유미코가 먼저 말을 꺼냈다.

"응, 아직 모르겠어. 넌?"

"나도 모르겠어. 나 미하엘을 좋아하게 됐는데, 그냥 이렇게 일본으로 가게 되면 끝이 날 것 같아서 어떻게 해야 될지 모르겠어.

난 유미코의 말에 그다지 놀라지 않았다. 전부터 그런 낌새를 차리고 있었기 때문에 그저 둘이 '잘 지내면 좋겠지'라고 막연히 생각해 왔다.

"미하엘도 알아?"

"사실 미하엘이 어제 먼저 고백했어."

"그럼 뭐가 걱정이야. 함께 고민하면 되는 일인 걸."

나는 유미코가 둘이 그렇게 된 사이라는 게 나한테 괜히 미안한 마음이 들어 말을 꺼낸 거란 걸 알고 있었다. 지금 나는 그들이 어떻든 동요될 상황이 아니었다. 유미코는 다시 꿈이 생긴 듯 활기를 띠고 있었다. 아직 여름도 아닌데 여름에나 불 법한 열기 띤 바람이 우리 사이를 돌돌 휘돌고 지나갔다. 꾸밈없이 밝게 웃는 유미코를 보면서 나는 문득 나의 진지함이 불필요한 혹처럼 느껴졌다. 그래 삶이란 게, 감정에 충실하고 상황에 적응하면 되는 거 아닌가. 왜 주어진 대로 살지 못하고 고뇌에 빠져 스스로를 못살게 구는지, 이 미련함에서 벗어나지 못해 여기까지 온 게 아닌가.

유미코와 나는 정문에서 헤어졌다. 유미코는 학교에 오지 않은 미하엘을 만나러 갔고 나는 터벅터벅 집으로 발길을 옮겼다. 거리는 점점 더 생기를 잃어가는 것 같았다. 길거리 청소를 안 하는지 신문지와 비닐봉지는 방향 없이 날아다니고 건조한 흙바람만 거리 곳곳을 방황하고 있었다. 그 장면이 마치 나의 모습처럼 느껴졌다. 나는 고작 이런 존재였던 것일까. 이혼녀라는 딱지를 안고 차가운 무관심 속에서 자생력도 떨어진 이름 모를 잡풀로 살아가야 한다는 생각이 미치자 진저리가 쳐졌다.

사람들은 얼굴 반이 마스크로 덮인 채 퀭한 두 눈만 드러나 총총 망망 걸어가고 있다. 사람들은 죽을지도 모를 공포를 어깨에 인 채 죽음의 바이러스를 피하려 안간힘을 쓰는 것 같았다. 나도 그들처럼 마스크를 두르고 있다. 이혼을 하면서 내 인생이 망가졌다는 생각에 죽을 생각도 여러 차례 했었다. 죽음에도 가까이 가 본 나인데 죽음이 온다고 해서 무서워할 이유도 없다. 나는 쓰고 있던 마스크를 벗었다. 맨 얼굴에 건조한 먼지바람이 스쳐 지난다. 가끔 마스크를 한 사람들이 나를 보며 힐끔거렸다.

나는 죽음이 깃든 것 같은 거리를 걷기 시작했다. 죽음의 바이러스가 내 폐 깊숙이 스며들기 바라며 걷고 또 걸었다. 사람들은 점점 노골적으로 쳐다보며 미친 사람인 듯 바라보기 시작했다. 그럴수록 난 더 당당하게 걸었다. 거리는 내 마음처럼 황폐해져 가고 있었다. 음식점과 상점은 거의 폐업 상태였고 유일하게 약국만 영업을 하고 있었다. 약국 문 밖까지 사람들이 길게 줄을 지어 늘어서 있다. 자세히 보니 유미코와 미하엘도 나란히 줄을 서 있었다. 순식간에 몰아쳤던 내 감정이 그들을 보자 다시 제자리를 찾는 것 같았다. 나는 걸음 속도를 줄이고 그들에게 다가섰다.

"유미코, 미하엘"

내가 이름을 부르자 그들은 동시에 나를 향해 바라봤다. 둘은 모두 마스크를 끼고 있었다.

"어? 지수, 왜 마스크 안 꼈어?"

유미코가 걱정스러운 목소리로 다급하게 물었다. 나는 대답 대신 씁쓰름한 웃음을 내비쳤다.

"뭐 하고 있는 거야?"

내가 눈을 크게 뜨고 물었다.

"지수 아직 몰라? 약국에서 사스 예방약을 무료로 준다고 해. 그래서 우리도 받으러 온 거야."

"그래?"

"소식 못 들었구나. 아직 안 받았으면 여기 우리랑 같이 줄 서자."

나는 거부하지 않고 그들이 내준 틈새로 껴들었다. 뒤에서 있던 중국인 여자가 눈을 흘기며 쳐다보지만 아무 말도 않는다. 외국인이라 그냥 봐준 건지, 새치기야 일상이니 눈감아 준 건지, 아무튼 난 어정쩡하게 그들 옆에 섰다. 미하엘은 자기가 쓴 마스크를 손짓하며 나보고도 쓰라는 표시를 한다. 나는 그의 손짓에 거부하지 않고 주머니에 쑤셔 넣었던 마스크를 다시 꺼내 착용한다. 방금 전 죽을 기세로 대들었던 나의 치기는 어디 간데없이 소멸되어 있었다.

유미코와 미하엘은 손을 꼬옥 잡고 서로 눈빛 교환을 하고 있었다. 미하엘의 깊게 들어간 눈은 내 시야에서 볼 수 없었지만 내 키와 엇비슷한 유미코의 눈빛은 바로 들여다볼 수 있었다. 유미코의 눈빛은 햇빛에 반짝이는 호숫가 물결처럼 빛나고 출렁이고 있었다. 죽어가는 도시와는 절대적으로 대조적이었다. 그녀의 눈빛은 삶의 생기로 부풀어 올라 있었다. 나의 죽은 동태 눈깔 같은 눈빛과도 절대적으로 대조적이었다. 나는 잠시나마 그녀의 생기가 내 눈빛에 힘을 불어 넣어 주는 것만 같았다. 우리 차례가 다가온다. 하얀 가운을 입은 약사 두 명이 분주하게 약이 든 상자를 건네주고 있었다. 직사각형 모양의 상자는 손바닥보다 조금 더 컸다. 한약 냄새가 물씬 풍겨났다. 끓인 물에 우려내서 마시라고 했다. 우리는 각각 한 상자씩 받아 들고 약국 문을 나섰다.

"지수, 우리집에 갈래?"

유미코는 친절한 목소리로 진심 어리게 물었다. 옆에 서 있는 미하엘을 보자 그도 괜찮다는 표정으로 고개를 끄덕였다. 상황을 보니 미하엘도 유미코네 집으로 갈 모양이었다.

내가 불청객이 될 순 없었다.

"아니, 집에 가서 할 일도 있고. 내일 보자."

나는 속에 없는 말을 했다. 사실 혼자 있고 싶은 기분은 아니었다. 아까처럼 날 원망하며 한없이 땅 밑으로 꺼질 것 같았기 때문이다. 될 대로 되라는 식으로 날 놓아버릴 것 같아 두려웠다. 난 마음 둘 곳도 발을 옮길 곳도 없어진 것처럼 방향을 잃었다. 미로처럼 어지러워졌다. 둘은 어느새 저만치 사이좋게 걸어가고 있었다. 나는 약 상자를 들고 집으로 향했다.

약 상자를 식탁 위에 던지듯 올려놓았다. 식탁 위로 먼지가 일었다. 생각해 보니 며칠째 청소를 하지 않고 있었다. 빨래통에 빨랫감은 밖으로 밀려나와 있고 싱크대에는 그릇들과 음식 찌꺼기들이 한데 버무려져 지독한 냄새를 내뿜고 있었다. 창밖 세상뿐 아니라 집안에도 마치 죽음의 그림자가 조금씩 깃드는 것만 같았다. 자동으로 텔레비전 리모컨을 들고 전원을 누른다. 켜자마자 굵고 안정적인 여자 아나운서의 목소리가 튕겨져 흘러나온다. 화면을 보니 사스와 관련된 내용이 브라운관 전체를 도배하고 있었다. 감염자 숫자만 나왔던 것이 사망자 숫자도 명시되기 시작했다. 죽음에 대한 공포가 공식화되었다.

약 상자로 시선이 옮겨진다. 상자 뚜껑을 젖혔다. 직사각형 모양의 상자 안에 약재들로 가득하다. 양약이 아닌 한약으로 처방된 것이다. 개별 포장된 약재를 물에 우려내 마시라는 내용으로 종이 메모가 함께 있었다. 어느새 방안 가득 약재 향으로 가득해진다. 그 향이 콧속으로 파고든다. 마치 죽음의 바이러스가 내 몸속으로 침투하지 못하게 막아내는 것 같다. 나는 뚜껑을 거칠게 덮었다. 죽음을 회피하려는 것 같아 내 모습이 갑자기 가증스러워졌다. 난 아직도 죽음의 공포 앞에서 직진을 할지 후진을 할지 기로에서 그렇게 홀로 앉아 있었다.

창밖으로 고개를 내밀었다. 11층 높이는 꽤 높아 보였다. 단지 내에 배회하는 사람은 한 명도 없다. 자전거 수리공도 보이지 않고 야채가게 아저씨도 보이지 않는다. 장미를 그리는 할아버지도 보이지 않는다. 그렇다. 나는 깜박 잊은 일이 생각난 듯 장미 할아버지를 찾아야겠다는 생각이 들었다. 할아버지가 해질녘에도 한 번씩 나와 장미를 그렸던 기억이 났다. 나는 그대로 밖으로 나갔다. 아직 해가 지려면 한 시간은 더 있어야 할 것 같다. 배도 출출해지고 우선 저녁을 때울 셈으로 학교 서문 쪽 소수민족 거리로 발걸음을 옮겼다. 간혹 보이는 사람은 모두 마스크를 끼고 있었고 나는 세상과 무관한 듯 걸어가고 있었다. 문을 연 식당은 좀처럼 찾아볼 수 없었다.

이대로 다시 집으로 돌아가야 하나. 나는 식당 주변 길을 한 바퀴 돌며 집 쪽으로 가는 다른 길을 택했다. 이쪽 길에 내가 즐겨 먹던 회족 낭가게가 있기 때문이다. 제발 이곳만은 영업을 하길 바라며 한 발 한 발 꾸역꾸역 걸음을 내디뎠다. 거리는 이미 쓰레기장으로 변해 있었다. 환경미화원들도 모두 고향으로 돌아갔거나 일을 중단한 상태인 것 같았다. 이런 상태가 조금만 더 지속된다면 도시 자체가 죽음을 맞이하게 될 것 같았다. 거리는 처참해 보였고 활기를 잃어가는 모습이 안쓰러워 보였다. 이 거리에서 난 나와 마주하고 있었다.

구수한 낭 향이 스멀스멀 콧속으로 들어온다. 사막의 오아시스 같았다. 난 죽음의 문턱에서 삶의 빛을 본 사람인 양 냄새를 좇아 속력을 내고 있었다. 하얀 회족 모자를 쓴 회족 아저씨는 묵묵히 낭을 구워 내고 있었다. 낭은 도우를 만들어 피자를 굽는 방법과 같았다. 화덕 안으로 들어간 낭이 노릇노릇 구워져 나오면 그 위로 짭조름한 소금이 뿌려진다. 무슨 소금인지 몰라도 따뜻한 낭 위에 뿌려진 그 나트륨은 맛의 풍미를 더해준다. 두 평 남짓한 크기. 그 앞에 서자 아저씨는 잠시 일을 멈춘다.

"니 야오선머?(뭘 찾아요?)"

"작은 낭 두 개 주세요."

나는 작은 낭이 쌓여있는 곳을 가리키며 손가락 두 개를 만들어 보였다. 아저씨는 고개를 살짝 끄덕이고 비밀 봉지 안으로 작은 낭 두 개를 신속하게 밀어 넣었다.

"니 부후이자마?(집에 돌아가지 않아요?)"

나는 이 난리통에 동요 없이 여전히 낭을 굽고 계신 아저씨가 문득 궁금해졌다.

"부후이자(집에 안가요.)"

"아저씨, 베이징에 사스가 심해서 모두 집으로 간다는데 무섭지 않아요?"

"파선머야?(뭐가 무서워요?)"

아저씨의 목소리에서 마치 자신의 삶을 영위하는 데 주위의 상황은 문제 되지 않는다는 듯 느껴졌다. 그런 아저씨가 조조처럼 용감해 보였다.

난 낭 두 개가 든 비밀 봉지를 들고 인도와 차도 구분이 없는 길을 뚜벅뚜벅 걸어 나갔다. 시멘트가 깔린 이 길은 평행이 맞지 않아 들쭉날쭉하다. 길 마디마디 푹 패여 물과 쓰레기가 고여 있다. 걸어가다 보면 전신주랑 맞닥뜨려 차도 쪽으로 걸으면 차가 어느새 엉덩이 뒤에서 경적을 힘차게 울려댄다. 난 다시 인도 쪽으로 몸을 돌린다. 단지 입구에 들어서자 노을이 서쪽 하늘에서부터 서서히 물들기 시작한다. 거리는 황폐해져 가는데 하늘은 5월의 하늘답게 무참하게도 맑게 드리워져 있다. 푸른 하늘과 구름을 벗 삼아 해는 기울고 노을은 새색시 볼처럼 발그레하게 익어간다.

봉지에 든 낭 하나를 꺼내 한 입 베어 물었다. 살짝 구워진 바삭함과 부드러운 속살이 짭조름한 맛과 어우러져 침을 돋우게 했다. 입이 즐거워지니 멍해있던 정신이 돌아오는 느낌이다. 심각하게 회의적이었던 사고는 어디 가고 발랄한 즐거움이 내 입안을 훑고 지난다. 나는 장미 할아버지를 어떻게든 찾아야겠단 생각이 들었다. 허기가 채워지자마자 나는 아파트 단지 내를 돌기 시작했다. 어디에선가 변함없이 장미 그림을 그리고 있을 거란 생각이 들었기 때문이다.

우선 할아버지가 자주 머물렀던 장미 화단부터 돌았다. 5월의 장미는 모래바람과 쓰레기 더미에 휩싸여 있었지만 10대 소녀들처럼 발랄하게 피어올라 있었다. 장미 할아버지는 보이지 않았다. 아파트 뒤쪽을 살폈다. 역시 보이지 않았다. 단지 전체를 한 바퀴 돌고 다시 제자리로 돌아올 때쯤 할아버지의 뒷모습이 스쳤다. 나는 자동적으로 그쪽을 향해 빠른 걸음으로 걸어갔다. 할아버지는 아파트 입구 계단을 걸어 올라갔다. 마스크를 끼고 스케치북과 간이용 의자를 들고 있었다. 나는 계속 장미 할아버지를 주시하며 걸어갔다.

할아버지는 기침을 심하게 하고 있었다. 허리가 앞으로 고꾸라질 정도로 기침이 끊이지 않는 듯 보였다. 할아버지는 옆구리에 끼고 있던 스케치북이 떨어져 나와 계단 아래로 나뒹굴었다. 나는 잽싸게 스케치북을 낚았다. 할아버지는 스케치북이 떨어진 줄도 모른 채 목까지 차오르는 기침을 주체하지 못하고 있었다.

나는 계단을 올라 할아버지 옆에서 걱정스럽게 바라보았다. 장미 할아버지는 내가 옆에 서 있는 것도 의식하지 못했는지 고꾸라진 배를 쥐고 기침이 솟구치는 입을 막으며 아파트 내부로 들어갔다. 나는 더 이상 그를 뒤따를 자신이 서지 않았다. 할아버지의 기침이 심상치 않는 듯 느껴졌기 때문이다. 그의 성근 흰 머리칼이 사라질 때까지 멍하니 바라보다 나도 이내 몸을 돌렸다. 내 손에 장미 할아버지의 스케치북이 들려 있다는 걸 깨닫고 다시 그를 따라갈까 하다가 그만두었다. 다음에 만나 스케치북을 돌려주면 인연이 만들어질 거란 기대가 생겼기 때문에 스케치북을 소중히 들고 집으로 갔다.

집에 들어와 누더기 같은 집안을 보자 우울해졌다. 소파 위에 늘어져 있는 옷가지를 대충 치우고 앉았다. 스케치북 첫 장을 넘겼다. 붉은 장미의 생동감이 살아 움직이듯 느껴지는 그림이었다. 페이지마다 날짜와 시간, 장소가 적혀있었다. 같은 장소 같은 장미지만 시간대별로 장미의 생김이나 생동감이 달랐다. 생생한 장미도 있었지만 병들고 시든 장미 그림도 있었다. 장미 할아버지는 뭘 생각하며 이 그림을 그렸을까. 장미가 할아버지한테는 어떤 의미였을까. 나는 왜 장미 할아버지에게 자꾸 끌리고 있는 것일까. 스케치북을 다 볼 때쯤 내 눈은 스륵스륵 감겼다.

일주일은 지난 것 같다. 밖에 나가지도 않고 방안에 틀어박혀 자고 먹고 싸고를 반복하며 감옥 같은 생활을 해나갔다. 이러다 사스는커녕 다른 병에 걸려 죽을지도 모를 일이었다. 그동안 유미코한테서 아무 연락이 없는 게 이상했다. 나도 무심하게도 전화 한 번 걸지도 않았다. 책상 위에 먼지가 소복이 쌓인 할아버지 스케치북까지 눈에 띄자 동굴 밖으로 나가야겠다는 생각이 들었다. 먼저 유미코에게 전화를 걸었다. 전화를 받지 않는다. 핸드폰으로 다시 걸었다. 꺼져 있었다. 문득 불길한 예감이 엄습했다. 하루가 멀다 하고 전화를 주고받았는데 서로 통화를 안 한 지 일주일이 다 되어 갔다. 미하엘과 잘 지내려니 했기 때문에 무심히 지나갔는데 연락이 안 되니 걱정이 앞섰다. 난 유미코의 집으로 곧장 향했다.

"유미코!"

벨을 눌러도 기척이 없어 문을 두드리며 유미코 이름을

시끄럽게 불러댔다. 난 더 세게 문을 두드렸다. 그리고 더 힘차게 유미코의 이름을 불렀다. 옆집 아주머니가 쓱 나오더니 힐끗 고개를 내밀었다. 내가 중국어로 할 말을 생각하는 사이 옆집 아주머니는 문안으로 사라졌다. 나는 마지막으로 한 번 세게 주먹질을 하려고 할 때 문이 스르륵 열리면서 유미코의 얼굴이 나타났다. 유미코의 얼굴은 말이 아니었다. 초췌해진 몰골과 퉁퉁 부은 눈이 무슨 일이 생긴 게 분명했다.

"들어와, 지수"

"무슨 일이야?"

나는 집으로 들어가면서 물었다.

"미하엘이 독일로 갔어."

"그래?"

"헤어졌어. 우리"

그럴 리가, 싶었다. 자세히 묻고 싶었지만 유미코의 눈빛과 얼굴에서 이미 끝난 상황임을 말해 주고 있었다. 나는 말없이 그녀의 손을 잡았다. 유미코는 내 손에 그녀의 얼굴을 묻었다. 한참을 울게 놔두었다. 나도 그와 헤어질 때 이렇게 밤낮없이 울고 또 울었다. 울어도 해결되는 건 없었고 울고 나면 내가 얼마나 초라한지 당시의 내 모습이 보였다. 그래서 또 울었다. 유미코에게 해 줄 수 있는 말이 없었다. 나는 그녀가 잠들 때까지 곁에 있다가 잠든 후 밖으로 나왔다.

하늘은 하염없이 맑은데 거리는 시들어 간다. 집으로 돌아가 스케치북을 들고 장미 할아버지를 찾았다. 단지를 몇 바퀴 돌아도 할아버지는 보이지 않았다. 난 전에 할아버지가 들어갔던 그 동을 찾아 입구로 들어갔다. 어두컴컴한 입구를 따라 안으로 들어가자 엘리베이터가 있었다. 다행히도 엘리베이터 언니가 엘리베이터 안에 있었다. 그녀는 의자에 기대어 앉아 눈을 감고 있었다.

"니하오?"

그녀는 힘없이 눈꺼풀을 올렸다. 나는 그녀가 할아버지를 알 거란 생각에 스케치북을 보이며 '예예(할아버지)'라고 했다.

"이 할아버지 어디 사는지 알아요?"

그녀는 내 얼굴을 좀 더 구석구석 살피듯 눈동자를 굴렸다. 나도 그녀의 눈을 빤히 쳐다보았다.

"죽었어요. 그 할아버지."

"네?"

잘못 들었나 싶어 되묻자 그녀는 내가 외국인이라는 걸 알아차리고 손짓 몸짓을 하기 시작했다. 그녀의 손짓은 우왕좌왕해서 좀처럼 알기 어려웠는데 이마에 손을 대고 기침하는 흉내를 내더니 결국 고개를 옆으로 꺾으며 눈을 감는 모습을 보였다. 그제서야 나는 할아버지가 더 이상은 장미 그림을 그릴 수 없음을 짐작했다. 나는 심장이 뛰고 몸에 힘이 빠져나가는 것 같았다. 손에서 스케치북을 놓쳤다. 나는 스케치북을 다시 주워들었다.

"이거, 그 할아버지 거예요."

"가져가요. 아니면 버리든가."

그녀는 망설임 없이 단정 짓듯 말했다. 유품이 된 스케치북을 멀거니 바라본다. 그 스케치북은 나에게 뭐라고 소리치는 것 같았다. 스케치북을 바라보다가 문득 한국으로 돌아가야겠다는 생각이 들었다. 그 스케치북은 살려거든 이곳을 떠나라고 악을 쓰는 것 같았다. 나는 급히 집으로 돌아갔다. 쓰레기 더미로 썩어 가는 집안을 청소 먼저 해야 될 것 같았다. 문을 열자 창으로 들어오는 빛 사이로 먼지가 폴락폴락 날리고 제자리를 찾지 못한 온갖 쓰레기들이 서걱거리며 꿈틀대고 있었다. 나는 마스크를 끼고 고무장갑을 꼈다.

어디서부터 순서를 정하지도 않은 채 닥치는 대로 쓰레기들을 치우고 물건들을 제자리에 올렸다. 바닥을 쓸고 걸레질을 하고 나니 10평 남짓한 방의 체리색 마룻바닥이 보이기 시작했다.

나는 그 바닥에 덜컹 누웠다. 팔 다리를 있는 힘껏 뻗었다. 몸이 나비처럼 가벼워지는 것 같았다. 눈을 감으니 내 몸이 공중으로 붕 떠오르는 느낌이다. 나는 숨을 들이켜고 입을 막아본다. 가슴이 터질 것 같은 통증이 온다. 얼굴이 새빨갛게 될 정도로 참는다. 꾹. 턱하니 앙 다물던 입이 터진다. 눈깔이 돌아갈 듯 큰 숨을 들이켠다. 정말 죽을 것만 같았다. 죽는다고, 감히 네가?

눈을 떴다. 시계를 보니 하루가 지난 건지, 이틀이 지난 건지 알 수 없었다. 핸드폰은 방전되어 있고 달력을 봐도 오늘이 며칠인지 알 수가 없었다. 오늘은 며칠이냐고 누구한테 물어볼 사람도 없다. 온몸에 한기가 감돈다. 전화벨이 울린다. 동굴에서 울리는 소리처럼 메아리가 메아리를 만든다. 누굴까. 생각하는 사이 전화벨은 똑같은 간격으로, 받을 때까지 울릴 심산으로 고집스럽게 울려댄다.

"여보세요? 네? 네? 누가요? 네? 뭐라고요? 무슨 말인지 하나도 모르겠어요!"

나는 그대로 집을 나섰다. 그럴 리가 없다. 나는 도리질을 했다. 제발 잘못 알아들은 것이길 바라며 학교 건너편에 있는 병원으로 달려갔다. 그럴 리가 없다. 병원 정문을 들어서자 바로 왼쪽에 '응급실'이란 글자가 크게 적혀 있었다. 나는 그쪽으로 들어갔다. 그럴 리가 없다. 그럴 리가 없는 게 확실했다. 허겁지겁 달려 들어간 내 모습에 응급실에 모여 있던 사람들이 날 응시했다. 간이침대 위로 하얀 천이 사람의 실루엣을 그대로 드러내며 드리워져 있었다. 난 자석에 이끌리듯 그 앞으로 다가섰다. 침대 옆에 있던 하얀 가운을 입은 사람이 하얀 천을 내린다. 유미코.

"친구 맞아요?"

머리가 빙빙 돈다. 이건 꿈일 거다. 난 아까 잠에서 깨어나지 않은 거다.

"핸드폰에 당신 번호가 마지막으로 찍혀 있었어요. 조금 전에 학교 책임자가 와서 확인했어요. 친구가 이렇게 된 이유를 알아요? 아마 공안이 와서 몇 가지 물어볼 거예요."

나는 오늘이 며칠인지도 모르겠고 도대체 사람들이 왜 이러는지도 모르겠다. 너무 춥고 너무 무서웠다. 그날 난 공안이라는 사람과 몇 시간 취조를 당했다. 난 내가 알고 있는 걸 모조리 솔직하게 말했고 그들은 날 믿는 눈치였다. 유미코의 자살은 암암리에 학교 전체로 퍼져나갔다. 나는 며칠 후 한국행 비행기에 올랐다. 비행기를 탄 사람들은 하나같이 마스크를 끼고 있었고, 그들의 얼굴은 마치 석고상 마냥 굳어 있었다.

'전 작가님' 누군가가 부르는 소리에 눈을 뜬다. 두 명의 남녀가 내 앞에서 반가운 얼굴로 서있다. 한 분은 왕 작가, 다른 한 사람은 한국어 통역이었다. 나는 서둘러 몸을 일으켰지만 어지럼증으로 몸이 휘청거린다. 둘은 순발력을 발휘해 내 양 팔을 잡아 주었다. 난 부끄러워하며 몸을 곧추세웠다. 왕 작가가 먼저 악수를 청했고 나는 슬그머니 그의 손을 잡았다. 흰머리가 섞인 머리칼이 왕 작가의 어깨까지 내려와 있다. 예술가만이 풍겨낼 수 있는 풍채였다.

우리는 호텔 로비에 있는 커피숍으로 향했다. 왕 작가는 통역을 통해 다시금 내 판화 전시회를 추진하고자 하는 의사를 전달했다. 전시회 제목은 '마스크의 기억' 그대로 하기로 했다. 무명작가인 나는 이런 호의를 어떻게 응대를 해야 할지도 모른다. 통역은 내가 사인만 하면 그다음 일들은 왕 작가 쪽에서 알아서 할 거니까 불필요한 걱정은 할 필요 없다고 말한다. 나는 중국어로 된 계약서에 사인을 한다. 한국어 번역본은 나중에 메일로 보내준다 한다. 그들은 매우 호의적이었고 나한테 과분한 대우를 제시했다. '마스크의 기억'의 중심 소재는 장미 할아버지와 유미코이다. 마스크로

덮여져 숨도 입도 막혔던 그 시절, 나는 죽음을 보았다.

그들은 내 프로필을 보던 중 잠깐 중국에서의 어학연수 생활에 대해 큰 호기심을 보였다. 나는 그 이야기는 다음으로 미루자 했다. 이 말이 그들에게 더한 궁금증을 자극한 듯 보였다. 그는 다음 약속을 재차 확인한 뒤 커피숍을 떠났다. 나는 로비의 회전문을 밀고 밖으로 나왔다. 탁한 냄새가 콧속으로 시원하게 들어온다. 마스크를 주머니에서 꺼내 끼었다. 크게 숨을 들이켰다. 이제야 살 것 같은 기분이 들었다. 그래, 이제야 살 것 같은 기분. 마스크를 끼니 이제야 살 것 같았다. 마스크를 낀 내 얼굴이 회전문 유리로 빙그르르 돌고 있었다.

『펜문학』 2014년 (원제 〈마스크〉)

제제姐姐의 그해 여름

'닮았다!'

그녀가 걸어오고 있다. 나무늘보처럼 느릿느릿 몸을 움직였다. 마른 가지처럼 날씬한 몸매이지만 움직임은 둔해 보인다. 베이징 수도국제공항 제1출국장의 자동문이 열리자 바쁘게 걸어 나오는 여행객들 틈에서 그녀의 느리고 아둔한 동작이 좀 답답해 보였다. 새로 산 듯한 운동화가 유난히 반짝거렸다.

그녀가 왼발을 내밀고는 그대로 멈추어 섰다. 고개를 한 바퀴 돌려 마중 나온 사람들을 찬찬히 살펴보았다. 길게 둘러선 사람들이 들고 있는 팻말이나 종잇장에서 자기 이름을 찾고 있는 것 같다. 나는 들고 있던 종잇장을 구겨 손아귀에 숨겼다. 그녀를 보자 그냥 구겼다. 검은색 사인펜으로 A4 가득 '김서희'金徐熙라 쓴 세 글자는 무참히 찌그러졌다. 뜬금없이 나는 왜 그랬을까?

그녀는 한참 만에 어색하게 내밀었던 자기 왼발을 주춤거렸다. 자기 이름을 찾지 못했을 것이다. 이내 기내용 작은 트렁크가 그녀의 손에 이끌려 지그재그로 움직인다. 이번엔 앞만 보고 걷는다. 그녀가 신은 파란색 운동화는 물위를 떠가듯 흐물흐물 움직인다. 동화책에서 본 아르마딜로만큼이나 낯설게 느껴졌다. 나는 그녀의 걸음 속도에 맞춰 뒤따라갔다.

그녀의 옆얼굴은 45도 각도로 드러나는 사진처럼 정지되어 있다. 감정이 삭제된 조각 같았다. 왜 마중 나온 나를 더 찾지 않고 그냥 가는 걸까? 그리고 왜 또 나는 그녀의 이름을 쓴 종이를 이참에 구겨 버렸을까? 그녀의 단호한 행동이 나의 호기심을 자극했다. 그녀는 근처 대기실 의자에 천천히 앉는다. 하얀색 반팔 면티에 밤색 면바지를 입은 평범한 한국 여자였다.

자주색 키플링 가방을 크로스로 메고 있었고, 가방 사이로 분홍색 야구모자도 보였다. 어깨까지 내려오는 파마머리는 밝은 갈색으로 염색을 했다. 금방 미용실에서 파마를 하고 나온 듯 웨이브의 탄력이 좋아 보였다. 옆으로 가늘게 찢어진 민 눈, 작은 턱 때문에 살짝 앞으로 돌출된 입, 평범한 표정. 닮았다! 나는 그녀의 모든 것을 스파이처럼 냄새 맡았다.

그녀가 자주색 가방 앞주머니에서 종이를 꺼내 다시 펼쳐

본다. 그녀의 손에 있는 종이는 내가 보낸 편지였다. 뭔가 확인해 보는 것 같았다. 그녀의 얼굴이 길 잃은 아이 표정처럼 다소 난감해진다. 후회하는 것일까? 그까짓 종이 한 장을 믿고 비행기까지 타고 낯선 이 나라에 온 자신을 어리석게 생각하는 것일까. 왜 나는 그녀를 다른 사람들처럼 양팔을 크게 벌리고 환하게 환영해 주지 못하는 것일까. 때로 이런 소극적인 나 자신을 저주하곤 한다.

두 손으로 감싼 얼굴이 천천히 숙여졌다. 우는 것일까? 가서 안아 줘야 하는데… 내가 초청해서 이곳에 온 게 아닌가? 그러나 좀처럼 용기가 나지 않는다. 그녀가 날 어떻게 생각할까. 난 또 그녀를 어떻게 생각해야 하는 건가. 한참만에 일어섰다가 다시 앉는다. 정말 일어나 가버리면 어쩌나, 나는 고개 숙인 그녀의 얼굴 밑으로 내 두 발을 겨우 들이밀었다. 심장이 두근거리기 시작했다. 그녀는 나무늘보처럼 느리게 고개를 들어 나를 올려다본다.

그녀의 동공과 나의 동공이 언뜻 마주쳤다. 그녀의 동공은 놀란 듯 확대되었다. 나는 아까 구겨 넣었던 종이를 다시 꺼내 '김서희!'란 글자를 펼쳐 보여 주었다. 그녀의 동공은 더욱 크게 확대되었다. 흑백사진 같았던 그녀의 얼굴에 복숭아 빛 감동이 잠깐 흐르는 것 같았다.

"저어, 안녕하세요? 저는 진판판金凡凡이라고 합니다. 김

서희씨! 맞지요?"

나는 한국 사람처럼 또박또박 말했다. 그녀는 앉지도 서지도 못한 어중간한 자세로 들고 있던 종이를 내밀었다.

"이 편지를 보낸 분이세요?"

그녀의 목소리는 낯선 몸짓과는 전혀 다르게 부드럽고 친근했다. 밖으로 튀어나올 것만 같았던 활화산 폭발 직전의 내 심장을 그녀의 목소리가 잠잠하게 가라앉혀 주었다. 감미롭고 따뜻한 음성은 내가 그녀를 좋아할 수밖에 없을 것 같다는 생각이 들게 했다. 나는 함박미소로 대답을 대신했다. 그녀는 돌변하여 나의 위아래를 다시 찬찬히 훑어보기 시작했다. 내가 그랬던 것처럼 탐색하는 것 같았다. 우리는 사냥개처럼 서로 무슨 냄새인가를 찾았다.

오렌지색 원피스에 하얀색 얇은 벨트를 한 내 모습이 어떻게 보였을까. 일부러 오랫동안 용돈을 모아 산 원피스인데, 고등학생 주제에 너무 나이 들어 보이는 건 아닐까. 그냥 평상시처럼 청바지에 티셔츠나 입고 나올 걸 그랬나? 신경이 쓸린다.

"중국 사람이세요?"

아무래도 내 모습이 한국 사람처럼 보이지는 않았나 보다.

"네, 중국 사람입니다."

"제가 여기 온다는 건 어떻게 아셨어요?"

"이메일을 봤습니다. 그 편지에 쓴 메일로 비행기 시간을 당신이 알려 주셨잖아요?"

그녀는 그 편지를 보낸 사람이 정말 나인지 확인하기 위해 묻는 것 같았다.

"네, 그랬죠. 한국말 참 잘하시네요."

"아직은 많이 어색하죠? 제 말투가."

그녀는 대답 대신 손으로 오른쪽 뺨을 천천히 문지른다. 뭔가 생각을 정리하는 듯한 표정으로 고개를 살짝 갸웃거렸다.

"김순철金純鐵씨를 알고 있어요?"

그녀는 다소 의심스런 눈빛으로 찔렀다. 여우 같은 퍼런 눈빛이 섬뜩하다. 이 세 글자를 말하기까지 그녀는 얼마나 고심했을까. 아니, 내가 가장 먼저 묻고 싶었던 단어이기도 했다. 어쩌면 우리는 이 세 글자 때문에 이렇게 운명적으로 한 번은 만나야 하는 것인지도 모른다.

단체 관광객인지 깃발을 든 가이드가 한 무리를 이끌고 우리가 서 있는 쪽으로 오고 있다. 나는 그녀에게 저쪽으로 가자고 손짓을 했다. 내 발보다 작은 엄마 구두를 몰래 신고 나왔더니 발가락이 아프다. 그녀의 느린 걸음 덕분에 절뚝거리는 내 걸음이 별로 어색해 보이지 않는 것 같다. 나는 사람이 적은 한적한 곳으로 자리를 안내했다. 앉자마자 그녀의 얼굴을 똑바로 다시 훑어보았다.

"그래요! 제 아빠가 김순철 씨예요."

나는 할 수 있는 한 경쾌하게 대답했다. 그녀가 놀라서 당황할까 봐, 아무렇지도 않은 척 웃으면서 말을 이었다. 하지만 나의 목구멍은 순간 숨이 막혔다. 그 다음 말이 이어지지 않았다. 당장 호흡곤란으로 쓰러질 것만 같았다. 심장 박동은 킹콩이 가슴을 내리치듯 강하게 빨라졌다.

"아!"

그녀의 대답은 짧았지만 눈빛은 이제 안심이 된다는 신호였다. 그녀는 나의 긴장된 상태를 눈치라도 챈 듯 잔잔한 미소로 내 몸 전체를 감싸 안았다.

"고마워요. 부고 소식을 전해줘서."

그녀의 말에 진심이 묻어났다. 오히려 당황한 건 나였다. 심장 박동은 더욱 빨라지고 눈물이 핑 도는 것 같았다. 애써 외면했던 감정이 역류되었다. 이제 어느 정도 아빠의 죽음을 받아들였다고 생각했는데 아빠의 마지막 미소가 결국 내 울음보를 터뜨려 버렸다. 나는 눈물을 뚝뚝 흘리고 코끼리 소리까지 내며 울고 말았다. 그녀는 도리어 나의 울음에 당황해 한다. 나를 어색하게 안아 준다. 앙상한 나뭇가지 같은 그녀의 몸이 양털같이 포근하게 다가왔다.

"미안해요. 이제 저희 집으로 갈까요?"

나는 손등으로 눈물을 훔치며 말했다. 그녀는 또 느리게 고개를 끄덕였다.

우리집은 공항에서 택시를 타면 약 20분 거리에 있는 '순이順義'에 있다. 베이징택시 대부분이 2008년 올림픽을 기점으로 한국 현대차 '아반떼'로 바뀌었다. 그것도 8월 8일에 맞추었다. 중국인들이 가장 좋아하는 숫자 빠빠빠(888)가 세 개나 들어있다. 그런데 하필 우리 앞으로 폭스바겐제타 택시가 멈췄다. 폭스바겐 택시를 타는 바람에 내가 준비한 이야깃거리 하나가 줄었다. 난 현대 아반떼를 타면 자동차 이야기로 그녀와의 대화를 시작할 구상이었기 때문이다. 할 수 없지.

"니하오. 취순이(순이로 가주세요)"

운전기사의 얼굴이 일그러진다. 사실 순이는 택시기사들이 가장 가기 싫어하는 곳이다. 몇 시간을 기다렸는데 고작 50위안도 안 나오는 순이로 가는 건 거리상 손해나는 장사니까 말이다. 그래서 승차거부를 하는 일이 비일비재해지자, 베이징 교통부에서 강구한 것이 가까운 곳을 갈 경우 다시 공항으로 오면, 오래 기다리지 않고 바로 손님을 태울 수 있도록 노란색 배차카드를 주기도 한다. 그럼에도 불구하고 기사들은 가까운 곳을 가는 손님이 타면 불편한 기색을 숨기지 않는다.

이 운전기사 아저씨도 재수 없다는 표정으로 한숨 먼저 내뿜는다. 나는 준비했던 말들이 공중으로 분해된 듯 아무 말도 나오지 않았다. 말이 없기는 그녀도 마찬가지였다. 길가 가로수 나무들은 검은 스모그로 빛바랜 녹음을 자랑하고 있다. 날은 더웠지만 스모그 때문인지 을씨년스러워 보인다. 우리집에 거의 도착할 때쯤 그녀는 뭔가 말하려는 듯 끄응거리는 신음소리가 났다. 나는 그녀의 다음 말을 참을성 있게 기다렸다.

"김순철 씨는 어떻게 돌아가셨어요?"

나를 위한 배려일까? 그녀는 자신의 아빠를 '김순철 씨'

라고 불렀다.

"폐암으로요…"

그녀는 고개를 창밖으로 돌린다. 그녀의 옆얼굴은 다시 핏기 없는 조각으로 돌아왔다.

"수푸, 짜이첸삔팅이사!(아저씨 앞에서 세워주세요.)"

기사는 거칠게 차를 멈췄다. 노란 먼지가 일었다. 약 3년 전만 해도 황폐한 이곳은 허허벌판이었다. 부동산 붐에 힘입어 고급빌라 단지가 계획되고 대형 아파트가 들어서면서 지하철도 생기고 차들도 빈번해졌다. 우리도 새로 짓는 아파트 분양을 겨우 받을 수 있었는데 아빠가 갑자기 입원하는 바람에 저축해 둔 생돈을 쓰게 되었다. 몇몇 이웃들은 부동산 부자가 되었다. 값비싼 브랜드 옷에 고급 차를 몰고 다니기 시작했다. 그녀는 즐비한 외제차와 고층 아파트 숲을 보고 눈이 휘둥그레진 것 같다.

"어서 오세요!"

엄마는 앞치마를 두른 채 미리 문 밖으로 나와 기다리고 있었다. 불고기 냄새가 아파트 복도까지 풍겼다.

"제 엄마예요. 한국말은 인사말밖에 못해요."

그녀는 천천히 고개 숙여 인사를 했다. 엄마는 집 안쪽으로 조심스럽게 안내했다.

"신발 신고 들어와도 돼요. 한국은 그렇지 않죠?"

그녀는 어정쩡하게 현관문에 섰다. 몸을 거의 움직이지 않았다. 그 자리에서 오도카니 집안을 둘러본다. 나는 그녀의 트렁크를 내 방으로 옮겼다. 그녀의 눈길이 머문 곳은 거실 창가에 놓인 검정색 피아노였다. 피아노가 단출한 집안 분위기와 어울리지는 않는다. 긴 소파와 텔레비전, 3인용 식탁뿐인 거실에 피아노는 비대한 몸집으로 무게 중심을 잃고 있었다.

"아빠가 사준 거예요. 그런데 전 잘 못 쳐요. 어학에는 소질이 있는데 음악에는 소질이 없는 것 같아요. 아빠한테 배운 한국어가 이 정도면 괜찮죠?"

그녀의 시선이 피아노에서 떨어지지 않았다. 그녀의 몸이 화석처럼 굳어진 것 같았다. 화가 난 것 같기도 하고, 울 것 같기도 한 비참한 얼굴이 되었다. 나는 그녀에게 무슨 말을 더 하려다가 입을 오므렸다. 방해하면 안 될 것 같아서였다. 엄마는 얼른 씻고 와서 밥을 먹으라는 눈짓을 보낸다. 그때서야 그녀는 나를 따라 방으로 들어왔다. 간단히 짐을 풀고 엄마와 셋이 함께 앉았다. 오랜만에 엄마가 해준 불고기가 맛있었지만 그녀는 별로 먹지 않았다.

피곤해 하는 모습이 역력했다. 아직 초저녁이었지만 나는 잠을 권했다. 그녀는 스스럼없이 따라와 내 방 침대에 누웠다. 많이 피곤했는지 눕자마자 깊은 잠에 빠진 것 같았다. 아마, 정신적인 긴장과 굴곡이 더 컸으리라. 엄마는 나와 닮은 그녀가 전혀 낯설지 않은 모양이다. 엄마는 이미 아빠한테 얘기를 들어 한국에 가족이 있다는 사실을 알고 있었다.

아빠는 한국에서 사업 실패로 쫓기듯 중국에 왔다 했다. 신용불량자에다가 극성 빚쟁이들 때문에 한국으로 돌아가지 못하고 있던 아빠를 돌봐준 건 엄마였다. 작은 식당 주인이었던 엄마는 중국말도 못하는 아빠가 매일 아침밥을 먹으러 오면서 자연히 알게 되었다. 저간의 사정을 알게 된 엄마는 아빠에게 식당에서 일을 하게 해주었다. 그러다가 아빠와 급속하게 결혼까지 하게 되었다는 것이다.

내가 이 모든 사실을 알게 된 건 아빠가 폐암 말기로 판명되어 병원에 입원할 즈음이었다. 이런 사실들을 숨긴 아빠, 엄마가 처음에는 참을 수 없이 미웠다. 날 속였다는 배신감이 증오심으로 번졌고 병석에 누워계신 아빠를 향해 고래고래 소리치며 집을 뛰쳐나가기도 했다. 대학 입시를 코

앞에 두고 공부가 눈에 들어올 리 없었다. 나에게 대학이란 게 의미가 없어진 것 같았다. 나는 부모에 대한 배신감을 당신들 자식이 엉망이 되어가는 것으로 복수하고 싶었다.

이런 나를 수습하여 다시 되돌린 건 아빠였다. 거동도 하기 어려워진 아빠는 처음으로 나에게 눈물을 보였다. 아빠는 한국에 있는 가족에 대한 그리움을 솔직하게 털어 놓았다.

"한국에 너의 언니가 있다. 내가 죽거든 언니를 꼭 찾아다오. 외롭게 살았을 거야. 그리고 진심으로 미안하다는 말을 전해 주렴. 날 실컷 원망하라고."

아빠의 눈물과 용서 그리고 어쩔 수 없었던 환경과 여건 등 진심을 모두 듣고 나자 아빠를 다소 이해할 수 있었다. 나도 아빠처럼 절박한 상황이었다면 나 역시 어쩔 수 없었을 것이다. 아빠는 유언처럼 한국의 언니 집주소가 적힌 편지봉투 한 장을 주었다. 나는 많은 고민 끝에 결국 그 주소로 편지를 보냈다. 그 편지에 내 이메일 주소를 남기고 혹시나? 연락을 기다렸는데 거짓말처럼 한 달 만에 그녀로부터 '베이징 행!' 답변을 받게 된 것이다.

"저어, 일어날래요? 아침식사 하셔야죠."

나는 아직 그녀를 뭐라 불러야 좋을지 몰랐다. 그냥 '언니!' 라고 부를까? 그녀가 날 어떻게 생각할까? 그녀가 극적인 현실을 어떻게 받아들일지 조심스럽기만 할 뿐이다. 엄마는 중국식 아침으로 유탸오油条와 더우장豆浆 그리고 젠빙煎饼을 준비했다. 그녀의 얼굴색은 어제보다 좀 나아 보였다. 아직도 꿈꾸는 듯한 표정이었지만 현실을 인정해 가는 것 같았다.

"고마워요. 너무 친절하게 대해 주시네요."

"부커오치, 주당스니더자바! (뭘, 여길 너의 집처럼 생각하렴)"

엄마는 한국말은 못하지만 알아들을 수는 있다. 그녀는 엄마의 밝은 표정과 음성에 한결 마음이 놓인 듯 처음으로 편한 미소를 보였다. 그녀는 유탸오를 한입 물고 더우장을 마셨다.

"처음 먹어 보는데 참 맛있네요."

"둬츠디얼! (많이 먹어요!)"

엄마는 만족스러워하며 그녀 접시 위에 유탸오를 더 올리고 컵에는 더우장을 더 따랐다. 그녀는 겸손하게 손사래 친다. 어딘가 나랑 닮은 그녀가 점점 좋아진다. 아니, 닮은꼴을 부지런히 찾고 있었다.

"이거 먹어 볼래요? 다오상춘稻香村이라고 아빠가 좋아했던 베이징 과자예요."

나는 장미맛을 골라 네 조각으로 잘랐다. 그녀는 한 조각 입에 넣고는 아무 말도 없었다. 아까부터 그녀의 눈빛은 자꾸 피아노로 쏠렸다. 피아노에 뭔가 사연이 있을 것 같은 예감을 느꼈다.

"아, 저 피아노요? 아빠가 2년 전쯤 아무 말도 없이 구입하셨어요. 아빠가 나보다 피아노를 더 많이 치셨어요. 중국 전통노래 중 '모리화'라는 노래가 있어요. 이 노래를 유난히 좋아하셔서 매일 연습하셨어요. 그걸 제가 찍어 놓은 동영상이 있는데 한 번 보실래요?"

동영상에는 아빠의 뒷모습과 옆모습이 흔들흔들 보였다. 한 손으로 서툴게 치는 모리화는 슬프게 들린다. 그녀의 얼굴은 오랜 기억을 떠올리려는 듯 깊어졌다. 무슨 생각을 하는 것일까? 그녀는 선잠에서 깬 듯 화들짝 얼굴을 들었다. 민망한 표정으로 나와 엄마를 번갈아 바라본다.

"아침 먹고 뭘 할까요?"

나는 애써 편안하게 해주려고 물었다. 그녀는 잠시 생각하는 눈치였다.

"아빠가 자주 갔던 곳들이 있으면 좀 둘러봐도 될까요?"

"네, 그럼 이전에 우리가 운영했던 식당을 가볼까요? 그리고 아빠가 일하셨던 곳도요. 그리고 납골당도 빼놓을 수 없겠죠? 지금 아빠가 계신 그곳 말이에요!"

나는 사실 그녀가 오면 가볼 만한 곳을 미리 계획해 두었다. 나에게 생각지도 않았던 언니가 생긴다는 건 설레고 흥분되는 일이었다. 그녀는 어렵게 고개를 끄덕거렸다. 그녀는 어제와 똑같은 차림으로 나섰다. 나도 회색 티셔츠와 청바지를 입고 양산을 챙겼다. 엄마는 그녀를 잘 안내하여 구경시켜 주고, 저녁은 꼭 집에 와서 먹으라고 일렀다. 엄마는 개인 식당 운영을 그만두고 중국 고급 레스토랑에서 요리사로 일하고 있다.

쓰촨성四川省출신 여자라서 음식도 잘 하고 살림도 야무지시다. 성격도 시원하면서도 상냥해서 사람들 사이에서도 인기도 좋은 편이다. 그래서인지 아빠의 병수발과 죽음도 자연스럽게 받아들이고 극복했다. 엄마의 낙천성과 긍정성은 나의 유전자에도 들어있나 보다. 난 그녀가 나를 진정 동생으로 받아 줄 수 있도록 이 짧은 시간 동안 내가 할 수 있는 노력은 다할 예정이다.

우린 다정한 자매처럼 문을 나섰다. 뿌듯한 표정으로 엄마는 우리를 배웅해 주었다. 그녀의 얼굴도 환하게 변한다. 나는 먼저 전에 우리 세 식구가 달랑 살았던 작은 식당으로 그녀를 제일 먼저 데리고 갔다. 여기저기 공사 중인 곳이 많다. 그녀는 주위를 주의 깊게 살펴보며 걷고 있다. 그녀의 눈에는 모든 게 신기하고 새로워 보이는 모양이다.

"중국이 처음이세요?"

"네, 사실 해외에 나와 보는 게 처음이에요."

나는 조금 놀랐다. 처음일 수도 있겠지만 막연히 한국 사람은 해외여행을 많이 하는 부자 나라라는 생각을 하고 있었기 때문이다.

"저도 한 번도 없어요. 나중에 기회가 되면 한국에 꼭 가 보고 싶어요."

'아빠의 나라말이에요!' 그러나 이 말은 입 밖으로 나오지 않았다. 그녀는 아무 대답도 않고 그저 피식! 웃음을 보인다. 나는 진심이었다. 아빠의 나라에 가보고 싶은 건 당연한 바람이지 않을까?

"전 지드래곤 좋아해요. 언니는 좋아하는 가수 있어요?"

나는 그녀의 웃음에 힘입어 한 걸음 다가갔다.

"없어요. 전 연예인 안 좋아해요."

"저, 저한테 존댓말 안 해도 돼요. 제가 동생인데요?"

그녀는 아까보다 더 밝은 웃음으로 대답을 대신했다.

"지난달에 지드래곤이 베이징에 왔었어요. 너무 가고 싶었는데 입장료가 너무 비싸서 못 갔어요. 엄마는 가라고 했지만, 공부도 잘 못해서 엄마를 기쁘게 해드리지도 못하는데요."

그녀의 환심을 사고 싶어 안달 난 사람처럼 나는 묻지도 않은 말을 끊임없이 주절거렸다. 그럼에도 불구하고 무뚝뚝한 그녀는 냉소적인 태도로만 일관했다. 어느새 걸어서 30분 거리에 위치했던 예전 조그만 식당에 도착했다. 지금은 헐리고 그 자리에 주상복합 아파트가 거만하게 들어섰다.

"여기가 우리 식당이 있던 자리예요. '훠궈'라고 중국에서 유명한 쓰촨 요리를 했어요. 한국에서는 샤브샤브라고 한대요. 겨울에 먹으면 더 맛있어요. 한국 사람들이 아주 좋아한댔어요! 다음에 한 번 같이 먹어 볼까요?"

그녀는 거대한 건물이 들어선 그 자리에 조그만 식당이

있었다는 것에 대해서 상상이 되지 않는 모양이다. 무엇을 찾는 것일까? 오도카니 서 있다. 아빠의 냄새를 찾는 것일까? 이럴 줄 알았으면 사진이라도 한 장 남겨 놓을 걸 후회가 든다. 우리 세 식구가 단란하게 함께 했던 추억이 흔적도 없이 사라졌다. 주변은 반짝반짝 우뚝 선 새 건물들로 웅장했다. 이런 걸 상전벽해桑田碧海라고 하던가? 베이징은 신속하게 변해갔다.

나는 나온 김에 근처 대형 쇼핑센터도 구경을 하자고 했지만 그녀는 고개를 저었다. 다시 천천히 걷기 시작했다. 나무늘보처럼 느리게. 마치 양쪽 발목에 쇠고랑을 찬 사람처럼 힘겹게 걸어 나갔다. 바람이 불자 흙먼지가 날린다. 끈적끈적하고 텁텁한 흙내가 얼굴을 덮친다.

"김순철 씨가 일했던 곳이 어디라고 했죠?"

그녀는 뒤돌아서서 다소 가벼운 음성으로 물었다.

"네, 여기서 차를 좀 타고 가야 돼요. 버스 타고 다섯 정거장쯤 돼요. 버스 타고 갈까요?"

가까운 버스 정류장으로 안내했다. 그녀의 걸음은 아까보다 빨라졌다. 버스가 막 들어왔다. 그녀는 생각보다 빨리 뛰었다. 나보다 먼저 앞장서서 버스 앞문으로 승차하려고 했다가 제지를 당했다. 두 대를 이어서 만든 긴 버스는 앞문과 뒷문이 승객이 내리는 문이고 중간 문으로 승차하도록 되어 있다. 중국식 버스 승차법을 몰라 무안해진 그녀는 부끄러운 얼굴로 웃었다. 나도 따라 웃어 주었다. 서로 얼굴을 보며 웃자 한결 더 가까워진 느낌이 들었다.

"아빠가 3년 전까지 엄마랑 함께 이곳 식당에서 일하셨어요. 아파트 단지로 변하면서 엄마는 다른 식당 주방장으로, 아빠는 중국 고가구 도매업을 시작했어요."

버스의 엔진 소음 때문에 내 목소리가 잘 안 들리는지 그녀는 눈에 힘을 주며 들으려고 애썼다. 그녀는 차창 밖으로 지나가는 풍경을 열심히 둘러본다. 버스 내부에 안내양이 있는 게 신기한지 안내양의 움직임에도 주시한다. 나도 따라 버스 내부를 둘러보는데 베이징 시민들의 옷이며, 머리 스타일이며 빠르게 변하는 것 같다. 몇 년 전만 해도 단조롭고 밋밋했었는데 지금은 TV 연예인처럼 화려하고 각양각색이다.

"내릴까요. 다 왔어요!"

길 건너로 가구 도매시장이 즐비하게 줄지어 있었다. 나는 가장 오른쪽 끝에 있는 매장을 가리켰다.

"저 가게에서 아빠가 일했어요. 저는 아빠가 이런 고가구에 관심이 있는 줄 몰랐어요."

나는 바보처럼 웃었다. 그녀의 표정은 점점 미로를 헤매는 듯 비췄다. 그녀를 이해하기에는 내가 아직 너무 어린지도 모르겠다.

"저어? 지금 한국에서 무슨 일 하세요?"

화제를 돌린다는 게 또 엉뚱한 질문을 했다. 괜히 물었나 싶기도 했다. 그녀가 언짢아할까 봐 나도 모르게 주춤거렸다.

"출판사에서 일해요."

그녀는 의외로 순순히 대답했다. 그녀가 '네까짓 게 알 바 아냐'라는 눈빛으로 대할까 봐 긴장하고 있었다.

"글을 쓰세요?"

"아니요. 그냥 교정 보는 일도 하고… 작은 출판사예요."

"저, 저한테는 반말로 하세요. 저기, 제가 언니라고 불러도 될까요?"

아주 조심스럽게 물었다. 그녀는 눈빛을 피한다. 아직 준비가 안 된 듯 어색하게 고개를 돌린다. 짧은 순간 우리 둘

사이에 숨 막히는 공백이 생겼다.

"점심 먹으러 갈까요? 배가 슬슬 고프네요."

점심시간을 훌쩍 넘겼다. 그녀가 나의 무안을 이해한 듯 먼저 말을 꺼낸다. 말꼬리에 웃음도 흘린다.

"혹시 먹고 싶은 음식 있어요?"

"전 잘 몰라요. 맥도날드 같은 곳도 좋고요."

"맥도날드 말고, 마라샹궈 먹으러 가요. 쓰촨요린데 매콤해서 한국 사람들이 아주 좋아해요. 아빠도 좋아하셨어요."

우린 다시 버스를 타고 시내 쪽으로 향했다. 살살 부는 바람이 따사롭게 느껴졌다. 그녀는 아까처럼 버스 안내양에게 호기심을 가졌다. 나는 아빠와 종종 가던 마라샹궈 전문 음식점으로 안내했다. 점심 시간대가 넘어서인지 자리가 금방 났다. 보통 때 같으면 번호표를 받고 기다려야 할 정도로 장사가 잘 되는 음식점이다. 그녀는 아빠만큼이나 매운 걸 잘 먹었다. 땀을 삘삘 흘리면서도 맛있게 먹는 모습이 아빠를 닮았다. 그녀는 아빠에 대한 기억이 얼마나 있을까. 문득 그녀가 가엾다는 생각이 든다.

"맛있어요?"

"맛있네요. 맵지만 한국 고추장의 매운 맛하고는 달라요."

"마라麻辣! 라고 해요. '마'는 마비시킨다는 의미고, '라'는 맵다는 뜻이에요. 여기 동그란 거 보이죠? 이게 '화자오'라는 건데 혀를 마비시켜서 매운맛을 더해 줘요."

"한국말을 정말 잘하네요."

그녀는 설명하는 내용보다 내 한국 말솜씨에 더 관심을 보였다.

"아빠한테 배운 거예요. 아빠는 늘 저랑 한국말을 사용하셨거든요. 아빠랑 같이 드라마도 많이 보고 케이팝도 많이 듣고요. 제가 초등학교 때 아빠랑 처음 본 한국드라마가 '겨울연가'였어요. 거기 나온 배우들이 너무 멋있고 예뻐 보였어요. 그래서 한국 사람들은 다 저렇게 멋지고 예쁘구나 생각했어요. 아빠가 한국 사람이라는 게 정말 자랑스러웠어요."

그녀는 미소로 바라보다가 이내 어린 아이처럼 시무룩한 표정으로 변했다. 신이 나서 말을 하다가 나도 갑자기 숙연해졌다. 아무래도 실수를 했다는 기분이 들었다. 그녀의 기분을 상하게 해버린 것 같았다. 상황을 돌리고 싶은데 그럴 재주가 없는 내가 한없이 한심해 보였다.

"미안해요. 제가 뭔가 잘못한 것 같아요."

난 우선 사과를 해야 할 것 같았다. 안절부절 못하는 내 모습이 맞은 편 거울로 반사되어 비췄다. '네가 그녀의 아빠를 빼앗은 거나 마찬가지야. 넌 지금 그녀 앞에서 아빠와의 즐거웠던 추억을 자랑하듯 떠벌리고 있잖아? 어리석게도.' 거울은 나를 보고 따지는 것 같았다.

"뭐가 미안하다는 거야. 난 괜찮아! 이름이 판판이라고 그랬지?"

그녀의 목소리는 따뜻했으며 친근한 반말을 사용하고 있었다. 나는 울기 직전의 얼굴로 고개를 끄덕였다.

"고마워. 날 찾아 줘서. 네 덕분에 잊고 살았던 아빠를 찾게 된 것 같으니까!"

갑자기 먹먹해진 나는 아무 말도 생각나지 않았다. 한국말은커녕 중국말도 뭐라고 해야 할지 떠오르지 않았다. 번지점프를 하기 직전 밀려오는 공포에 어쩔 줄 몰라 하다가 막상 점프를 하고 나서 밀려오는 안도감과 과격한 감격이 내 가슴에서 폭발하는 것 같았다.

"다 먹었으면 아빠 보러 가지 않을래?"

"네에!"

자신 있게 대답했지만 내 목소리는 흔들거리는 떨림으로 성대를 울렸다. 그녀의 입이 옆으로 길게 늘어졌고, 눈은 반달처럼 웃고 있었다. 나도 따라 웃었다. 거울에 비친 내 얼굴은 그녀와 참 많이 닮아 있었다. 핏줄은 못 속여?

아빠를 모신 곳은 공동 납골당이었다. 베이징 북쪽 끝 그곳도 외곽이라 택시기사들이 가기를 꺼려하는 바람에 승차거부로 몇 대를 그냥 보내고서야 요금을 두 배로 주겠다는 제의에 겨우 탈 수 있었다. 지금 가면 집으로 돌아갈 일이 벌써부터 걱정이 되긴 했다.

"중국에는 '천장天葬'이라는 게 있다고 하던데."

"네, 시짱西藏에 그런 관습이 있어요. 한국 사람들은 시짱보다는 티베트로 많이 알고 있는 것 같아요. 그곳엔 '수장'水葬도 있어요."

"천장은 죽은 사람의 영혼이 하늘로 간다는 의미인 거야?"

"네, 맞아요."

그녀는 무한한 상상에 잠긴 듯 신비스런 눈빛으로 허공을 응시했다. 우리가 도착한 시간은 오후 5시가 조금 넘은 시각이었다. 해는 아직 산기슭 위에 청년처럼 건강하게 떠 있었다. 다행히 여름이라 해가 지려면 8시는 돼야 한다. 주위를 둘러보니 우리 둘뿐, 인적을 찾아 볼 수 없었다. 나도 이곳은 엄마와 함께 한 번 와 봤을 뿐이다. 산자락에 위치한 이 공동 납골당에서 아빠 자리를 찾는 게 쉽진 않았다.

관리인에게도 물었지만 알아서 찾아보라는 말만 되풀이할 뿐이다. 미로를 찾듯 몇 번을 헤맨 끝에 간신히 아빠 이름을 찾았다. 아빠 이름을 보자 나는 숨어 있던 울음이 복받쳐 올라오는 바람에 그곳의 적막을 깨뜨리고 말았다. 그녀는 미동도 없이 한동안 고개를 숙이고 있었기 때문에 머리카락에 가려져 그녀의 표정을 볼 수 없었다. 눈을 감고 있었는지도 모르고 눈물을 숨죽여 흘렸는지도 모른다.

나는 붉게 부어 오른 눈으로 산을 내려왔다. 자칫 해가 지고 나서야 집에 들어갈 것 같았다. 택시는커녕 버스를 타려고 해도 한참 걸어 나와야 했다. 우리는 아무 말 없이 버스 정류장까지 왔다. 버스 노선표를 보니 15분 간격으로 한 대씩 있었다. 하지만 버스가 언제 올지는 알 수가 없었다. 핸드폰 벨이 울렸다. 엄마였다. 나는 현재 대략의 상황을 전하고 끊었다. 엄마는 집에 와서 저녁을 먹으라고 다시금 당부했다. 하늘은 잘 익은 오렌지 빛으로 번져가고 있었다.

"저, 제가 언니! 라고 불러도 될까요?"

그녀는 고개를 천천히 돌려 나를 바라본다. 두 번째의 당돌한 제의에 눈빛이 조금은 부드러워졌다.

"중국어로 언니를 뭐라고 해?"

"제제!姐姐"

"제제? 어감이 정겹다. 날 그렇게 불러 줄래?"

내입 속에서 오랫동안 반복되었던 낱말이 나오자 갑자기 울음으로 돌변하여 터져 나왔다. 기쁨이 충만한 울음이었다. 웃음과 울음의 뒤범벅이다. 그녀의 눈에도 맑은 구슬이 흘러내렸다. 그녀의 팔에 팔짱을 끼었다. 그녀는 내가 낀 손을 꼬옥 움켜쥐었다. 이런 극적인 상황에서 눈치 없게도 버스가 밀고 들어왔다.

"제제. 이상하죠? 국적이 다르고, 어머니가 달라도 우린 자매잖아요? 그것도 너무나 닮은 자매예요! 핏줄이란 이런 건가요? 하하"

그녀는 내 웃음소리에 당황한 기색을 보였다. 함께 한 번 웃어 보려고 한 건데 오히려 심각해진 것 같았다. 우린 밤 9시를 훌쩍 넘겨 들어왔다. 다 식은 저녁 식탁에 엄마 혼자 앉아 계셨다. 엄마는 우리가 무사히 돌아온 것을 확인하고는 방으로 들어가 주무셨다. 그녀와 나는 다 식은 저녁을 맛있게 싹싹 비웠다. 그녀와 함께 같은 침대에서 잠이 들었다.

다음 날, 나는 피아노 소리에 눈을 떴다. 일어나 나가보니 그녀가 피아노를 치고 있었다. 많이 들어 본 멜로디인데 어디서 들어 봤는지는 기억이 나지 않았다.

"제제! 무슨 노래예요? 많이 들어 본 것 같아요."

"스텝핑 온 더 레이니 스트리트 '겨울연가'에서 나온 음악이야."

"아, 그렇구나, 그래서 귀에 익었구나!"

그녀의 피아노 솜씨는 일품이었다. 그 곡을 마치고 나서 그녀는 '모리화'를 치기 시작했다. 지난번 한 번 들어 본 곡이었을 텐데 그녀는 모리화를 정확히 쳐냈다.

"중국말로는 '즈인知音'이라고 하는데 제제는 절대음감인 거예요?"

그녀는 대답 대신 눈을 찡긋거리고 일어섰다.

"이제 돌아가야지."

"어디, 한국으로요? 벌써요?"

"이미 비행기 표를 예약했어."

"더 있다 가면 안 돼요?"

그녀는 입을 굳게 다물고 뭔가를 골똘히 생각하는 것 같았다. 그러고는 이내 고개를 천천히 저었다.

"판판, 너 같은 동생이 생겼다는 게 난 너무 기뻐. 정말로."

그녀는 처음 나타났을 때의 얼굴빛보다 한결 밝고 맑게 빛이 났다.

"제제! 이렇게 가면 너무 아쉬워요."

"판판아! 앞으로 널 만나러 많이 올 거야. 이 세상에 단 하나뿐인 내 동생이잖니? 내가 너와 네 엄마도 곧 한국에 초청할 거야. 너의 엄마는 또 나의 엄마도 되지 않아?"

엄마와 나는 더 머물다 가라고 몇 번이나 말렸지만 그녀의 고집을 꺾지는 못했다. 나는 다시 그녀의 트렁크를 끌고 공항까지 배웅했다.

언니는 입국장으로 들어서기 전, 내 주머니에 손 편지 하나를 집어넣었다. 언니가 이십여 년 전 한국에서 아빠와의 마지막 모습이라고 했다. 집으로 돌아가는 길, 나는 조심스레 편지를 꺼냈다.

"…서희야, 문 절대 열어주면 안 돼. 아빠가 금방 돌아올 거야. 걱정하지 말고 그때까지 피아노나 열심히 치고 있으면 돼. 알았지?"

아빠는 다급히 이 말만 남기고 서둘러 뒷문으로 빠져나가셨어. 늦은 밤이었지. 밖에서 짧은 머리 깡패 아저씨들의 거친 목소리가 들리고 그들은 구두를 신은 채 온 방안을 뒤졌지. 아빠를 찾는 거였어. 엄마는 구석에 앉아 울고 있었고 집안의 모든 가구와 냉장고 등 빨간딱지가 이미 며칠 전부터 붙여져 있었어. 사채에 시달리던 아빠는 더 이상 버틸 수 없어 중국으로 도망가셨던 거야.

피아노에 재능이 있었던 나는 초등학교 1학년 7살 최연소 국내 유명 콩쿠르에 입선했고 그 다음 유럽피언 국제 콩쿠르 준비를 하고 있던 때였어. 피아노마저 빨간딱지가 붙었고 어린 나였지만 우리집의 몰락을 직감할 수 있었어. 엄마와 나는 시골 이모 집에 숨어 살았어. 그래도 검은 양복 조폭 아저씨들은 몇 년 동안 초등학교 교실까지 찾아오는 공포와 감시에 시달려야 했지.

나는 피아노를 포기했고, 엄마는 아빠를 포기했지. 이혼도 못한 채 엄마는 힘들게 살다가 내가 고등학교를 졸업하던 그해 교통사고로 세상을 떠나셨어. 잇단 고난과 불행이었다. 내가 초등학교 4학년 때쯤이었나. 이모는 "얘, 이거 잘 보관해 둬! 네 아빠가 보낸 편지야! 나중에 크면 니가 이해하게 될 게야." 그 봉투에는 낯선 한자가 적혀 있었어. 난 엄마 몰래 거기에 쓰인 주소대로 편지를 보냈어. 내가 살고 있는 주소를 정확히 적고 언제든 아빠가 오길 기다리겠다고 썼지. 그게 마지막이었다. 이 세상 아빠와의 인연!

하지만 이제 판판, 너와의 인연이 시작되었구나. 아빠가 남겨 주신 인연. 이렇게 있어 줘서 고마워. 다음엔 더 즐거운 시간 보내자. 안녕!

그녀는 나무늘보처럼 느릿느릿 입국장으로 들어갔다. 에스컬레이터를 탈 때 그녀는 고개를 돌렸고 우린 아주 잠시 눈이 마주쳤다. 우리의 눈빛은 그해 여름보다도 뜨거웠다.

중국 『연변문학』 2013년, 원제 〈제제, 2012년 여름〉
『창조문학』 2019년(재록) / 『跳舞的時裝』 2016년, 〈姐姐〉 중국어판

기 차장의 눈물

1

“뭐야, 기 차장, 집에 아직도 안 들어갔어? 밤 10시가 넘었어.”

집무실에서 나온 나 대표는 아무도 없을 줄 알았던 사무실에 기 차장이 앉아 있는 걸 보고 깜짝 놀라 눈을 동그랗게 뜨고 물었다. 기 차장은 녹초가 되어 회전의자 등받이에 기대앉아 있었다. 야근은 집에 가도 아무도 반길 가족이 없는 나 대표 같은 사람이 하는 거다. 중국 직원들은 시계 분침이 퇴근 시간을 가리키면 쏜살같이 출입문을 통과한다. 그들에게 야근이란 인생에서 불필요한 노역이라 여기는 것 같았다. 상사를 찾아 공손히 인사하고 퇴근하는 중국 직원도 없다. 기 차장은 눈치 안 보는 그들이 부럽기도 했다.

금방 한국에서 발령 받고 중국에 온 한국 직원들은 칼퇴근하는 중국 직원들을 보며 간도 크다며 혀를 내두르다가 어느새 그들 또한 잔업은 상황 봐가며 하는 조건부 노역이라는 생각을 하게 되었다. 한국 기업에서 암암리에 형성된 잔업에 대한 강요는 중국 직원들한테는 통하지 않았고 회사를 짊어진 법인 대표나 한국인 관리자에나 해당되는 얘기였다. 나 대표도 일찍 퇴근할 수도 있지만 한국 본사에서 언제 걸려올지 모를 전화를 받아야 하니 퇴근 시간은 늘 밤 10시였다. 사실 일찍 퇴근한들 텅 빈 집에 들어가 한국 드라마나 예능 프로그램밖에 볼 일이 없으니 차라리 집무실에서 드라마를 보는 한이 있어도 회사에 목숨 건 임원으로 찍히는 게 낫다고 생각했다.

"대표님, 죄송하지만 오늘 사무실에서 좀 자도록 하겠습니다."

결혼한 지 1년도 안 된데다가 백일을 앞둔 아들이 있는 집에 안 들어가겠다는 기 차장한테 나 대표는 무슨 일 있느냐고 물으려다가 그만 두었다. 나이 마흔에 이미 세 번째 장가를 든 기 차장이니 자신이 나이 좀 먹었다고 충고한들 쓴웃음만 돌아올 것 같았다. 뭐, 인생 고난의 순열로 따지면, 아버지 덕에 금수저로 태어나 그럭저럭한 대학을 나오고 때가 되어 결혼해 가정을 꾸리고 사업을 하다가 마흔 넘어 아버지 친구였던 회장님 백으로 베이징 법인 대표 자리에 앉아 있는 나 대표의 고난의 순열은 한참 아래 순위이다. 기 차장의 파란만장한 인생에 끼어들어 조언이나 한들 깡통 같은 소리로 들릴 뿐일 것이다. 베이징에서 답답해 살지 못하겠다는 아내와 외동딸을 미국으로 유학을 보낸 것이 마치 능력 있는 가장만이 베풀 수 있는 위대한 처사인 듯 뽐내는 나 대표의 거들먹거림은 한국 가부장제 가장들의 고질병 같은 그릇된 착각이라고 기 차장은 생각했다. 기 차장도 나 대표가 왜 그러냐고 이유를 묻는다 해도 곧이곧대로 말할 생각은 없었다.

사건은 오전에 거래처 임 부장과의 만남에서 시작되었다. 임 부장이 대상포진에 걸려 한 2주 고생했다면서 종아리 쪽에 수포가 가라앉은 부위를 보여주고는 기 차장에게 만져 보라 했던 것이다. 기 차장은 만지고 싶지 않아 말을 피했는데 임 부장은 굳이 만져 보라며 종아리를 더 들이밀며 그간 고통스런 경험담을 쏟아냈다. 임 부장의 스토리는 군대 때 걸렸던 대상포진까지 거슬러 올라가면서 한 시간 안에 끝낼 수 없을 거란 불길한 예감이 들었다. 그렇다고 중간에 말을 끊을 수도 없는 노릇이었다. 임 부장 덕에 기 차장 회사 제품 최신 컬러 도플러 초음파 진단기를 중국 산부인과 전문 병원에 판매할 수 있었기 때문에 기 차장 입장에서는 은인과도 같은 사람이었기 때문이다. 값싼 중국산 초음파 진단기가 출시되면서 회사의 영업 압박이 심해지던 차에 임 부장의 도움은 구원의 빛이었다.

임 부장을 만났던 이유는 중국 산부인과에 들어간 기기 잔금 처리문제를 부탁하기 위해서였다. 잔금 요구 기일이 3일이 지났는데도 병원 측에서 아무런 답변이 없었기 때문에 직접 관계자를 만나기 전, 임 부장을 통해 먼저 그쪽과 접촉해 보는 것도 좋을 것 같아서 부탁을 드렸다. 그는 흔쾌히 내일 지인을 만나 알아보겠다고 답변해 주었다. 기 차장 입장에서는 땅에 코를 박고 인사할 일이었다.

이러한 관계다 보니 임 부장의 농담 같은 요구도 쉽게 거절하지 못하고 그의 종아리에 난 수포의 상흔을 만져 보게 된 것이었다. 영 꺼림칙했다. 영업일을 하면서 이 정도의 비위는 맞출 수 있는 일이었지만 바이러스 감염으로 발병하는 대상포진이 혹시나 자신에게 옮겨질까 봐 걱정이 되기 시작한 것이다. 무엇보다도 아직 백일도 안 된 늦게 얻은 귀한 아들에게 전염되어 끔찍한 일이 벌어질까 봐 겁이 났다.

의사를 아내로 둔 중국 동료 왕 팀장에게 대상포진은 전염될 병은 아니라는 얘기를 들었고, 인터넷을 뒤져도 대상포진은 전염성이 아닌 면역력이 약해져 발병되는 증상이라고 설명되어 있음에도 불구하고 기 차장은 '어릴 적 수두를 앓고 난 후 바이러스가 잠복해 있다가 나타나는 병'이라는 대목에서 넘어가지 못했다. 전염성이 강한 수두와 관련이 있다는 점에서 기 차장은 진도를 나가지 못했다. 만에 하나 자신이 접촉한 기형적 바이러스가 나이 마흔에 얻은 귀한 아들에게 흘러 들어갈 수도 있다고 생각하니 하루쯤 자체 격리를 마다하지 않을 수 없었다. 걱정은 걱정으로 끝나야 할 일이었건만 기 차장은 생각 끝에 집에 들어가지 않기로 결정을 내렸다. 이 얘기를 나 대표한테 한들 코웃음만 돌아올 게 분명했다. 무식도 자유라며 책 좀 읽으라고 비아냥거리는 소리를 듣게 될 수도 있었다.

"그래, 좋을 대로, 회의실 소파에서 자든가 하라고. 근데 모기 많던데? 내 책상 위에 몸에 뿌리는 모기약 있는데 그거 써도 돼."

나 대표의 말투는 모기약 정도 챙겨주는 배려가 선심이나 자애심인 듯 의기양양했다. 나 대표는 부하 직원들과는 신분과 종족이 다르다고 생각하기 때문에 일찌감치 그들의 인생과는 분명한 선을 긋고 있었다.

이야기의 전말을 들은 기 차장 아내는 유난을 떤다며 집에 오라 했지만 옆에서 듣고 있던 장모님은 기 차장의 의견에 찬성이었다. 세심하고 조심성도 있다며 장모님한테서는 칭찬까지 받았다. 기 차장이 지금의 아내 해옥 씨를 처음 만난 것은 회사 동료로서였다. 당시는 서로에게 존재감도 없었을 뿐만 아니라 홍일점이었던 해옥 씨가 결혼을 한다고 회사를 그만 둔 뒤로는 완전히 모르는 존재였다. 다시 만난 건 몇 년이 흐르고 둘 다 돌싱이 된 후 위챗 모멘트에서 각자의 근황을 올리면서부터였다. 기 차장은 해옥 씨와 직접 위챗 친구는 아니었다. 회사 동료들의 모멘트를 보다보니 단발머리에 빨간 색 미니스커트를 입고 몸매를 드러낸 낯익은 여자 사진을 보게 됐다. 해옥 씨였다. 결혼한 여자라고 하기에는 삶의 자유와 설익은 의기가 혼합되어 자신의 일상을 뽐내고 있었다. 백화점 명품 쇼윈도 앞에서 손 하트를 보이며 찍은 사진이라든지 독일 수제 맥주 간판을 배경으로 거품이 올라온 맥주잔을 흐릿한 초점으로 찍은 사진이라든지 '나 멋지게 살고 있지?'를 외치며 연출된 사진들이 곳곳에 장식되어 있었다. 알고 보니 해옥 씨는 돌싱이 되어 있었다.

이런 해옥 씨의 모멘트를 보고 먼저 추파를 던진 건 기 차장이었다. 두 번째 아내와 힘들 게 헤어진 지 얼마나 됐다고 자숙의 시간은 생략하고 바로 연애 노선에 몸을 맡겼다. 주위의 수군거림은 피하고 싶은지 연애는 비밀리에 시작됐다. 하지만 그 비밀연애도 얼마 가지 못하고 회사 왕 팀장에게 들키고 말았다. 둘은 토요일 아침 편한 차림으로 재래시장에서 양파를 고르는 도중 감자를 고르고 있던 왕 팀장과 정면으로 눈이 마주친 것이었다. 왕 팀장은 그들 둘이 함께 양파를 고르는 상황을 어떻게 파악해야 할지 잠시 생각에 잠긴 듯 보였다. 기 차장은 해옥 씨와 어색하게 거리를 두면서, 왕 팀장에게 장 보러 나왔어요? 라고 묻자, 왕 팀장은 기 차장의 시선은 받지도 않고 해옥 씨를 향해 먼저 오랜만이라고 인사를 했다.

둘은 중국어로 대화를 나눴다. 해옥 씨는 조선족이었고 왕 팀장은 한국어가 서툴렀기 때문에 중국어로 소통하는 게 더 편했다. 해옥 씨의 얼굴은 웃고 있었지만 손, 발이 뜨거워지고 등골에도 진땀이 나서 들고 있던 비닐봉지라도 쓰고 싶은 심정이었다. 그냥 우연이었을 거라 생각할 수 있던 상황이 그 둘이 어찌나 어색한 사이처럼 구는지 도리어 둘을 의심하게 된 왕 팀장은 회사에 가서 의미심장한 둘의 사이를 발설하면서 둘의 연애는 공개연애로 전환되었다.

무엇보다도 나 대표는 기 차장을 향해 '너 짐승이냐?' 라고 일갈하고 더는 그의 인생에 대해 거론하지 않았다. 다른 중국 동료들이 기 차장을 향해 애매한 웃음을 지을수록 그는 더 당당하게 굴었다. 비굴해지면 자신의 인생은 여기까지일지도 모른다는 위기감이 그의 안면 근육을 더 단단하게 만들었다. 그는 언제부턴가 수치심을 잃어버린 것 같았다.

지방의 가난한 집에서 둘째 아들로 태어난 기 차장은 과외나 학원 같은 건 한 번 해보지도 못하고 평범하게 지방대 경영학과를 진학했다. 대학 근처도 못 간 부모님이나 형에 비하면 이 집안에서는 엘리트였다. 일용직 아르바이트도 마다하지 않고 악착같이 혼자 학비를 벌어 학교를 다녔고 생활비도 얼마나마 벌어서 어머니께 드리기도 했다. 그래서 집안에서는 아버지보다도 기 차장이 더 떵떵거리며 어른행세를 했다. 아버지, 어머니께 당신들의 인생은 이 정도밖에 안 되냐며 더 열심히 사실 수 없냐며 삿대질도 했다.

자신이 버르장머리 없는 후레자식이라는 생각도 들었지만 흥청망청 사시다가 늙고 나서야 경비 일을 하면서 돈을 벌게 된 아버지, 평생 주방에서 식기 씻는 일로 생활하신 어머니, 음식점 배달일이나 하며 용돈 벌이나 하는 형을 보면서 지긋지긋했다. 누구 하나 자신과 같은 오기가 있는 사람이 없었다. 어떻게든 좀 더 나은 삶을 살아보겠다는 의지는 기 차장 혼자 덤터기를 쓴 것 같았다. 그는 그때부터 수치심은 사치라고 생각했다. 수치심을 버려야 무엇에든 덤비고 버틸 수 있을 테니까.

2

기 차장은 회의실 소파에 쭈그려 누우면서 처음 이 회사를 찾아 왔던 그날을 회상했다. 첫날 이 회사에 왔을 때도 바로 이 소파에 누워 하룻밤을 잤던 기억이 애잔하게 상기됐다. 그때 회의실에 금방 들여놓은 4인용 긴 검정 가죽 소파가 매끄럽고 편안해서 꿀잠을 잔 것 같았는데 지금은 가죽 쿠션이 밑으로 푹 꺼져 버려 굴곡이 심하게 생겨 누우려니 불편했다. 터무니없고 과감한 걸로 따지면, 서울행 KTX 옆자리에 앉은 낯선 남자한테서 받은 명함만 들고 베이징을 찾아온 기 차장이 최고였다. 당시 그 남자 직원은 지금 기 차장이 하는 영업 담당 대표로서 베이징에 파견된 이 대리였다. 이 대리는 이미 퇴사하여 지금은 회사에 없다.

한중 수교 후 한국 회사들은 대기업뿐만 아니라 중소기업 업체들도 피자 판을 키우기 위해 중국으로 앞다투어 진출해 법인 설립을 하였고 이에 뒤질세라 기 차장네 회사도 불모지 같았던 중국 의료기기 시장을 개척하고픈 야심찬 의기를 가지고 진출했던 것이다. 그때 베이징 법인 설립팀에 있었던 이 대리는 베이징에 인력이 부족하다 여기던 중이었고, 마침 옆자리에 동석한 기 차장 즉 기영수가 막 졸업해서 서울로 일자리를 구하러 간다는 얘기를 듣고는 관심 있으면 이력서를 보내라고 명함을 건넨 것뿐이었다.

기영수는 학비를 버느라 여러 번의 휴학과 복학, 군복무까지 마치고 나니 서른에 졸업장을 받았다. 한국에서 지방대 졸업장에 늙수그레한 졸업생을 받아 줄 회사를 찾는 건 사막에서 바늘 찾기나 마찬가지라고 생각했다. 기영수는 그 명함은 하늘이 주신 기적 같은 기회라 생각하고 가슴에 품고 두 손을 모아 기도를 했다.

그리고 며칠 후, 기영수는 부모님께 베이징으로 취직해 가니까 걱정 마시고, 생활비는 꼬박꼬박 부쳐드릴 테니 잘 지내라는 당부만 남기고 이민 가방을 들었다. 이민 가방에는 마치 다시 돌아오지 않을 사람처럼 자신의 모든 짐을 넣고는 끈으로 꽁꽁 묶었다. 부모님은 만류하지 못했지만 그들의 눈빛에는 기영수가 없으면 생활비가 부족할지 모른다는 불안이 역력하게 드러나 있었다. 기영수는 다시 한 번 생활비는 꼭 부치겠노라고 힘 빠진 한 마디만 남기고 집을 나왔다. 사실 취직이 된 게 아니라 취직을 하러 베이징에 가는 거라고는 차마 말하지 못했다.

기영수는 연락도 하지 않고 명함에 있던 베이징 주소지로 무작정 찾아 갔다. 검정색 이민 가방을 들고 회사 문 앞에서 있던 자신을 보고 나 대표와 이 대리의 할 말 잃은 표정을 아직도 생생하게 기억하고 있었다. 나 대표는 갈 곳도 없다는 기영수를 매정하게 내쫓지는 못하고 그날 하루 회사에서 재워 주었다. 다음날 그들은 고민스러운 회의 끝에 영업은 기영수 같은 무모함과 패기가 필요하다고 여겨 채용을 결정했다. 채용된 기영수는 수치심이 없는 것과 같이 감사함도 없이 첫 출근을 시작했다. 회사가 자신에게 감사하게 여길 정도로 몸 바쳐 열심히 하겠다는 것이 그들에게 밝히지 않은 기영수의 각오였다.

기 차장이 중국행을 결심했던 또 하나의 다른 이유가 있었다. 자신의 집안 배경과 스펙으로는 한국에서는 연애도 어렵다는 걸 일찌감치 깨닫고 중국에서 여자를 만나 결혼하겠다는 사심이 중국행 계획에 들어 있었던 것이다. 그것도 그냥 여자가 아닌 아주 돈 냄새 풀풀 나는 중국 여자 갑부를 만나겠다는 터무니없는 야욕이 그의 마음 저변에 도사리고 있었다.

그리고 그는 그런 이야기를 공공연하게 회사 사람들에게 말하고 다녔다. 사람들은 뻔뻔하게 농담도 잘 한다면서 가당치도 않은 얘기에 그냥 웃고 넘겼다. 별 웃긴 놈이라는 취급을 당해도 기영수만은 수치심도 없이 진지했다. 그들의 비웃음은 애당초 기영수의 삶을 지배하지 못했다. 기영수는 지긋지긋한 가난과 공정치 못한 대우에도 욕 한 번 못 해보고 변변치 않게 살아가는 가족들에게서 벗어나고 싶었다. 벗어나고 싶다기보다는 그들과는 다른 삶을 살고 싶었다. 그러려면 스스로 철저한 목표와 계획을 세우고 수단과 방법을 고안하고 주위의 시선과 충고들은 적당히 무시할 줄 알고 때로는 상대를 공격하여 스스로를 수비해야 한다는 걸 터득했다. 이러한 방식은 도덕적으로는 지탄을 받을지라도 사회적 무리 속에서는 억울함을 겪거나 자존심을 다칠 일은 없었다. 기영수는 그렇게 해서 기 차장이 되었고, 그렇게 해서 상상해 오던 대로 돈 많은 중국 여자를 만나게 되었다.

시계는 어느덧 12시를 가리켰다. 모기가 종아리와 팔뚝에 자꾸 달라붙어 잠을 방해하고 있었다. 하는 수 없이 기 차장은 나 대표 방에 있는 모기약을 가지러 몸을 일으켰다. 나 대표의 호의는 달갑지 않았지만 모기들 때문에 잠을 설친 수는 없는 노릇이었다. 기 차장은 모기약을 목과 팔과 다리 부위에 꼼꼼히 뿌렸다. 이번엔 모기약 냄새 때문에 수면 자체에 방해가 됐다. 눈을 감았지만 눈꺼풀은 위로 번쩍 들렸다. 창으로 들어온 불빛이 회의실 천장에 그림자 져서 아지랑이처럼 흔들거리고 있었다.

숨 가쁘게 달려온 건 아닌데 어느새 10년이란 세월이 아지랑이가 되어 천장에 간헐적으로 흔들리는 불빛과 그림자 위로 오고가고 있는 듯했다. 몸을 일으켜 소파 등받이에 등을 길게 기댔다. 핸드폰을 켜고 자신의 위챗 모멘트를 열었다. 아들이 잠든 모습, 밝게 웃는 모습, 모빌로 장난치는 동영상, 갓 태어나 붉은 얼굴로 눈도 못 뜨는 모습, 배가 불룩 나온 아내의 모습, 4개월 때부터 찍은 뱃속 초음파 사진들을 차례대로 들여다보다가 잊었다고 생각했던 옛날 일들이 문득 떠올랐다.

그녀의 가방에서 처음 봤던 태아 초음파 사진은 검은색 바탕에 중간에서 왼쪽으로 치우친 부위에 작고 동그란 하얀 원이 있었다. 병원 영수증과 함께 있었던 이 무채색의 사진은 무엇을 의미하는 건지 당시 기영수는 아무 생각도 대처도 하지 못했다. 결혼한 지 4년이 지나도 아기가 생기지 않아 병원에 갔더니 여자 쪽이 임신이 어렵다는 절망적인 얘기를 들었다. 아기자기한 가정을 꾸리고 싶었던 기영수에게 인생의 높은 벽이 가로막는 것만 같았다. 그러던 그들은 암묵적으로 아기를 갖지 않는 생활을 이어가던 중이었다. 기영수는 아내가 먼저 이야기 꺼내기를 참고 기다렸다. 하루가 지나고 이틀이 지나고 일주일이 지나도 아내에게서는 아무 말도 들을 수 없었다. 먼저 추궁을 하려니 아내의 가방을 훔쳐봤다는 것이 마음에 걸렸다. 마음에 걸리는 건 사실 그것만이 아니었다.

1년 전부터 아내는 친구들과 동남아로 골프를 치러 간다며 집을 며칠씩 비우는 날들이 많아졌다. 아내의 친구들은 젊은 나이에 사업과 부동산으로 부자의 반열에 오른 자들이었다. 아내도 그들 가운데 하나였다. 아내를 따라 그 무리들을 두어 번 만나 봤지만 그들의 잡담은 자신의 회사 동료들하고 하는 내용과 달랐다. 그들은 소위 돈 되는 이야기가 아니면 하지 않았다. 기영수가 함부로 끼기에는 서툰 중국어 실력에도 문제가 있었지만 자신의 처지에서는 어림도 없는 단위의 돈이 오고갔기 때문에 거부감이 들었다.

말이 씨가 된다고 돈 많은 여자와 결혼하겠다는 입버릇이 거래처 한국 동료의 소개로 인해 현실이 되었다. 기영수도 그랬지만 당시 아내도 마침 한국 남자를 배우자로 찾고 있었던 중이었다. 꿈은 현실로 되어 둘은 그렇게 만났지만 돈 많은 아내와 결혼했다고 해서 자신도 돈 많은 남자가 되는 건 아니라는 사실을 결혼하고 나서야 알게 됐다. 언어 문제에 있어서 아내는 중국인이었지만 한국어를 줄곧 공부했기 때문에 한국말을 어느 정도 알아듣고 표현할 줄 알았고 기영수도 기를 쓰고 중국어를 공부했기 때문에 회사나 일상생활에서는 중국어 의사소통에 별 탈이 없었다.

둘이 중국어로 대화를 하다 보면 오해가 생기기도 했지만 서로 좋을 때는 그것들은 큰 문제가 되지 않았다. 가끔 기영수가 화가 나서 한국말을 내뱉을 때 아내가 알아듣는 바람에 문제가 되는 일이 빈번했다. 기영수가 그런 의미가 아니라고 중국어로 아무리 설명해도 언어의 한계는 싸울 때 나타났다. 싸움의 분명한 원인이 서로 다르다 보니 화해와 해결점에도 이르지 못하고 침묵으로 끝나 버리는 경우가 허다했다.

어느 날 기영수가 바이어를 만나기 위해 H호텔 커피숍을 가다가 아내의 차를 호텔 주차장에서 보게 됐다. 반가운 마음에 놀라게 해 줄 셈으로 아내에게 전화를 걸었다. 아내에게 어디 있냐고 묻자 그녀는 친구들과 베이징 외곽으로 골프를 치러 왔다고 밝게 말했다. 기영수는 순간 아무 말도 떠오르지 못했다. 그럼 늦지 않게 와. 늦을 수도 있으니까 먼저 저녁 먹어. 그래. 전화는 종료됐다. 그는 바이어를 만나 어떤 쓸모 있는 이야기를 나누었는지 생각조차 나지 않을 정도로 머릿속이 혼란스러웠다.

이런 일이 있던 며칠 후 아내의 가방에서 태아 초음파 사진을 보게 된 것이었다. 아내의 가방을 뒤져본 것도 사실 이런 사건들의 연상 선이었다. 기영수는 아내가 없을 때 집안을 샅샅이 뒤지는 버릇이 생겼다. 부동산으로 부를 축적한 처가는 부동산 관련 회사를 만들고 외동딸인 아내를 이사로 앉혀 놓았다. 그녀가 하는 일이라고는 친구들과 골프를 치거나 매물을 보러 다니며 사고팔기를 반복하는 것뿐이었다.

베이징은 올림픽 이후 부동산의 호황기가 계속되고 있었다. 부동산 가격이 급등하면서 평등했던 인민 공동체에는 졸부들과 하우스 푸어가 동시에 생겨났다. 돈이 가져온 사회발전과 사람들의 눈부신 변화를 보면 일부러 사회운동가들이 사회변혁을 피곤하게 부르짖지 않아도 될 것 같았다.

기영수는 중국 사회의 변화나 발전에는 관심이 없는 인물이었다. 그는 오로지 자신을 중심으로 한 안락한 집과 값비싼 차, 말 잘 듣는 자식과 돈 잘 버는 아내만 있으면 그만이었다. 그러나 돈 많은 아내와의 결혼이 그의 삶의 목표에 윤활유가 되어줄 거란 판단에 금이 가기 시작한 것이다. 그는 아내의 소지품을 뒤지며 발견한 물건이 또 있었기에 아내에게 초음파 사진 이야기를 하는 순간 둘의 관계는 끝난다는 걸 예감했다. 아내는 자신 몰래 피임약을 복용해 왔던 것이다.

모든 추리가 끝난 기영수는 배신감에 몸이 떨리고 처음으로 모멸감을 느꼈다. 살면서 애써 외면해 왔던 모멸감이 몸속 깊은 곳에서 퍼져 나왔다. 아내가 왜 그랬을까 생각도 하기 싫었다. 자신의 죗값으로 받아드려야 했다. 자신의 욕심이 화를 불렀고 사람을 조건으로 선택한 탓이었다. 한동안 그는 자숙과 반성의 시간을 보냈다. 그렇다고 여기서 인생의 그래프를 하향 곡선으로 그리고 싶진 않았다. 기영수에게 있어서 돈 많은 여자와 결혼해서 얻어진 인생의 이득을 놓치면 안 되는 일이었다. 그는 많은 고민 끝에 그 다음 단계에 돌입했다.

그는 태아 초음파 사진 발견 이후 결국 한 달이 지나서야 마음 정리를 하고 아내에게 입을 열었다. 아내는 마치 기다렸다는 듯이 미안하다는 말과 함께 어떻게 해줬으면 좋겠냐는 의향의 질문까지 전했다. 한국에 돌아갈 의사가 별로 없는 기영수는 최소한 부잣집 아내와 살면서 겪어야 했던 마음고생을 보상 받아야 될 것 같아서 중국의 그린카드를 얻는 것과 원룸 정도의 집 한 채를 이혼 조건에 달았다. 기영수는 생각했던 대로 당당하게 요구하자 아내는 아무런 토도 안 달고 수긍했다.

그러나 결과적으로 기영수는 그린카드도 원룸도 얻지 못하고 첫 번째 아내와 이혼 도장을 찍었다. 그린카드를 받으려면 5년 이상 결혼생활을 유지해야 하는데 4년 남짓 지난

시기였고 그것을 위해 위장결혼을 할 수는 없었다. 아내 뱃속에는 다른 남자의 아이가 자라나고 있었기 때문이다. 대신 아내 소유로 있었던 오피스텔을 담보로 대출을 받아 기영수에게 위자료를 주려고 했는데 대출 규제 부동산 정책 때문에 원룸 구입 때 들었던 초기금액 정도만 위자료로 받았을 뿐이었다. 그 정도라도 받을 수 있었던 건 결혼 후 기영수가 아내의 아파트 대출금을 꼬박꼬박 납부했기 때문이었다. 기영수가 부렸던 과한 욕심은 결국 힘없이 끝이 났다. 둘은 잡음 없이 각자의 길을 갔다.

3

기 차장은 핸드폰을 내려놓았다. 자꾸 과거사가 꾸멀꾸멀 올라와 뇌세포를 깨웠다. 시계는 새벽 2시를 조금 넘겼다. 회사 전체 에어컨이 꺼진 상태라 진작 켜 두었던 선풍기의 모터 돌아가는 소리만 정적을 깨우고 있었다. 창밖에서 기절하듯 울어 대던 풀벌레들도 모두 잠들었는지 잠잠했다. 지금쯤이면 단잠을 자거나 모유를 먹고 있을 아들이 아른거렸다. 아들 사진이나 볼까 하던 찰나에 핸드폰이 울렸다. 핸드폰 사각 액정에서 발사된 빛은 마치 야명주처럼 강한 빛줄기가 되어 천장까지 발사됐다.

발신자는 집사람이었다. 이 시간이 무슨 일일까. 심장이 갑자기 오그라들었다. 무슨 일이야? 준이가 열이 심하게 나요. 오그라들었던 기영수의 심장은 빠르게 박동하기 시작했다. 언제부터? 초저녁에 미열이 좀 있었는데 12시정도부터 온몸이 뜨거워졌어요. 그, 그래? 병, 병원 응급실 가야지. 어디지, 거기 왕징병원 가깝잖아. 거기 응급실로 가. 당신은요? 기 차장은 대답을 얼른 하지 못했다. 황망해하는 아내를 안심시켜야 하는데 바이러스 때문에 자체 자가 격리를 한 상황에서 가야 할지 말아야 할지 짐짓 머뭇거렸다. 머리가 텅 비고 피가 멈춘 것 같았다. 우선 장모님하고 얼른 병원으로 가. 알겠어요. 전화를 끊었다.

그는 안절부절 못하고 회의실을 몇 바퀴 돌았다. 여기서 이런들 무엇하랴. 가서 아들과 접촉하지 않으면 되겠지. 문을 박차고 나가려는 순간 아내한테 또 전화가 왔다. 응급실에서 엑스레이와 피검사를 해야 하는데 급히 나오느라 지갑에 돈을 챙기지 못 했다며 기 차장보고 다급히 병원으로 오라는 것이었다. 기 차장은 가는 중이라고 말을 아끼고 전화를 끊었다. 지갑에 돈이 없다는 말에 마음이 괜히 시퉁해졌다.

택시는 좀처럼 잡히지 않았다. 우선 병원 쪽을 향해 달렸다. 기 차장은 달리면서 호흡을 가다듬고 보폭을 정돈했다. 이대로 병원 응급실까지 뛰어가야 할지도 모르기 때문이다. 마라톤 동호회에서 그는 거의 프로 마라토너 수준이다. 대회 경력만 10년차이다. 편의점을 지나고 식당가를 지나고 아파트 단지를 지나고 횡단보도 신호등을 무시하고 사거리를 가로질러 달렸다. 온통 검은 어둠으로 뒤덮인 거리에는 가끔 켜져 있는 희미한 가로등의 불빛만이 힘없이 반짝이고 있을 뿐이었다. 그의 다리는 달릴수록 강해지는 것 같았다. 장거리 선수답게 그는 전력 질주는 하지 않고 호흡과 보폭을 일정하게 하면서 시선은 45도를 향해 두고 달렸다. 스모그가 섞인 여름의 새벽 공기는 미지근하고 달굼했다.

코로 들이마시고 입으로 내뱉으며 달굼한 이 맛의 공기는 예전 베이징 마라톤 대회 때 달리던 때를 떠오르게 했다. 42km 풀코스 출전, pm2.5 280, AQI 450, 마스크를 끼고 달려야 했다. 베이징 대회로는 3번째고 중국 전역 대회 출전 경력을 손꼽아 보면 9번째 출전이었다. 260명가량의 회원이 있는 이 동호회는 외국인들도 다수 가입되어 있었다. 그중 유일했던 한국인 여자 아마추어 선수가 기영수 인생에서 두 번째 아내가 되어 준 사람이었다.

그녀는 작은 키에 다부진 몸을 가졌지만 단추 구멍처럼 생긴 눈에다가 낮은 콧대, 사각 턱 등 어느 곳 하나 잘생겼다할 만한 구석이 없었다. 제 나이로 볼 수 없는 노안인데다가 헤어스타일도 아줌마형 짧은 파마머리였다. 의복 스타일은 몸만 가리면 된다는 수준의 지극히 개인적인 취향을 가지고 있었다. 외모만 보면 아무렇지도 않을 것 같은 그녀에게서 치명적인 매력이 있었다. 귀염성 있는 목소리와 거절 못하게 하는 말솜씨였다. 귀염성이라는 게 어울릴지 모르겠지만 그녀의 목소리는 마치 오스트리아 빈 소년합창단의 미성과 같은, 중성적인 음역대였다. 한 번 들으면 쉽게 잊히지 않을 법한 음색을 지녔다.

마지막 결승점에서 만난 그녀의 등에는 태극기와 오성기가 위아래로 붙여 있었다. 기영수는 태극기를 단 그녀가 별나게 느껴졌다. 기 과장, 완주 축하해. 숨을 돌리며 물을 마시고 있는 기영수에게 동호회 한국인 회장인 구 원장이 등을 두드려 주며 축하해 주었다. 뭘요. 칭찬을 내심 좋아하는 기영수는 겉으로는 늘 무덤덤한 척 넘어갔다.

"여기 인사해요. 칭다오에 있었다는데 지난달 베이징에 오셨대. 새 회원 김수희 씨."

"안녕하세요? 반갑습니다."

그녀가 먼저 예의 바르게 인사를 했다. 기영수는 무뚝뚝하고 성의 없게 고개만 까딱 하고는 제자리에서 몸 푸는 동작을 했다.

그날 한국 마라톤 회원들끼리 17명이 모여 한인촌 왕징 고깃집에서 뒤풀이를 했다. 홍일점인 수희 씨는 기영수 맞은편에 앉았다. 그녀는 술도 소주부터 막걸리까지 골고루 잘 마셨고, 잘 취하는 것 같지도 않았다. 얘기는 주도적으로 이끌어 갔고 상대방이 하는 말에도 적절한 추임새를 넣어가며 흥도 돋우고 장단도 잘 맞췄다. 남자들끼리 하는 음담패설에도 학원 국어 강사답게 이야기를 구수하게 펼치면서도 도덕적 선을 지켰다. 기영수는 그녀에게 별다른 관심은 없었고 그저 저런 자신감이 어디서 나오는지 궁금할 따름이었다.

그녀는 거나한 목소리로 다른 분들과 화기애애한 담소를 나누다가도 기영수의 술잔을 채우거나 틈틈이 안주를 권하면서 야무지게 챙겼다. 기영수는 수희 씨가 자신에게 간혹 보이는 관심이 불편하면서도 싫지는 않았다. 잘 보이고 싶을 만큼 예쁘다든가 조심스럽게 굴어야 할 만큼 까다롭다든가 할 것 같지 않아서였다. 질척할 수도 있는 아저씨들 틈에서 그녀는 피터팬 같았다. 머리에 깃털 하나만 꽂으면 영락없이 동심을 지키고자 싸우는 미소년 피터팬 같다는 생각이 기영수의 머릿속에서 계속 맴돌았다. 기영수 씨, 달걀찜 멀어서 못 드시죠. 맛있네요. 수희 씨는 달걀찜 뚝배기를 기영수 밥그릇 부근으로 옮겨 놓았다.

이후 수희 씨는 혼자 산다는 기영수한테 레몬청도 해주고 부추김치며 멸치볶음, 장조림이나 깻잎무침 등 한국의 맛을 물씬 풍기게 하는 갖은 밑반찬을 만들어 갖다 주었다. 기영수는 못 이기는 척 받았지만 속마음은 좋아 어쩔 줄을 몰랐다. 엄마한테도 이런 대접을 받아 보지 못 했건만 어디서 피터팬 같은 여자가 와서 건강과 음식을 걱정해 주고 있다는 현실이 눈물이 날 것도 같았다. 둘은 그렇게 친분을 쌓아 갔다.

기영수는 자신을 사랑해 주고 위로해 주고 시베리아 얼음 같은 자신의 마음을 녹여 준 따뜻함과 다정함만으로도 그녀에게 고마움을 느꼈다. 사실상 수희 씨도 기영수와 유사한 배경에서 자랐다. 농사짓는 아버지와 정신지체 장애가 있는 어머니, 언니와 남동생이 있지만 모두 하루 벌어 하루 먹고 사는 것이 전부인 양 살아가고 있었다. 수희 씨만이 그곳에서 벗어나고자 맨손으로 중국으로 건너왔고 학원가를 떠돌면서 국어와 논술 지도를 하며 하루하루를 버티고 살아왔다.

기영수는 이전 자신의 속물근성을 반성하듯 수희 씨에게는 아무 것도 바라는 것 없이 결혼에까지 이르게 되었다. 그동안 직장에 잘 안착한 기영수는 자신의 발도 씻어 주는 수희 씨와 결국 두 번째 결혼을 한 것이다. 수희 씨는 난생 처음으로 자신의 손으로 돈을 벌지 않고 생활비를 받아 살림을 꾸리게 되었다. 첫 달 생활비를 받고는 기영수에게 알뜰하게 잘 쓰겠다며 고맙다고 말을 하는 순간 눈물을 보였다. 기영수는 마치 자신이 한 사람의 인생을 구제하고 자신도 구제받는 듯한 감동이 밀려와 가슴이 뭉클했던 건 마찬가지였지만 감정을 쉽게 드러내지 못했다. 더 필요하면 얘기해. 도장을 찍듯 한 마디 남기고 출근하던 날, 그는 진정한 가장이 된 듯 뿌듯했다.

기 차장이 달리는 속도만큼 지난 일들이 주마등처럼 눈앞에 스크린이 펼쳐지더니 화석 같은 영상들은 자꾸 뒤로 물러났다. 줄줄 떨어지는 땀은 온 얼굴을 덮었고 흰 티셔츠와 추리닝 바지는 이미 흠뻑 젖어 있었다. 이 더위에 불덩이가 된 아들의 몸을 생각하면 이정도의 후끈함 정도야 못 견딜 것도 없었다. 몸은 달아오른 열기 때문에 무뎌지는 것 같았지만 발의 움직임은 틀림없이 규칙적이었다. 두 블록을 더 간 뒤 왼쪽으로 돌아 조금만 더 달리면 오른편에 '응급'이라고 적힌 빨간 글자가 보일 것이다. 가끔 지나가는 차들은 추격전이라도 하듯 빠른 속도로 다가왔다가 사라졌다. 그의 심장은 계속 달리고 있었다.

집에 돌아오면 금방 준비한 따뜻한 저녁밥과 아내가 된 수희 씨가 식탁에 앉아 기다리고 있었다. 키가 작고 왜소한 아내는 의자에 앉으면 더 작아져 식탁 위로 머리만 보이는 어린 피터팬 같았다. 언제까지나 아이이고 싶은 듯 더 이상 자라나는 걸 거부한 사람처럼. 이런 소꿉놀이 같은 즐거움도 봄, 여름, 가을, 겨울이 지나자 낙엽이 지듯 시들해졌다.

더 단란한 가정을 위해서는 아기 울음소리가 들려야 할 것 같다고 기영수는 생각했다. 아기를 가져야겠다는 목표가 생기고 난 후 소꿉장난은 진지한 어른의 세계로 넘어갔다.

둘이 그토록 간절히 바라는 아기는 쉽게 주어지지 않았다. 둘은 시험관 아기를 시도하기로 결정했다. 이를 위해 수희 씨는 당분간 한국에 가 있기로 했다. 시험관 아기 시술방법에 대해 전혀 몰랐던 수희 씨는 1회 시도 후 엄청난 육체적, 정신적 부담감을 느꼈다. 매일 근육주사와 배란 유도제를 맞으며 인내하다가 자궁 내 이식을 하고 나면 마음 애태우며 차일피일 기다리다가 임신 여부를 확인하는 과정이 수희 씨 자신이 동물 취급처럼 느껴져 견디기 힘들었다. 첫 번째는 모르고 했더라도 두 번 다시는 하고 싶지 않았다. 기영수 머릿속에는 아기가 목표로 설정된 이상 달성이 될 때까지 밀고 나가겠다는 의지가 강했다. 이로써 둘 간의 균열은 결론을 향해 치닫기 시작했다.

수희 씨는 한 달간의 노력에도 불구하고 아무런 결과물도 없이 베이징으로 돌아왔다. 시댁에서 보냈던 그 한 달은 외로웠고 슬펐고 무서웠다. 남편을 생각해서 시댁 식구들에게 살갑게 굴었지만 시부모님부터 아주버님까지 그녀를 남처럼 대했다. 사위는 백 년 손님이고 며느리는 종신 식구라는데 그들에게 수희 씨는 손님도 식구도 아니었다. 남처럼, 감정이 서로 침해당하지 않도록 거리를 지키며 언제든 남이 될 수 있다는 전제가 예정된 행동이었다. 처음에 수희 씨는 서운했지만 시간이 지나면서 오히려 남과 같은 관계가 감정적 소모 없이 좋은 관계를 유지할 수도 있겠다는 생각이 들었다. 베이징으로 돌아갈 땐 남편이 보내준 생활비로 한 달 하숙을 끝내고 가는 기분이었다.

시험관 아기를 성공하지 못하고 돌아온 수희 씨는 한동안 시무룩하고 무기력한 시간을 보냈다. 그런 수희 씨를 보며 기영수는 아무 말도 하지 않고 그녀가 이전 생활처럼 활기찬 모습으로 돌아오기를 기다렸다. 오래 기다렸다고 생각했는데도 그녀는 좀처럼 달라지지 않았다. 참다못한 기영수는 다시 시험관 아기 이야기를 꺼냈다. 그날 수희 씨는 자신은 절대 못 하겠다며 집을 나가 버렸다. 그녀는 최후의 수단을 썼으니 남편이 포기했을 거라 생각했는데 기영수는 뜻을 굽히지 않았고 더욱이 그녀의 가출 행위에 대해 엄청난 비난을 쏟아냈다.

수희 씨는 불우한 가정에서 학창시절부터 자신의 의사 거부를 습관적으로 가출로 표현했었기 때문에 그녀에게 있어 가출은 단순한 시위일 뿐이었다. 이렇게 남편에게서 형편없는 철부지 인간으로 지탄을 받게 될 줄은 몰랐던 그녀였다. 그녀는 경솔했다고 당시 화가 나서 사리분별을 못 했다고 잘못을 인정하고 용서를 구했다. 기영수는 사과를 받고 앞으로 이런 일이 없을 거란 다짐을 받았다. 그러나 불행하게도 그들은 시험과 아기를 둘러싼 요구와 가출은 반복되었다. 결국 그들은 파탄에 이르게 되었고 성격 차이로 인한 이혼으로 합의하면서 도장을 찍었다. 평생 결혼이란 걸 하지 못할 거라 생각했던 수희 씨는 2년 동안의 결혼생활을 하게 해준 기영수한테 감사함을 표했다. 기영수는 수희 씨가 한국 가서 독립할 수 있도록 금전적 지원을 돕는 것으로 본분을 다했다고 여겼다. 둘은 잡음 없이 각자의 길을 갔다.

4

빨간 네온의 '응급'이라 쓴 글자가 눈에 들어오자 기영수는 마지막 전력질주를 했다. 응급실 휴게실 벤치에 앉아 있는 아내와 아들을 안고 동동거리는 장모님이 보였다. 기영수는 바로 수납으로 향했다. 카드 결제 후 수납 담당직원은 응급담당 의사를 불러준다 했다. 그는 아내를 불렀지만 자기 가까이에 오지는 못하게 했다. 아내는 그런 기영수의 행동에 유별난 고집이라 여기면서도 시키는 대로 했다.

"어때? 열은 계속 있어?"

"네, 떨어지지 않네요."

"다른 의심되는 원인은 없구?"

"없어요."

장모님은 근심에 찬 얼굴 때문에 더 푸석하고 메말라 보였다.

"장모님은 집에 가서 쉬세요."

"아냐, 집에 가도 애가 걱정돼서 제대로 쉬겠나."

그들은 의사 선생님이 오기를 말없이 기다렸다. 응급실에는 링거를 맞고 앉아 있는 노인과 어슬렁거리는 남자 두어 명이 있었다.

자다 깬 듯한 젊은 의사 한 명이 뒷머리는 까치집이 져서는 진료실로 들어오라고 외쳤다. 기영수는 밖에서 기다리고 있고 아내와 장모님은 진료실로 들어갔다. 진료는 금방 끝났다. 피검사를 위해 조금 기다리기로 했다. 잠시 후 까치집 의사가 오더니 아기 귀에 염증이 좀 있는데 심각한 건 아니라고 하더니 해열제와 항생제 처방을 해준다고 했다. 아내가 입원을 해야 하냐고 묻자 까치집 의사는 잠시 침묵 후 원하면 그렇게 하라 했다. 원하면? 그럼 원하지 않으면 하지 않아도 되는 것인가, 아기의 입원이 의사의 판단이 아닌 부모의 의향에 따라 결정돼야 한다는 게 뜨악하여 기영수와 아내는 머뭇거리며 어찌할 바를 몰랐다.

그때 나선 건 장모님이었다.

"우선 약 먹여 보고 상태 보고 결정하자구. 열 난다고 입원하면 입원 안 할 사람이 어딨겠어."

장모님은 굳이 입원할 필요가 없다는 입장이었다.

"엄마, 괜찮을까?"

아내는 여전히 불안해했지만 단호하게 말하는 장모님 말씀에 따르기로 했다. 사실 장모님은 응급실 입원비가 하루에 2천 위안이라는 걸 아까 수납실에서 보고 하는 말이었다.

약을 먹인 아들을 유모차에 눕히고 빙글빙글 돌리며 재웠다. 셋은 응급실 휴게실에서 자는 둥 마는 둥 동이 틀 때까지 지새웠다. 아들의 몸은 정상 체온을 찾은 듯 보였다. 온몸에 열꽃이 피어올랐고 의사는 열이 내리면서 나타나는 증상이니 괜찮다고 했다. 셋은 이제야 안심을 하고 아내와 장모님은 집으로, 기 차장은 다시 회사로 향했다. 회사로 돌아오니 직원들은 아직 출근 전이었고 온몸이 두들겨 맞은 듯 여기저기가 통증으로 쑤셨다. 기 차장은 아침 6시가 다 되어 검은 소파에 쓰러져 잠이 들었다. 그는 아주 깊은 수면에 빠졌다.

"기 차장 외근 나간 거야? 전화도 안 되고. 누구 연락 되는 사람 없어?"

나 대표의 고성에 기 차장은 눈이 번쩍 떠졌다. 벌떡 일어나 시계를 보니 10시 10분 전이었다. 그는 눈을 비비고 손가락으로 머리를 빗질하며 회의실 문을 열었다. 사무실에 있던 직원들이 일제히 기 차장을 쳐다봤다.

"아니, 지금껏 회의실에서 잤던 거야?"

나 대표는 어이가 없다는 질린 표정으로 기 차장을 쏘아봤다.

"죄송합니다. 새벽에 아이가 아파 응급실에 다녀오는 바람에…"

"얘기는 나중에 듣고 얼른 임 부장하고 통화해 보고, 거기 산부인과 관계자와 빨리 접촉해 보라구. 아침 일찍 임 부장이 당신하고 연락이 안 된다고 나한테 전화가 왔는데 문제가 좀 생겼나 봐."

"네, 대표님 빨리 알아보겠습니다."

기 차장의 온몸은 멍이 든 듯 욱신거렸다. 발걸음 떼기가 두 포대 모래주머니를 매단 것만큼 어려웠다. 그래도 걸어가야 했다. 밤새 달렸던 두 다리는 시위를 하듯 움직이기를 거부하고 있었다. 그는 양다리를 벌리고 마치 어린 아이가 바지에 실례를 해서 걷는 어기적 걸음으로 한 걸음 한 걸음 디뎠다.

"기 차장님, 어디 안 좋으세요?"

"아프신가요?"

푸득, 어디선가 웃음소리도 났다. 동료들의 말소리는 일체 들리지 않았다.

핸드폰을 어디에 뒀지? 그는 회의실로 들어가 검정 소파 밑에서 핸드폰을 찾았다. 먼저 임 부장에게 전화를 걸었는데 목소리가 심상치 않았다. 임 부장의 말로는 그쪽 산부인과에서 초음파 진단기 6대 모두 계약 해지를 요구하고 있다는 것이다. 이미 기계는 들어갔고 잔금 50% 수금이 남았는데 이제 와서 해지를 한다니 기가 막힐 노릇이었다.

정황을 보니 중간에 값싼 중국 의료기기 대리상이 껴들어 기 차장네 회사와의 계약을 파기하고도 유지, 보수비용까지 커버할 수 있을 만큼 유혹적인 가격을 제시한 모양이었다. 비즈니스는 이익에 따라 움직이는 법. 잔금에 대해 흥정을 하더라도 계약 파기는 막아야 한다. 기 차장은 당장 산부인과 영업 담당자를 만나러 직접 병원으로 갈 작정이다. 가서 병원 입구에 드러눕더라도 계약 해지는 막을 참이다. 온몸은 벌집 쑤시듯 쑤시고 벌꿀 같은 끈적끈적한 눈물이 두 눈동자를 덮쳤다. 천근만근 몸뚱이는 당장 그 자리에 쓰러져 눕고 싶었다. 안 되지, 눕더라도 병원 입구에 가서 눕자. 기 차장은 벌꿀 같은 눈물을 머금고 중얼거렸다.

『시선』 가을67, 2019년
『한반도 문학』 2021년 겨울호(재록), 원제 〈기차장이 세상사는 법〉

김 과장네 중국 정착기

"여기 면집이 새로 생겼나 봐요. 아버지, 저 배가 고픈데요."

아들의 말에 땅바닥만 보고 걷던 김 과장은 고개를 들었다. 초록 풀잎으로 장식된 외관은 한눈에도 산뜻하고 깔끔해 보였다. 신축 건물에 고급스러운 인테리어라서 면집이라 해도 가격이 좀 비쌀 것 같아서 김 과장은 망설여졌다. 옆에 있던 아내의 얼굴을 쳐다보았다.

"점심시간도 다 되어 가는데 먹고 가요. 찬이도 먹고 싶어하잖아요."

아내가 이렇게 말을 건넨 마당에 머뭇거릴 필요가 없다. 어젯밤 아내한테 술주정하며 고래고래 소리 지른 탓에 아내는 오전 내내 김 과장한테 말 한마디 걸지 않았기 때문이다.

이 김에 아내와 화해를 해야 할 것도 같았다. 김 과장이 먼저 앞장서서 면집 대문을 열었다. 셋은 창가 볕이 잘 드는 테이블에 앉았다.

"아버지, 우리 식구가 이렇게 외식하는 것도 참 오랜만인 것 같아요."

김 과장은 할 말이 없었다. 아들 학비를 더 이상 댈 수가 없어서 한국으로 전학을 결정하고 아내와 함께 학교에 가서 전학 신청을 하고 오는 길이었다. 김 과장의 속마음은 아내와 아들에게 가장으로서 면목 없는 일이라고 생각하지만 이런 약한 모습을 보이기 싫었다. 그래서 어젯밤 술 마시고 들어가서는 자고 있던 아내에게 괜히 허풍선이를 떨며 큰소리쳤던 것이다. 우선 찬이랑 한국 가 살고 있으면 다시 사업을 일으켜서 베이징으로 부르겠다고 말이다.

"아버지, 전 소고기 면 세트로 할게요. 아버지, 어머니는요?"

"나도 같은 걸로. 당신은요?"

"무슨 면 하나에 65위안이나 해. 난 세트는 필요 없고 그냥 소고기 면만 시켜."

아내는 찬이가 학교를 너무 즐겁게 다니고 있었기 때문에 다시 한국으로 돌아간다는 것에 무척 실망하고 있었다. 찬이가 한국 학교에서 왕따를 당한 경험이 있었기 때문에 아내는 베이징의 국제학교에 대한 미련을 더욱 버릴 수가 없었다. 찬이도 학교를 더 다니고 싶어 했지만 가정 형편이 이렇게 되어 버린 이상 고집을 피울 일이 아니라는 것을 알고 있었다. 다음 주에는 지금 살고 있던 세 칸짜리 방을 내주고 원룸으로 이사해야 할 판이기 때문이다. 아내와 찬이가 한국에 들어가면 김 과장 혼자 원룸이면 충분히 살 수 있을 테고 생활비도 줄일 수 있으니까 말이다.

처음부터 김 과장네의 베이징 생활이 이러했던 것은 아니다. 김 과장은 5년 전 지방에서 잘나가는 한 중견기업의 주재원 신분으로 베이징에 왔다. 김 과장이 베이징으로 발령이 났을 때 중국에 대해 만리장성밖에 몰랐던 아내와 아들은 함께 가기를 주저했다. 백문이 불여일견이라고 김 과장은 주말에 아내와 아들을 데리고 베이징 관광을 했다. 지방에서 우물 안의 개구리처럼 살았던 아내는 발달된 베이징 시내를 보고 당장이라도 오고 싶어 했다. 당시 초등학교 3학년이었던 찬이는 자기가 어디로 가는지도 모르고 할아버지, 할머니와 떨어져 비행기를 타고 바다를 건너 멀리 이사가서 산다는 생각에 며칠을 질질 짜고 울었다. 그러던 찬이가 어느새 중학생이 되었는데 이번엔 한국 간다고 질질 짜고 있다. 현실은 냉혹했다. 질질 짠다고 변하는 건 없었다.

김 과장 가족의 베이징 생활은 그동안의 고생을 보상하듯 새롭고 즐거웠다. 한국에서 20평 아파트에 살았는데 여기서는 60평도 족히 넘는 호화 아파트에다가 운전기사가 딸린 자가용도 나왔다. 큰 집 청소를 걱정하던 아내의 기우는 옆집 사모님의 소개로 청소 도우미를 구하면서 통째로 사라지게 되었다. 한국에서는 꿈도 못 꾸던 국제학교가 여기서는 돈만 있으면 문이 활짝 열려 있었다. 이 모든 혜택은 김 과장이 다니는 회사에서 제공되는 것이었다.

그렇기 때문에 그만큼 김 과장은 회사에 목숨 바쳐 충성을 다할 수밖에 없었다. 낮이나 밤이나 주말이나 국정 공휴일이나 회사의 부름이 있으면 냉큼 달려 나갔다. 그래도 김 과장은 즐겁고 행복했다. 한국에선 바가지 긁던 아내가 여기 와서 사모님 소리를 들으니 좋아 죽겠다며 행복에 겨워하는 모습을 보니 인생에서 이런 날도 오는 구나, 김 과장은 눈물겨울 뿐이었다. 고객과 술을 마셔야 할 자리라면 몇 말을 마시라고 해도 기쁜 마음으로 마셨다. 회사에서 새벽에 전화가 와도 벌떡 일어나 정자세로 전화를 받았다. 어떤 일이든 군말 없이 일했다. 생산관리 업무는 밤낮이 없기 때문에 언제든 회사가 부르면 시키는 대로 곰처럼 일을 해야 했지만 불만은 없었다.

꿀맛 같던 옛일을 떠올리면 김 과장은 마냥 꿈을 꾸는 것만 같았다. 아내는 기운이 빠졌는지 면발을 제대로 잡지 못

했다. 젓가락 사이로 면발은 힘없이 자꾸 흘러내렸다. 귀국을 결정하고 나서는 아내의 어깨가 더욱 내려앉아 있었다. 찬이는 순식간에 후루룩후루룩 한 그릇을 다 먹어 치웠다. 한참 클 나이이니 그럴 만도 하다. 김 과장은 아직 젓가락도 들지 않은 채 자신의 그릇을 아들 앞으로 밀어 넣었다.

"맛있으면 이것도 먹어라. 난 입맛이 없다."

배에서는 꼬르륵 소리가 났다. 김 과장의 배에서는 밥을 달라고 하지만 김 과장의 얼굴에서는 아들의 먹는 모습만 봐도 배부르다는 표정이다.

"아녜요. 아버지 드세요. 전 많이 먹었어요."

"당신 드세요. 집에 가면 먹을 거 아무것도 없어요."

"난 어제 술을 마셨더니 속이 별로야. 찬이 너나 더 먹어라."

찬이는 사양하지 않고 젓가락을 들었다. 아내는 눈을 흘기며 집에 가서 어디 밥 달라고 해봐라 하는 눈치를 보냈다. 면에서 풍기는 마라향이 김 과장의 코를 자꾸 자극했다. 힘찬 기운이 깃드는 향이었다.

베이징에 온 지 얼마 안 되었을 때 새벽에 술자리를 끝내고 집으로 돌아오는 길이었다. 운전기사 양 수푸가 란저우라면이 중국에서 가장 맛있다며 근처 면집에서 먹고 가자는 것이었다. 김 과장은 몸도 무겁고 피곤했지만 저녁 이후 하루 종일 밖에서 기다렸던 양수푸가 출출해 하는 것 같아 흔쾌히 함께 갔던 적이 있었다. 거기서 맛봤던 소고기면에는 마라향이 가득했고 그것은 김 과장이 접했던 최초의 중국의 향이었다. 이것이 중국의 향이구나라는 생각과 더불어 뭔지 모를 강한 의지와 열정이 가슴 속 깊은 곳에서부터 솟구치는 기분이 들었다. 마법과 같은 느낌이었다. 피곤에 찌든 몸 속 세포가 파릇파릇 돋아나는 듯했다.

그래서 김 과장은 마라향만 맡으면 처음 베이징에 와서 흥분한 말처럼 힘차게 내달렸던 그 기분이 스멀스멀 올라왔다. 마치 무슨 일이든 해낼 수 있을 것 같은 기분에 빠져들게 하는 마법의 주문과 같은 향이었다.

"여보, 1년만 잘 참고 기다려줘. 내가 어떻게든 1년 후엔 당신과 찬이 다시 베이징에서 이전과 같은 생활할 수 있게 해 줄게."

아내와 찬이는 면을 먹다 말고 동시에 얼굴을 들어 김 과장을 빤히 올려다봤다. 난데없는 김 과장의 투지 가득한 말에 깜짝 놀란 것이다. 두 사람의 눈에는 과연 그럴 수 있을까라는 의심의 눈초리가 더 강하게 빛났다. 김 과장도 그들의 눈초리에, 자기도 모르게 내뱉은 말에 화들짝 놀란 표정이었다. 잠시 마라향에 취해 정신이 마비되었다는 생각이 들었지만 주문처럼 말한 자신의 다짐이 정말 이루어지길 마음속으로 빌고 또 빌었다.

이사한다는 소식을 들은 양 수푸는 돕겠다며 이사 시간에 맞춰 오겠다고 했다. 주재원으로 지냈던 3년 동안 김 과장은 양 수푸와 동고동락 한 형제와 다름없었다. 바쁜 회사일 때문에 가족과 보내는 시간보다 양 수푸와 먹고 잤던 시간이 더 많았다. 김 과장이 회사를 나오자 양 수푸도 직업을 잃게 되었다. 그 후 함께 사업을 했던 2년은 상하 관계가 아닌 의리를 지키는 친구 관계로 지냈다. 김 과장의 중국말도 양 수푸한테서 많이 배웠다. 그는 뛰어난 공감각 능력으로 복잡한 길에서도 단 한 번도 헤매지 않았고 한 번 갔던 길은 절대로 잊어버리는 법이 없었다. 양 수푸가 가진 공감각 능력보다 더 뛰어난 건 숫자 능력이었다. 그는 셈이 정말 빨랐고 한 번 들은 전화번호도 기억하고 있었다.

김 과장이 있던 회사는 화학 재료를 생산하는 회사인데 그는 생산만 하고 한국으로 원자재 조달만 하면 되는 줄 알았다. 하지만 시간이 갈수록 회사는 중국 현지 기업들과의 가격 경쟁에서 계속 밀리는 상황이 돼 버리자 생산량을 계속 줄이게 되었고 결국에는 철수하게 된 것이다. 베이징법인은 눈 깜짝할 사이에 사라지고 김 과장만 덩그러니 국제 미아가 된 것처럼 남게 된 것이다.

한국으로 복귀 명령이 떨어지긴 했지만 한국 본사로 들어간들 베이징 실적이 형편없었으니 자리에서 밀려 나갈 게 불 보듯 뻔한 일이었다. 자세한 사정도 모르는 아내와 아들은 마냥 베이징에서 더 있기를 원했다. 김 과장도 베이징에서의 직장생활이 한국보다 더 일은 많이 했지만 오히려 상하관계 스트레스도 덜하고 마음도 편했다. 김 과장은 회사를 나오기로 결심했다. 사실 두려웠지만 더 늦기 전에 새로운 일에 도전을 하고 싶은 마음도 있었다.

뭐부터 시작해야 할지 모르고 머리만 긁적이고 있을 때 손을 내밀어 준 것은 양 수푸였다. 현재 베이징이 경제적으로 눈부시게 발전하고 있으니까 여기서 사업을 해 보는 것도 나쁘지 않다며 몇 가지 사업을 제안했다. 그중 하나가 운전기사를 모집해서 필요로 하는 회사에 파견하는 사업이었다. 김 과장도 꽤 괜찮은 일이라는 생각이 들었다. 양 수푸는 자신이 알고 있는 친구 중 운전기사로 적절한 사람들을 모았고 김 과장은 한국 회사를 돌며 영업을 했다.

초기에는 기대했던 것보다 일이 잘 풀렸다. 그들은 운전기사를 파견하고 그에 따른 수수료를 받으며 사업은 흑자를 내는 듯했다. 허나 1년쯤 지나자 고용했던 운전기사들은 파견되었던 회사에 직접 취업을 하든지 아니면 자신이 그런 유사한 회사를 만들어 영업을 하는 것이었다. 그러자 독점으로 하던 일이 경쟁 회사가 생기게 되고 밥그릇 싸움으로 번지면서 겨우 2년을 넘겼을 뿐인데 일을 접을 수밖에 없게 되었다.

"찐종, 이삿짐 내려 보내요. 용달차 도착했어요."

양 수푸는 정시에 도착했다. 그는 회사를 나온 뒤 김 과장을 '찐커장'으로 부르지 않고, 사장님이 되었다며 '찐종'으로 불렀다. 기사 일을 오래 해서인지 시간 개념 하나는 정확했다.

"양 수푸, 고맙네. 매번 이렇게 신세만 지게 되네."

"비에커오치(뭘요), 워먼 라오펑유(우린 오랜 친구잖아요)."

라며 손사래를 쳤다.

양 수푸는 비록 운전기사 일을 하고 있지만 부모 세대만 해도 엘리트 집안이었다. 부모가 모두 의사였고 조부가 유명한 수묵화 화가였던 것이다. 집도 천안문 근처에 있는데 옛날에는 왕푸징 근처에서 살았다고 한다. 한국으로 따지면 사대문 안에서 살던 양반이었던 것이다. 그런데 문화혁명 때 의사였던 부모님과 조부모는 부르주아 지식분자라는 이유로 재산을 몰수당하면서 집안이 단숨에 전락하고 만 것이다.

이런 사실에 대해 양 수푸는 분노하지 않았다. 그는 세상은 돌고 돈다고 굳게 믿고 있었다. 올라갔다가도 내려오고 내려가다 보면 다시 올라가기도 한다는 인생의 진리를 이미 터득한 모양이었다. 이번에 양 수푸의 딸이 미술 특기로 일류 중학교를 입학했다며 양 수푸는 기뻐했다. 자식이 공부 잘한다는 것만큼 부모에게 큰 기쁨을 주는 것도 없으니 어깨춤이라도 출 일이었다.

"짐은 최대한 줄였어. 나머지 필요한 물건은 모두 한국으로 보내뒀고. 이제 나 혼자 살 건데 옷 몇 벌이나 있으면 되지."

김 과장의 목소리에는 힘이 빠져 마치 입만 벙긋거리는 붕어 입이 되어 있었다. 아내도 속이 상했는지 고개를 팽하니 벽 쪽으로 돌렸다. 김 과장이 퇴직하고 난 후 아내는 함께 몰려다니며 브런치도 먹고 골프도 치던 한국 부인들과도 연락을 끊고 조용히 지내고 있었다. 아침에 애들을 학교 보내고 나면 삼삼오오 모여 모닝커피를 마시거나 점심이면 맛집을 찾아다니며 수다를 떨고, 오후가 되면 골프연습이나 취미생활을 하며 하루를 보내는 일이 일상이었다. 주말에는 골프를 치러 필드 나가거나 각종 모임에 나가 인간관계를 넓히면서 이게 사람 사는 거지라고 생각하며 살았다. 그러나 이런 생활이 계속될 줄만 알았던 아내에게 이제 이 모든 게 꿈만 같았던 과거가 되어 버렸다.

김 과장은 가족을 위해, 회사를 위해 헌신을 다하며 살았는데 어떻게 자신의 처지가 이렇게 되었는지 한심하기만 했다. 자신의 분수도 모르고 사치를 부리며 지낸 아내도 원망스럽고 아버지는 피똥 싸는지도 모르고 학교에서 꼴등하는 아들도 미워진다. 속이 상해 술 마시고 가족들 앞에서 큰 소리라도 치면 아내나 아들은 도리어 무능한 아버지 때문에 자신들이 고생한다는 표정이다.

'당신은 회사에서 줄도 없고 빽도 없어요? 아니 밤낮 회사 나가 일하면서 사태가 그렇게 되도록 아무것도 모르고 그냥 있었냐고요!'

'아버지, 사실 전 아무래도 괜찮아요. 공부 못한다고 차별하지 않아 이 학교가 좋기는 하지만요.'

아내와 아들의 목소리가 머리에 맴돈다. 김 과장은 이렇게 빈 주머니로 한국으로 돌아가고 싶진 않다. 다시 한 번 오른손을 불끈 쥐어 본다.

"짐이 거의 없구만요. 찐종, 출발할까요?"

김 과장 가족은 양 수푸 옆자리에 모두 껴 앉았다. 용달은 한인 지역에서 다소 외떨어진 동북 방향으로 향했다.

"아버지, 오늘 스모그가 심해요. 마스크 끼세요. 어머니도 요."

"이놈아 스모그가 현재 중요한 게 아니야. 스모그로 배를 채우더라도 여기에서 모두 함께 살고 싶은 심정이야."

"아버지, 미세먼지가 인체에 얼마나 해로운지 아셔야 해요. 저는 마스크 낄랍니다."

아내는 팔짱을 끼고 창밖만 바라보며 들은 체도 하지 않고 있다. 무슨 수를 써서라도 이 상황에서 벗어나긴 해야 한다는 생각이 아내의 머릿속에 가득했다. 하지만 여태껏 노동을 해서 돈을 벌어본 적이 없었기 때문에 뭘 어떻게 해야 할지 눈알만 굴리고 있을 뿐이다.

"당신 베이징에 있는 동안, 난 한국에서 뭐 하지?"

막상 다음주면 한국에 가야 하니 아내는 고민이 되기 시작했다. 시댁과 친정을 오고 가며 지내야 할 테지만 아무것도 안 하면서 간신히 모아 둔 돈만 까먹고 있을 수는 없기 때문이다. 김 과장은 할 말이 없었다. 평생 가정주부로 산 아내에게 어떤 일을 강요할 수 있겠는가. 가장의 무능이라는 화살이 다시 가슴에 꽂혔다.

"마트 나가서 일할까?"

"그게 어디 쉽겠어? 요즘 주부들이 애들 학원비 번다고 그렇게들 많이 나와 일한다는데. 자리 얻기도 쉽지 않을 거야."

"이럴 줄 알았으면 중국어라도 열심히 배워 둘 걸 그랬어. 가서 중국어라도 가르치게."

김 과장은 '진작 그러지 그랬어.'란 말이 입 밖으로 튀어나오려고 하는 걸 꾹 참았다. 찬이를 보면 짐작이 된다고 아내 머리가 학습과는 사뭇 거리가 먼 뇌 구조라는 걸 알기에 어차피 배움의 길은 더 힘든 길이라는 생각이 들었다.

"생활비는 내가 꼬박꼬박 보내줄 테니 걱정하지 마."

김 과장은 가장으로서 할 수 있는 최선의 말이었다고 속으로 생각했다. 아내는 아무 대답도 없었다. 둘 사이에 침묵의 기류가 흘렀다.

"여보, 백 위안 있어? 양 수푸 고생했는데 밥값이라도 줘서 보내야지."

정적을 깨는 소리였다. 아내는 이미 이사 비용도 다 처리하고 줄 건 다 지불했는데 뭘 또 주나 싶었지만 남편 말대로 양 수푸를 그냥 돌려보낼 수는 없는 노릇이었다. 이사 가면 먹을 것도 없을 테니 점심 사 먹자고 빼둔 돈 200위안을 남편에게 건넸다. 김 과장은 아내가 선뜻 200위안이나 주자 고마운 마음이 불끈 솟았다.

양 수푸는 멋쩍어 하며 200위안을 받아 집으로 갔다. 원룸은 짐이 들어가자 더 작아 보였다. 셋이서 잠자리를 펴면 꼭 맞는 사이즈였다. 일인용 간이침대에서는 아내가 자기로 했다. 3일 후면 아내와 찬이는 한국으로 들어간다. 김 과장은 원룸을 둘러보며 쓸쓸함과 고독을 미리 맛보며 쓴웃음을 지었다. 아내의 얼굴에 보이지 않던 주름이 생긴 것도 같다. 찬이의 얼굴에는 비실비실 거리던 웃음이 사라진 것도 같다. 거울에 비친 김 과장의 얼굴은 해골처럼 말라붙은 것만 같았다.

공항으로 떠나는 아침은 그리 밝지 않았다. 창밖은 스모그에 가려 떠오른 해는 보이지도 않는다. 김 과장은 자신의 앞날을 보는 것 같아 씁쓸했다. 그래도 힘을 내야지라는 생각이 들자 마라향이 풀풀 나는 소고기 면이 생각났다. 김 과장은 공항에 가면 소고기 면을 파는 가게가 있으니 아침은 거르고 공항 가서 밥을 먹자고 했다. 둘은 군말 없이 고개를 끄덕이고 함께 공항으로 향했다. 공항은 들뜬 사람들의 발걸음으로 북적였다.

그들은 티켓팅을 하고 끼니를 때우러 면집을 찾았다. 김 과장은 풍겨 나오는 마라향을 맡으니 뭔가 다시 의지가 치솟는 기분이 들어 산란했던 마음을 다잡았다. 미래로 전진하고자 하는 불타는 의지가 생기는 것도 같았다. 진취적인 기상이 가슴 가득 들어오는 듯하니 김 과장은 표정도 밝아지고 목소리에 힘도 들어갔다.

"여보, 조금만 잘 참고, 찬이 잘 돌보고 있어. 좋은 소식 줄 테니까."

"믿어요. 당신. 내 잔소리 신경 쓰지 말고 건강하게 일 잘 되길 찬이랑 기도할게."

영영 헤어질 것도 아닌데 막상 남편하고 떠나려니 마음이 약해진 아내는 평소에 하지도 않던 말을 하면서 조금 부끄러워했다.

"암, 걱정 말라고. 혼자 잘 지낼 테니. 1년만 기다리라고."

"아버지, 건강하세요."

아내와 찬이는 뒷모습만 남기고 출입문을 통해 들어갔다. 김 과장의 눈에 눈물이 한줄기 주르륵 흘렀다. 김 과장은 흘러내린 눈물을 손으로 훔쳤다. 막상 손가락에 묻은 눈물 자국을 보자 목에 걸렸던 울음이 터져 나왔다. 그는 의자에 주저앉아 무릎 사이에 얼굴을 묻은 채 주마등처럼 지나가는 옛일을 떠올리며 나오는 눈물을 참지 않았다.

"찐종, 안에 있어요?"

김 과장 귀에 문 두드리는 소리가 아련히 들려왔다. 머리가 지끈거렸다. 어제 안주도 없이 소주만 댓 병 마셨던 탓이었다. 문을 열러 가다가 몸이 기우뚱거려 발을 헛딛는 바람에 넘어지고 말았다. 김 과장의 비명 소리에 밖에 있던 양 수푸는 놀라 문을 더 세게 두드렸다. 김 과장은 간신히 일어나 문을 열었다.

"메이셜마(괜찮아요)?"

김 과장은 손을 내저으며 괜찮다고 고개를 끄덕였는데 팔에 통증이 일었다. 양 수푸가 김 과장의 팔을 만지니까 고통의 비명 소리가 천장을 찔렀다. 아무래도 팔이 부러진 것 같다며 양 수푸는 김 과장을 일으켜 병원으로 가자고 했다. 사양할 일도 아니고 김 과장은 양 수푸를 따라 나섰다. 병원에선 3주치 진단을 받고 한 달은 팔에 깁스를 해야 한다고 했다. 엎친 데 덮친 격이라고, 당장 지게 지고 나무를 하러 나가도 모자랄 판에 팔을 다쳤으니 울화가 치밀 노릇이다. 다행히 왼팔이라 기본 생활에는 큰 지장이 없을 것 같았다.

이렇게 한 달의 시간을 보내는 건 안 되는 일이었다. 김 과장은 양 수푸에게 사업 아이템에 대해 논의를 하자고 했다.

"찐종, 장사해 보는 건 어떨까요?"

"무슨 장사? 팔은 상관없으니까 뭐든 좋으니 해보자구."

"동북에 사는 친구 하나가 장뇌삼을 키우는데 한국 사람들이 많이 좋아한다고 들었다면서 팔아 보는 게 어떠냐고 하더라고요."

"그래? 장뇌삼? 좋지! 내가 판로를 찾아볼게. 양 수푸가 판매량과 가격을 좀 알아 봐줘."

김 과장은 가릴 상황이 아니었다. 지푸라기라도 잡는 심정으로 뭐든 잡고 싶었다. 양 수푸는 조만간 알아봐 주기로 했다.

양 수푸는 베이징 외곽에 있는 한 국제학교 스쿨버스 운전기사로 파트타임 일을 하고 있었다. 등하교 시간에만 일을 하기 때문에 나머지 시간에는 김 과장과 함께 부업처럼 일을 할 수 있었다. 그 역시 미술 공부를 하는 딸아이 학원비며 뒷바라지 비용이 만만치 않기 때문에 운전 일만 해서는 살기가 빠듯했다.

오랜만에 푸른 하늘 위로 흰 구름이 뭉게뭉게 흘러간다.

봄볕이 따뜻했다. 김 과장은 포근한 봄바람에 조급하고 긴장했던 마음이 조금 수그러들었다. 근처에 널린 커피숍 하나를 찾아 들어갔다. 스타벅스였다. 삼삼오오 한국 아줌마들의 무리가 커피숍 구석구석 자리를 차지하고 즐거운 수다에 열을 올리고들 있었다. 김 과장은 고개를 돌려 눈에 띄지 않는 곳을 찾아 앉았다. 커피는 셀프라서 주문대로 가야 하기 때문에 잠바를 의자에 걸어 놓고 자리에서 일어났다. 깁스를 한 상태라서 원치 않는데도 주위의 시선은 한 번쯤 김 과장에 쏠렸다. 한국 아줌마들의 시선은 더욱 따갑게 느껴졌다. 괜히 들어왔다 싶은 후회가 밀려왔다. 다시 자리로 돌아가 옷을 들고 밖으로 나갈까도 생각했지만 혼자 커피 마시는 게 뭐가 이상하랴. 제 싼 아메리카노를 시키고 테이블로 돌아왔다.

커피를 마시는 동안 아내와 찬이 생각이 났다. 김 과장은 커피 한잔의 여유조차 괜스레 가족에게 미안하다는 생각이 들었다. 전화라도 한 통 걸어 보고 싶었지만 딱히 할 말도 없고, 일이 좀 잘될 때나 한 번 해보자라고 생각하며 핸드폰을 주머니에 넣었다. 우선 코앞에 떨어진 일부터 처리하자. 김 과장은 장뇌삼을 어떻게 팔아야 할까 생각하기 시작했다. 매장을 임대하려니 임대료도 만만치 않을 것 같고 홍보까지 생각하면 투자비용이 많아질 것 같았다. 최대한 투자비용은 줄여야 한다.

검은색 커피 위로 하얀 김이 모락모락 올라왔다. 커피 향이 코끝을 자극했다. 김 과장은 혀가 데지 않도록 조심스럽게 한 모금 후루룩 마셨다. 뜨거운 기운이 목을 타고 뱃속으로 흘러들었다. 입안은 커피 향이 가득했다. 연애할 때나 커피숍에 들락거렸지 이렇게 혼자서 커피를 마시는 것도 오랜만인 것 같았다. 그래도 뭔가 도전을 시작한다는 기대 때문인지 혼자 마시는 커피 맛이 쓰지만은 않았다.

밑천을 들이지 않고 할 수 있는 건 인맥을 통해서 판매하는 거뿐이다. 김 과장은 회사 때 알고 지내던 사람들한테 먼저 연락해 보리라 마음을 먹었다. 두 번은 아니어도 처음 한 번은 분명 거절하지 않을 거란 생각이 들었다. 그는 핸드폰을 꺼내 주소록을 훑기 시작했다. 구매 가능한 사람들의 목록을 1차와 2차로 분리했다. 반드시 사줄 것 같은 사람과 잘 하면 살 사람을 정리하고 나니 1차 10명, 2차 12명 정도로 나뉘었다. 장담할 수는 없지만 2박스씩만이라도 사주면 첫 판매치고 나쁘지 않을 것 같았다. 양 수푸한테서 전화가 왔다. 김 과장은 자신의 위치를 알려주고 이쪽으로 오라 했다.

"찐종, 장뇌삼 가격이 한 뿌리당 50위안이고 수량은 얼마든지 댈 수 있다고 하네요."

"우리 마진은 어떻게 되나?"

“최대 25%정도라고 합니다. 근데 판매할 때는 마음대로 가격을 매겨도 상관은 없답니다.”

“그럼 내가 우선 아는 사람 통해서 팔아 볼게. 그 다음 어떻게 할지 생각해 보자고.”

김 과장은 당장 전화부터 돌리기 시작했다. 처음에는 반기는 기색들이었다. 그러다가 자신의 처지를 얘기하면 안타까워하는 사람들이 많았다. 그다음 장뇌삼 이야기를 하자 반은 흔쾌히 사겠다고 나서고 반은 난처해했다. 그중 김 과장과 형, 아우하며 지내던 거래처 이 차장은 자신도 주위에 물어봐 주겠다며 50뿌리 정도 예약했다. 참으로 감사한 일이었다. 어려울 때 사람의 본색을 안다고 김 과장은 이 차장에게 한없이 고마울 따름이었다.

“이 차장, 정말 고마워. 당신 같은 사람은 살아 있는 천사야.”

김 과장은 진심으로 눈물나게 고마웠다. 핸드폰을 들고 머리가 테이블에 닿게 인사를 해댔다.

“김 과장님, 무슨 말씀을요. 그동안 저희 회사에 많은 도움을 주셨는데요. 그나저나 회사에서 나오면 고생이라 했잖아요. 비 맞은 낙엽이 아스팔트에 착 달라붙어 있는 것처럼 나 죽었소, 회사에 붙어살라고들 하는데.”

"그러게나 말이야. 어떻게 그렇게 됐어. 참 이 차장, 늦었지만 차장 승진 축하해. 조만간 내가 술 한잔 살게."

"승진한 제가 사야죠. 다음에 한잔해요."

김 과장은 전화를 끊자 눈에 눈물이 또 고였다. 몸이 많이 지쳐 있어서인지 심약해지는 것 같았다. 작은 감동에도 가슴이 울컥울컥 댔다. 전화해서 거절당할 땐 정말로 엉엉 소리 내어 울고 싶은 심정이었다. 누가 남자는 태어나서 세 번 운다고 했는가. 요즘 같아선 하루에 세 번은 눈물을 닦아 내는 것 같았다. 저녁 시간이 될 때까지 식은 아메리카노 한잔을 홀짝이며 목표했던 전화를 다 돌렸다. 확정 구매는 아니지만 10뿌리를 한 박스로 해서 대략 40박스는 팔 수 있을 것 같았다. 이 정도면 굉장한 수확이라고 생각했다. 하루 만에 이렇게까지 팔 수 있을 거란 생각은 꿈에도 못했기 때문이다. 하늘이 무너져도 솟아날 구멍은 있다는 말이 딱 이럴 때 쓰는 말 같았다. 김 과장은 가벼운 발걸음으로 커피숍을 빠져 나와 저녁 식사는 거르고 집으로 갔다. 안 먹어도 배가 부른 것 같았다.

장뇌삼 판매는 김 과장이 예상했던 것보다 10박스나 줄었다. 사람들은 당장 김 과장의 딱한 사정 때문에 팔아준다 했지만 아내와의 의견 차이나 장뇌삼의 효능 등의 의문을 가진 사람들이 다음 기회에 사겠다고 미뤘기 때문이다. 사람들은 다음에, 라고 말했지만 김 과장은 알고 있다. 다음은 없다는 것을. 필요하면 꼭 자기를 찾으라고 신신당부를 하고 전화를 끊었다. 점점 앞이 깜깜해지는 느낌이었다. 그러나 김 과장은 건강식품은 단기간에는 힘들고 꾸준히 노력해서 영업하면 장기간 수익을 얻을 수 있다고 말한 양 수푸의 말을 되새기며 머리카락을 쓰다듬었다.

김 과장과 양 수푸는 가장 번화한 한인 거리에 노상으로 장뇌삼을 전시해 가며 팔기 시작했다. 장뇌삼이 눈길을 많이 받긴 했지만 그냥 지나가는 사람치고 선뜻 사려고 드는 사람들이 없었다. 수입은 간신히 생활비가 될 정도로만 유지됐다. 이 정도로는 한국에 있는 아내와 찬이를 불러들이기에는 턱없이 부족했다. 뭔가 다시 무자본으로 시작할 수 있는 걸 찾아야 했다. 그러던 중 이 차장한테서 갑자기 술 한잔하자고 전화가 왔다. 김 과장은 지난번 이 차장이 술 한 잔 사겠다는 말이 생각났다. 당장 그쪽으로 날아갔다.

"이 차장, 정말 오랜만이야."

"진작 연락을 했어야 했는데 늦었어요. 그래도 건강해 보이십니다."

"일하는 게 운동이라 이렇게 건강이나 유지하는 거지."

김 과장은 괜스레 너스레를 한 번 떨었다.

"장뇌삼은 잘 팔리나요?"

"뭐, 목구멍에 간신히 풀칠할 정도야."

김 과장은 자신의 상황을 숨길 수 없다는 듯 쓴웃음을 보였다.

"과장님, 요즘 인터넷으로 물건들 많이 사잖아요. 타오바오 같은 곳에 팔 아이템을 한 번 생각해 보는 것도 좋을 거 같은데…."

이 차장의 말에 김 과장의 머릿속에 뭔가 번뜩 지나가는 게 있었다. 화장품 판매. 그래, 아내도 중국산 화장품이 안 맞는다고 인터넷으로 한국 화장품을 구매해서 썼던 게 생각이 났다.

"이 차장, 그거 좋은 생각이야. 고마워."

이 차장은 생각나는 대로 지나가는 말처럼 한 것뿐인데 김 과장은 해답이라도 얻은 듯 좋아했다.

"과장님, 저도 설 지나면 한국으로 복귀합니다."

"어? 이렇게나 빨리? 아직 몇 년 더 남지 않았나?"

"그렇죠. 원래대로 하면 1년 더 있어야 하는데 회사에서 해외 비용 절감한다고 주재원 수를 줄인대요. 저야 여기서 밤낮 없이 일하니까 여기에 있나 한국에서 일하나 거기서 거긴데, 집사람하고 아이들이 아주 난리예요. 더 있고 싶다고."

"이해해, 나도 그런 상황이었으니까."

"전 회사 나와서 뭘 해볼 엄두도 못 내요. 그냥 회사에서 지시하는 대로 따를 수밖에요."

"그럼 그렇고말고, 당신도 알잖아. 회사 나오면 개고생이야."

둘은 말없이 술과 안주를 번갈아 가며 먹기만 했다. 이 차장의 고민이야 김 과장한테서 사치에 가까운 고민이었다. 이 차장의 선한 눈빛이 피곤하게 느껴졌다. 둘은 거하게 취해 각자의 집으로 돌아갔다.

다음날 김 과장은 눈을 뜨자마자 아내한테 전화를 걸었다.

"여보 잘 지냈어? 찬이는 학교 잘 다니고?"

"아침 일찍 무슨 좋은 소식이라도 있는 거예요?"

아내는 혹시 좋은 일이라도 있나 싶어 상기된 목소리로 다그쳤다.

"다름이 아니라 인터넷으로 화장품 판매를 해볼까 하는데 당신 화장품 좀 사서 이쪽으로 보내 줄 수 있어?"

"그거야 어렵지는 않지만… 무슨 보따리 장사하려고요?"

"지금 이 일 저 일 가릴 때가 아냐."

김 과장의 단호한 목소리에 아내는 만족스럽지는 않았지만 자신이 할 수 있는 일이기도 하기 때문에 승낙했다. 양수푸는 인터넷 주문을 받고 고객 관리를 맡기로 했다. 초기 서너 달은 한 달에 구매가 대여섯 번밖에 없었다. 그래서 판매량을 높이기 위해 김 과장은 자신이 직접 인터넷으로 자신의 가게 물건을 구매해서 판매량을 높이는 방법을 썼다. 투자한 만큼 소득이 있었다. 판매 순위가 높아지자 고객들이 들어오기 시작했다. 판매량이 많다는 건 그만큼 안전하고 믿을 수 있다는 증거니까 말이다. 김 과장은 바빠질수록 더 힘이 났다. 이틀 밤을 꼬박 새도 피곤한 줄 몰랐다.

덩달아 한국에 있는 아내도 바빠졌다. 아내는 베이징에서 주문을 받고 물건을 사서 다시 베이징으로 화물을 보내는 일에 녹초가 되기 십상이었다. 하지만 물건이 날개 돋친 듯 팔려 나가고 있는 걸 보면서 아내는 온몸이 쑤시고 아파도 벌떡벌떡 일어나 일을 했다. 아내는 그냥 자기 몸 하나쯤 어떻게 되어도 하나도 아깝지 않다는 생각으로 일을 했다. 계속 이렇게만 된다면 아내와 찬이는 김 과장이 있는 베이징으로 갈 수 있다는 희망이 생긴 것이다.

그러던 어느 날, 11월 11일 광군제를 앞두고 중국 대리상에서 연락이 왔다. 밀수로 물건을 공급해 줄 수 있겠냐는 전화였다. 대리상은 정식 루트보다 밀수품을 사면 세금을 안 내니까 훨씬 경쟁력 있는 가격으로 만족스런 수익을 낼 수 있었다. 중국 대리상은 김 과장에게 10월 말까지 물건을 공급해 줄 수 있다면 최대 50만 위안어치를 사주겠다고 제안했다. 김 과장은 머뭇거릴 이유가 없었다. 그래도 돌다리도 두드리랬다고, 하루의 시간 여유를 달라고 했다. 양 수푸와 김 과장은 머리를 맞댔다. 일은 간단했다. 한국에 믿을 만한 유통상을 확보하고 중국에 규모 있는 대리상을 확보만 하면 가만히 앉아서 돈을 벌수도 있는 일이었다. 김 과장은 목구멍으로 마른 침이 꼴깍 넘어갔다. 그 소리가 어찌나 컸던지 양 수푸와 눈이 마주치자 둘은 서로 깔깔거리며 한참을 웃었다. 김 과장은 이렇게 웃어 본 게 얼마 만인지 생각하니 이내 씁쓸해졌다. 돈 드는 일도 아닌데 왜 이렇게 웃지 못하고 살았을까 싶었다.

그런데 문제는 자금이었다. 한국에서 물건을 확보할 돈이 필요한데 당장 어디서 50만 위안을 마련하느냐가 문제였다. 김 과장은 하는 수 없이 한국에 있는 집을 담보로 담보 대출을 받기로 했다. 한국 돈 1억 정도 대출을 받았다. 아내는 반신반의하며 김 과장의 말을 따랐다.

김 과장은 믿을 만한 한국 유통상을 찾은 후 물류업체를 알아봤다. 가능하면 중국 쪽 해관과 관계가 좋은 물류업체를 물색해 봤다. 일은 비교적 빨리 진행됐지만 침착함을 잃지 않고 돌다리도 두드리며 조심스럽게 처리했다. 괜히 서둘렀다가 이 중대한 일을 망치고 싶지 않았기 때문이다. 혹시나 해서 물건도 약속 시한보다 일찍 출발시켰다. 물건은 천진 항으로 9월 30일에 도착했다. 그런데 애석하게도 중국은 10월 1일부터 국경절 연휴가 시작된다. 어리석게도 국경절을 계산하지 못했다. 30일 당일 어떻게든 일을 처리해 보고 싶었는데 쉽지 않았다. 더욱이 정식 통관이 아니라 당당하게 요구할 형편도 아니었다.

일주일을 기다리기로 했다. 김 과장한테 일주일이 일 년처럼 느껴졌다. 자고 일어나면 아침이고 다시 일어나면 겨우 점심 먹을 때다. 가만히 들리는 시계 초침 소리가 길을 걷는 장병의 발소리처럼 크게 들렸다. 초침 소리를 듣고 있자니 시간은 더 느리게 흘러가는 것 같았다.

국경절 동안 양 수푸는 가족들과 함께 근교 여행을 떠난 반면 김 과장은 방바닥만 긁고 연휴가 끝나기만을 기다리고 있었다. 연휴가 끝나고 물건이 나왔나 확인해 보는데 좀처럼 물건이 쉽게 빠져나오지 않았다. 확인해 보니 시범 케이스에 걸려 세관 통과가 아직 되지 않은 상태였다. 얼굴이 노래졌다. 하늘이 무너질 것만 같았다. 물류 업체는 운 나쁘게 걸린 거라면서 어쩔 수 없으니 한국으로 다시 보냈다가 다시 받자고 했다. 하지만 왔다 갔다 하면 10월말까지 납품을 못 하게 될 텐데 그러면 물건은 쓸모없게 되는 거였다. 다른 방법이 없느냐고 했더니 정식으로 세금을 납부하면 된다는 거였다. 그렇게 해서 따져보면 손해보고 물건을 납품해야 할 판이었다.

중국 대리상은 항저우에 있는 꽤나 유명한 회사인데 이번에 신용을 잃는다면 다음은 거래가 힘들어질 게 분명했다. 무엇보다도 거래는 신용이니까. 진퇴양난이었다. 김 과장은 또다시 지푸라기라도 잡는 심정으로 여기저기를 수소문해보기 시작했다. 그러던 중 이 차장한테서 연락이 왔다. 자기 회사 동료 중에 한국에서 전직 세관 공무원이었던 사람을 알고 있는데 잘 하면 도움이 될 수도 있을 거라면서 연락을 한 번 해보라고 연락처를 알려줬다.

김 과장은 곧장 전화를 걸었다. 그는 자신이 천진 세관에 친구가 있다면서 만 위안만 주면 알아서 빼주겠다고 말했다. 목소리는 굵고 거칠었지만 대답은 시원시원했다. 조금도 주저하는 기색이 없어서 김 과장은 약간의 의심도 하지 않았다. 빼줄 수 있다는 말을 듣자 김 과장은 돌멩이로 꽉 찼던 가슴이 뻥하고 뚫리는 기분이었다. 김 과장은 전화기를 들고 90도로 몇 번이고 고개 숙여 인사를 했다. 구세주를 만난 것만 같았다. 김 과장은 그가 말한 대로 당장 선적 서류와 여권, 위임장을 써서 천진에 산다는 그에게 빠른우편으로 보냈다. 직접 간다 했더니 그럴 필요까지 없다고 해서 돈도 알려준 계좌로 넣었다. 결과만 기다리면 되었다. 일이 무사히 끝나기를 마음속으로 빌고 또 빌었다. 첫술에 배부를 수 있겠냐며 스스로를 위로했다.

이틀 뒤에 전직 세관 공무원에게 전화가 왔다. 천진 세관 담당 공무원을 만났는데 식사비도 많이 나왔고 선물비용도 만만치 않았다며 5천 위안을 더 보내달라는 얘기였다. 김 과장은 요 며칠 자금이 막혀 수중에 5백 위안도 없었다. 김 과장은 양 수푸에게 전화를 걸었다. 5천 위안이 필요하다고 하니까 양 수푸도 난처해하는 것 같았다. 김 과장 생각에도 양 수푸가 갑자기 그런 돈이 있을 리 없었다. 괜히 마음의 부담만 준 것 같아 괜찮다며 끊었다. 그런데 다시 양 수푸한테서 전화가 왔다. 딸아이 미술 과외를 시키려고 모아 둔 돈이 있는데 우선 그거라도 보내겠다는 것이다. 딸아이 과외비인데 그걸 가져다 쓰는 건 너무 미안한 일인 줄 알면서도 우선 이번 일만 잘 되면 바로 두 배로 돌려줄 생각으로 염치없이 받았다.

일은 금방 처리될 것처럼 하더니 계속 미뤄지고 있었다. 이틀이 지나고 삼일 째다. 김 과장은 이번엔 좀 다그칠 생각에 전화를 걸었다. 전화 연결이 안 되었다. 한 시간 후에 다시 전화를 했다. '우파제통(연결할 수 없습니다.)' 어제 오전까지도 통화가 됐는데 이상했다. 다시 전화를 했지만 마찬가지였다. 불안한 마음이 들기 시작했다. 불길한 예감이었다. 다급한 마음으로 물류업체에 전화를 걸었다. 업체 직원은 어제 이미 물건을 빼갔다는 것이다. 물건을 빼갔다니, 김 과장은 갑자기 눈앞이 깜깜해지고 머리가 어질어질했다. 설마 해서 자초지종을 물었더니 대리인이 와서 세금을 다 내고 가지고 나갔는데 무슨 문제가 있느냐며 담당자가 도리어 물었다.

김 과장은 그 길로 무작정 천진으로 향했다. 다리가 후들거리며 온몸에서 오한이 일었다. 고속 열차를 타고 있는 동안 아무 생각도 할 수 없었다. 천진 역에 내려 택시를 타고 세관으로 갔다. 막상 세관에 도착은 했는데 누굴 만나야 할지도 모르겠고 뭐부터 물어야 할지도 몰랐다. 아무나 붙잡고 뭐라도 지껄이고 싶은 심정이었다. 김 과장은 문 입구에 서서 털썩 주저앉았다. 근처에 서 있던 경비가 김 과장한테 다가서다 말고 그 광경을 지켜보고만 있었다. 김 과장은 온몸에 기운이 모조리 빠져 나가 발가락 하나에도 힘을 줄 수 없었다. 시간이 얼마나 지났는지도 모른다. 전화벨이 울렸다.

"김 과장, 이를 어쩌지? 정말 미안하게 됐어. 본사에 간섭이 심해져서 김 과장 비자 신청을 우리 회사에서 못 할 것 같은데. 빨리 다른 데 알아봐야겠어. 나도 한 번 주위에 물어볼게. 김 과장 듣고 있어?"

저 멀리서 천진 앞바다에서 파도소리가 들리는 듯도 했다. 김 과장의 몸은 파도소리에 홀려 바다로 향했다. 바다 위에 기름이 둥실둥실 떠다닌다. 둥실거리는 기름이 김 과장 같기도 했다. 김 과장은 피식 헛웃음이 나왔다. 둥실둥실 떠다니는 기름이 자기를 보고 비웃는 것만 같았다. 한 번 피식 나온 웃음이 연달아 나오기 시작했다. 어깨가 저절로 들썩이며 웃음소리는 점점 커져만 갔다.

『펜문학』 2016년 9월호

차우와 나

1

문을 열자 가장 먼저 눈이 마주친 건 차우였다. 녀석은 조금 변한 것 같았다. 몸집은 나만큼이나 커져 있었다. 사진 속의 차우는 사자처럼 얼굴 전체를 뒤덮은 덥수룩한 털에 곰처럼 둥글게 생긴 모양이었다. 그런데 녀석은 곰처럼 짧은 털에 사자처럼 위엄 있는 얼굴로 변해 있었다. 차우는 아빠가 결혼 전 중국에서 키우던 중국 순수혈통 개다. 영리하고 충성스런 개라서 혼자 계신 할머니를 위해 한국으로 데리고 왔다고 했다.

녀석은 내가 집으로 들어오자 처음엔 눈빛을 날카롭게 반짝이더니 이내 수북한 털로 뒤덮인 꼬리를 천천히 흔들며 자주색 혀를 내밀고는 나를 향해 빙그레 미소를 보냈다. 개가 미소를 짓다니, 나는 뭔가 잘못 봤다는 생각이 들어 양손으로 눈을 비볐다. 한국 온다고 어젯밤 잠을 제대로 못 잔데다가 비행기에서도 졸음을 꾹 참고 만화영화를 보느라 수면 부족 때문에 헛것을 본 게 아닐까. 반쯤 감긴 눈을 크게 뜨고 다시 녀석을 주시했다. 차우는 양쪽 입 끝을 올려 내가 잘못 본 게 아니라는 듯 더 길게 미소를 짓고 있었다. 마치 오랜만에 만난 친구처럼 따뜻하고 반가운 미소였다.

"이게 몇 년 만이야. 해미가 이렇게 컸어? 돌 때 보고 처음이지? 얼른 들어오너라."

할머니가 날 껴안는 바람에 차우가 내 시야에서 가려졌다. 나는 할머니 팔에 안긴 채 거실로 들어갔다. 아빠는 서둘러 내 신발을 벗겨 현관으로 던졌다.

"해미가 이제 몇 살이지?"

나를 신기하게 쳐다보는 할머니 눈을 피해 아빠를 쳐다봤다. 한국말을 알아듣지만 말은 할 줄 모르기 때문이다.

"6살 됐어요."

아빠는 대신 대답한다.

"뭐가 그렇게 바쁘다고 이제야 집에 온 거야. 해미 어미는 잘 지내구?"

"잘 지내요. 방학 때가 가장 바쁜 때라 저만 왔어요."

할머니의 얼굴은 아쉬움 반, 체념 반으로 양 볼이 아래로 늘어졌다. 할머니는 말도 안 통하는 며느리가 보고 싶으셨나 보다. 나도 요즘 엄마 얼굴을 보기 힘들기 때문에 할머니의 마음을 조금 알 것도 같았다.

"어머니, 일주일만 해미 부탁드릴게요. 지방에 일이 있어서…"

아빠는 면목 없다는 표정으로 목덜미를 쓰다듬는다.

"불쑥도 말한다. 알았다. 볼일 있으면 보고 와라. 오랜만에 손녀딸이랑 시간 좀 보내보자."

할머니는 인자한 미소로 내 양 볼을 귀엽다는 듯 문지르신다.

"오자마자 죄송해요. 근데 해미가 한국말을 거의 못해요. 그래도 알아듣긴 할 거예요."

할머니는 날 측은하게 바라보시며 고개를 끄덕이셨고 아빠는 시간에 쫓기는 듯 짐만 챙겨들고 한달음에 나가 버렸다. 정면에는 골동품처럼 보이는 자명종 시계가 느리게 시계추를 흔들고 있었다. 나는 고개를 돌려 집 주위를 둘러본다. 베이징의 우리집과는 전혀 달랐다. 우리집 가구나 물건은 모두 새 것이고 하얗고 빛나는 색들인데 여기에는 오래되고 어둑어둑한 골동품 같은 물건들로 가득했다. 마치 할머니 같았다. 할머니처럼 늙었지만 기품 있는 가구들이 나를 지켜보고 있었다. 자명종 아래에 놓여 있는 서랍장, 그 옆으로 나무로 만들어진 일인용 소파 두 개, 소파 사이에 놓인 둥근 탁자 위에는 마시고 남은 찻잔이 놓여 있었다. 그 아래 차우는 반쯤 감긴 눈으로 내 움직임을 주시하고 있었다. 차우의 몸집은 내가 등에 올라탈 수 있을 정도로 컸다.

나는 한국에서 태어나 6개월 정도 바로 여기 할머니 집에서 머물렀다고 한다. 할머니가 나를 소파에 눕혀 놓고 잠깐 부엌에 가신 사이 내가 몸을 꿈틀거리다가 아래로 떨어질 찰나 차우가 자신의 몸을 날려 날 받아준 사건이 있었다. 할머니가 내 울음소리에 놀라 나와 보니 차우는 등을 바닥에 대고 누워 있었고 내가 차우 배 위로 엎어져 있더라는 것이었다. 이 일화는 아빠한테서 귀가 닳도록 들었다.

차우와 내가 찍은 사진은 아직도 내 방 책상 위에 놓여있다. 내 기억력 범위에는 존재하지 않는 차우였지만 나는 차우와 찍은 사진을 보며 녀석을 상상했다.

"해미야, 먼저 씻고 옷 갈아입자. 할미가 간식 준비해 줄게."

나는 천연덕스럽게 할머니를 멀뚱히 보고만 있었다. 할머니의 말은 알아들었지만 모르는 척했다. 친할머니라지만 나는 옆집 사는 왕할머니가 더 좋았다. 왕할머니는 희끗희끗한 단발머리에 마른 체형이고 맵시 있게 옷도 입고 아파트 봉사자로 일하시는 쾌활한 분이다. 그런데 내 눈 앞의 할머니는 곱슬곱슬한 머리에 뚱뚱하고 걸음도 뒤뚱뒤뚱 걸으신다. 내가 상상했던 할머니가 아니었다.

"해미, 뭐하니? 어서 화장실로 가. 옷은 내가 챙겨줄 테니."

난 여전히 서 있었다. 할머니는 고개를 갸웃거리시며 날 진찰하듯 응시했다. 할머니의 눈동자를 따라 내 눈동자도 움직일 뿐 아무런 행동을 취하지 않았다. 할머니는 손을 뻗어 나를 끌려고 했다. 그럴수록 난 더 요지부동 했다.

"할미가 씻겨 줄게. 화장실로 가자."

할머니는 다소 난감한 표정이 되었다. 할머니는 입술을 동그랗게 내미시며 잠깐 생각하시더니 내 손을 잡아끌고 화장실로 향하셨다. 할머니가 나를 잡아당기는 힘만큼 나는 저항했지만 무리였다. 내 발은 질근질근 끌려가고 있었다.

내 목덜미에 수건을 둘러 주시고 얼굴을 씻겨 주셨다. 얼굴에 닿는 할머니의 손은 울퉁불퉁하고 조금 거칠었지만 다부진 힘이 느껴졌다. 할머니는 내 코를 잡고 '흥' 소리를 낸다. 따라 '흥'했더니 콧물이 흘러나온다. 할머니는 엄지와 검지로 내 코를 쥐어 잡고 물로 깨끗이 닦아 내었다. 하얗고 끈적끈적 한 콧물이 할머니 엄지손가락에 길게 늘어졌다. 할머니가 콧물을 닦으러 수도꼭지의 물을 트는 순간, 할머니의 짧고 뭉툭한 엄지손가락이 내 시야 가득 들어왔다. 할머니의 엄지는 내 뭉툭하고 짧은 엄지손가락과 똑같은 생김새였다. 나는 늘 동그랗고 뭉툭한 엄지손가락을 보여주기 싫어서 손바닥 안으로 숨기고 다녔는데 내 엄지손가락이 바로 할머니를 닮은 것이었다니. 못생긴 내 엄지손가락이 할머니를 닮은 것이라고 생각하니 할머니가 더 미워졌다. 왜 나에게 이런 손가락을 물려 준거야!

할머니는 캐리어에서 내 옷을 꺼내 갈아입혀 주신 후 차우가 있는 거실 소파로 데려가 앉게 했다. 나는 마지못해 할머니 손에 이끌렸다.

"뭐 먹고 싶은 거 있어?"

할머니는 내 얼굴을 똑바로 바라보시고는 한 글자 한 글자 강조하며 말씀하셨다. 양손을 이용해 밥 먹는 흉내까지 덧붙여서. 나는 할머니의 제스처가 재미있어서 웃음이 나왔지만 꾹 참고 모르는 척 굳은 얼굴을 보였다. 할머니만 말끄러미 쳐다보자 할머니는 '오냐, 오냐' 하시며 물어서 뭐하냐는 표정으로 손사래를 치시고는 부엌으로 향하셨다. 나는 엉거주춤 서 있다가 다시 소파에 털썩 주저앉았다.

'많이 컸구나.'

나는 주위를 둘러봤다. 텔레비전도 없고 라디오도 없다. 분명 소리가 났는데, 할머니가 불렀나 싶어 재빨리 부엌 쪽으로 갔다. 할머니는 야채를 씻느라 내가 온 줄도 모른다. 나는 사뿐사뿐 주위를 살피며 다시 소파 쪽으로 되돌아갔다.

'오랜만인데 말을 못하는 모양이구나'

나는 소파에 앉아 두 손으로 다리를 감쌌다. 내 시선은 차우의 눈동자와 마주쳤다. 차우는 앞으로 엎드리고 있다가 앞발을 일으켜 세웠다.

"방금 네가 나한테 말한 거니?"

'내가 하는 말까지 못 알아듣는 건 아니겠지?'

나는 내 귀가 의심스러웠지만 너무나 분명하게 들려왔다.

"세상에. 너랑 말이 통할 수 있다는 게 신기해. 너 중국말 알아?"

'그럼 나 원래 중국에서 태어났잖아. 난 할머니랑도 말을 할 수 있는 걸. 그러니까 나는 중국어, 한국어 모두 능통하다

는 말이지. 둘이 말이 안 통하는 거 같던데 나한테 얘기하라고. 전해줄 테니까.'

차우는 다시 앞발을 구부려 넓적하게 누웠다. 나는 가끔 내가 나무나 꽃이랑 이야기를 한다고 생각해 본 적은 있지만 개랑은 처음 겪는 일이었다. 갓난아기 때 날 구해 줬다더니 어쩜 그때 차우와 어떤 전류가 통한 건 아닌지. 나는 심각한 눈으로 계속 차우를 응시했다. 녀석은 자겠다는 시늉으로 눈을 감아 버렸다.

"해미야, 어서 와서 밥 먹자. 배고프지?"

'할머니가 밥 먹으라고 하시잖아.'

차우는 눈을 감은 채 쳐다보지도 않고 말한다.

"네, 할머니"

나도 모르게 입에서 튀어나왔다. 내가 아빠한테서 반복해서 배운 두 단어이다. 대답할 땐 무조건 '네'라고 하고 할머니를 부를 땐 '할머니' 하라고 일러주었다. 할머니는 냄새만 맡아도 군침이 도는 맛있는 반찬 여러 개를 만들어 주었다. 그 중에는 내가 가장 좋아하는 송송 썬 파가 들어간 계란말이도 있었다. 평소에 아빠가 해 주시는 건데 맛도 모양도 똑같다. 아마도 아빠가 할머니 계란말이 레시피를 그대로 전

수받은 모양이다. 식탁 맞은편에 앞치마를 메고 앉아 계신 할머니는 다정한 표정을 짓고 있었다. 나는 배가 고팠지만 반찬이 입에 안 맞는 척 먹지 않았다. 계란말이가 너무 먹고 싶었지만 침을 삼켰다. 할머니의 표정은 금세 안절부절 변했다.

"음식이 집에서 먹던 거랑은 좀 다르지?"

할머니는 어떤 대답을 원하고 물어보시는 것 같지는 않았다. 그냥 무슨 정겨운 말이라도 나눠야 할 거 같아 하시는 말씀인 듯싶었다. 나는 양쪽 입 끝을 내려 불만에 찬 얼굴을 지었다.

'할머니가 너는 집에서 어떤 음식을 먹는지 궁금해 하시는 거 같아.'

어느새 차우가 곁에 와 있었다.

"내가 말한다고 아시겠어?"

나는 차우에게 중국어로 이야기를 했다. 차우는 이 말을 그대로 할머니한테 전하는 것 같았다. 할머니는 커질 수 있는 가장 큰 눈을 뜨시고는 나를 응시하셨다.

"너 지금 차우한테 말한 거니?"

할머니는 내 앞으로 오시더니 나를 말끄러미 바라보셨다. 나도 말끄러미 할머니를 바라봤다. 내 표정을 보며 할머니는 의심스러운 눈빛으로 변했다. 할머니는 차우에게 눈길을 옮겼다. '차우, 너 해미 말 알아듣니?' 차우에게 물어보며 내 눈치를 살폈다. 나는 눈을 질끈 감았고 차우는 천천히 고개를 끄덕였다. 할머니의 의심에 찬 눈동자는 내 몸 전체를 훑었다.

허기가 지고 피곤해서 그런지 잠이 몰려오기 시작했다. 힘이 풀린 눈꺼풀은 밑으로 내려와 저항도 못한 채 잠에 끌려 들어가 버렸다. 식탁 앞에서 고개가 고꾸라지려는 순간 할머니가 재빨리 날 잡아 끌어 안으셨다. 그 바람에 할머니는 엉덩방아를 찧고 옆에 있던 차우는 일어나 위로하듯 할머니의 얼굴을 핥는 모습이 보였다. 차우는 몸집이 커서 움직임은 둔하지만 뭔가 믿음직스런 구석이 있었다.

아빠는 내가 할머니 댁에 머무는 동안 서너 번 들락날락하시며 빨랫감과 필요한 물건들만 챙기고는 또 나가셨다. 중국에 있는 대학에서 강의를 하시던 아빠는 갑자기 무역사업을 하신다고 많이 바빠지셨다. 엄마는 아빠가 집안일을 더 봐줬으면 했다. 하지만 아빠는 나도 혼자 밥 먹을 수 있을 만큼 컸으니 이젠 좀 바빠져도 될 거라며 사업에 뛰어드셨다. 아빠는 대학에서 강의하는 건 돈을 많이 벌지 못한다고 말씀하셨다. 엄마는 학원을 운영하는데 학생들이 너무 많아서 매일 바쁘셨다.

나는 차우와의 관계를 아빠한테는 비밀로 하기로 했다. 말해도 믿지 않으실 테니 잠자코 있는 게 평화로울 것 같다는 생각이 들었다. 일주일은 생각보다 빨리 지나갔다. 아빠와 나는 왔을 때와 같은 모습으로 할머니 집을 떠나야 했다. 할머니는 나를 온몸으로 꼭 안아 주었고 차우는 내 손등을 핥았다.

"해미, 베이징에서 건강하게 지내다가 우리 또 만나자"

할머니는 인자한 미소로 따듯한 난로 같은 인사를 건넸다. 나는 못생긴 내 엄지손가락이 할머니한테서 물려받았다는 사실을 알게 되었을 뿐 달라진 게 없었다. 이 못생긴 손가락 때문에 어쩌면 차우와 대화할 수 있는 마법이 걸려 있는지도 모른다는 생각이 들었다. 할머니도 그러하니 나의 의심은 확고해졌다.

"그리고 해미, 한국어 좀 가르치는 건 어떠니? 뭔 말이 통해야지."

"그래야죠."

아빠는 머리를 긁적이며 내 손을 잡고 차에 올랐다.

2

나는 비행기를 타보기 전까지 하늘을 나는 상상을 여러 각도로 해보았다. 엉덩이도 붕 떠오르고 마음도 울렁울렁 간지럽고, 창밖을 보면 새도 날아가고, 옆으로 날아가는 비행기 안에 탄 사람들과 서로 손도 흔들어 주는 장면을 상상했다. 그러나 이런 상상은 상상으로 끝이 났다. 안전벨트 메고 의자에 가만히 앉아 웅웅거리는 비행기 엔진 소리에 먹먹해진 귀를 달래며 승무원 언니들이 주는 음료나 밥을 서둘러 먹고 나니 기내 방송에선 비행기 착륙을 알린다. 나의 서울행과 베이징행의 비행 경험은 그런 식으로 끝이 났다. 아빠는 비행 내내 한국 신문을 읽으셨다. 나는 한 글자도 모르는 신문을 아빠는 샅샅이 읽고 계셨다.

아빠와 나는 입국 수속 구간으로 들어왔다. 입구부터 사람들로 북적거려서 진입하기가 어려웠다. 아빠는 내 손을 꼭 잡고 외국인 입국 수속 쪽으로 향했다. 그곳에는 사람들이 훨씬 더 길게 줄을 서 있었다.

"아빠, 여기 줄이 너무 길어. 저쪽으로 가면 안 돼?"

"저쪽은 내국인이 수속하는 곳이야."

"내국인이 뭐야?"

"중국인."

"그럼 우린 갈 수 없어? 난 중국인 아니야?"

아빠는 좀 뜸을 들이다가 대답했다.

"응, 넌 한국인이야."

"난 한국말도 못하는데 내가 한국인이야?"

아빠는 더 이상 아무 말도 하지 않았다.

우리는 긴 줄에서 오랫동안 기다린 다음 여권에 도장을 받고 입국장으로 향했다. 택시를 타고 베이징 하늘을 보니 이제 집으로 돌아온 것 같은 안도의 한숨이 목구멍에서 올라왔다. 일주일이었지만 거의 벙어리처럼 지내서인지 할 말도 생각나지 않았다. 말을 하지 않으면 생각도 줄어드나 보다.

오랜만에 우리 세 식구는 저녁을 함께 먹었다. 아빠는 무역 일에 대해서, 엄마는 학원 일에 대해서 이야기를 하다가 나의 한국어 교육 문제로 이야기가 넘어갔다. 엄마, 아빠는 본인들 일보다도 내 교육에 대해 더 심각해졌다. 둘 다 미간에 주름이 잡혔고 내년에 내가 들어갈 초등학교에 대해서 집중적인 고민에 빠졌다. 아빠는 은근슬쩍 나를 한국으로 학교를 보내는 게 어떠냐는 의견을 내놓았는데 말이 떨어지기가 무섭게 엄마는 눈까지 흘기며 반대를 했다. 아빠는 중국말을 참 잘하신다. 아빠가 중국말을 하는 것처럼 나도 한국말을 저렇게 잘했으면 좋겠다는 생각을 하면서 잠이 들었다. 차우와 함께 공원에서 놀이기구를 타는 꾸는 꿈을 꿨다.

다음날 저녁 나는 아빠 손에 이끌려 아빠 대학 동문회 모임에 가게 됐다. 엄마가 일 때문에 밤 12시가 넘어서야 들어올 수 있다는 전화를 받고 아빠는 망설임 없이 나를 데리고 가기로 결정하셨다. 택시를 타고 한참을 갔다. 택시 라디오에서는 요즘 열리고 있는 브라질 올림픽 경기 중계방송이 시끄럽게 열을 올리고 있었다. 오늘은 중국 여자배구 결승전이 열리는 날이라 열기가 한껏 달아오른 듯했다. 아빠는 핸드폰으로 한국뉴스를 보고 있는 것 같았다. 나는 올림픽의 열기만큼이나 뜨거운 여름을 창을 통해 바라봤다. 가로수 나무들은 더위에 지쳐 살짝 불어오는 바람에도 흐느적거리는 것 같았다.

"해미야, 이게 뭔지 아니? 양궁이라는 건데, 이번 올림픽에서 한국이 금메달을 4개나 땄어."

아빠는 핸드폰을 내 코앞에 밀어 넣고는 양궁 사진을 보여 주시며 자랑스러운 듯 말씀하셨다. 나는 그냥 고개만 끄덕였다. 아빠가 중국말이 이렇게 유창하지만 않았어도 나는 한국에 대해 더 관심을 가졌을지도 모른다는 생각이 들었다. 아빠는 내가 한국인이라고 했지만 내가 한국인이라고 생각할 수 있는 건 아무것도 없었다. 여자 배구경기가 곧 시작할 것 같았다. 택시기사 아저씨는 방송을 듣더니 조바심이 나는지 핸드폰을 자꾸 만졌다.

"캬, 오늘 여자배구 결승인데, 벌써부터 내가 다 긴장된다니깐. 30년 전쯤 됐지. 금메달리스트 랑핑 알죠? 감독이 된 랑핑이 이번 올림픽에서 단단히 한몫을 할 거예요. 또 한 번 중국을 열광의 도가니로 만들 거라구요. 조금 있으면 시작인데, 차가 이렇게 막히나…"

택시기사 아저씨는 백미러로 우리를 보며 흥분된 어조로 말을 걸었다. 아저씨는 검정색 네모난 안경테를 쓰고 있었다. 머리가 희끗희끗한 아저씨가 저런 검정 뿔테 안경을 쓴 건 본 적이 없어서 신기해 하며 눈을 떼지 못했다. 아저씨는 우릴 빨리 목적지까지 데려다 주고 얼른 중계방송을 보고 싶으신 모양이다. 아빠도 나도 엊그제 집에서 엄마가 내내 여자배구 이야기를 해서 잘 알고 있었다.

"랑핑 감독 대단하네요. 중국인의 투지가 느껴져요."

아빠의 말투는 다소 형식적이었다. 말투에는 택시기사 아저씨처럼 희망에 찬 기대감 같은 게 없었다. 아저씨도 뭔가 느끼셨는지 백미러로 우리를 흘끔거리며 물었다.

"한국인?"

"어? 어떻게 아셨어요?"

"억양이 한국인 같아서요. 왕징 가신다니까… 그쪽에 한국 사람들 많이 살지 않소?"

"네, 많이 살죠."

아빠는 단답형으로 대답했고 아저씨 또한 더 이상 말을 잇지 않았다. 아저씨는 오직 빨리 가서 배구경기를 봐야겠다는 생각만 하고 있을지도 모른다. 나는 슬슬 배가 고파졌다. 내가 배고프다고 하자 아빠는 도착하면 바로 저녁을 먹을 건데, 한국 고깃집이라 불고기를 실컷 먹을 수 있으니까 조금만 참으라 했다. 불고기는 내가 가장 좋아하는 음식 중 하나다. 아빠가 특별한 날에는 불고기와 김밥을 만들어 주셨다. 엄마가 늘 바쁘셨기 때문에 음식 담당은 아빠였고 나는 아빠가 만든 음식에 길들여 있었다.

차에서 내리자 택시는 쏜살같이 멀리 사라졌다. 나는 문득 엄마도 학원에서 배구경기를 보고 계시지 않을까라는 생각이 들었다. 배구 규칙도 모르는 어린 나도 보고 싶은 충동이 일었으니 말이다. 그 충동은 단순히 흥미롭게 '보고 싶다'가 아니라 뭔가 내 마음을 울렁이게 하는 '충만함' 같은 것이었다. 그건 중국이 정말 금메달을 따야 한다는 기대와 자신감 같은 것들이었다.

우린 음식점 입구에서 룸으로 안내를 받아 들어갔다. 룸 안에는 이미 여러 명의 사람들이 테이블 양쪽에 길게 앉아 있었다. 우리를 보자 파란색 넥타이를 맨 아저씨가 일어나더니 오라는 손짓을 보냈다. 아빠는 내 손을 더 꽉 쥐고 넥타이 아저씨 근처 자리로 가서 앉았다.

"꼬마 아가씨도 왔구나."

넥타이 아저씨는 방긋 웃으며 내 머리를 쓰다듬으셨다.

"와이프가 오늘 늦는다고 해서요."

아빠는 난처한 표정을 지었다. 넥타이 아저씨는 지갑을 기꺼이 여시더니 백 위안 한 장을 건네주었다. 내가 머뭇거리자 아빠는 '감사합니다'라고 말하고 받으라 하셨다. 다른 몇몇 아저씨도 나를 보고는 '많이 컸네' 하시며 지갑에서 지폐를 꺼내 건네셨다. 모두 대여섯 장은 되는 것 같았다. 여태껏 이렇게 많은 돈을 가진 적이 없었다. 돈을 써 본 적도 없으면서 나는 기분이 한껏 좋아졌다.

"김 박사, 요새 지내는 건 어때?"

파란색 넥타이를 맨 아저씨가 아빠한테 말을 걸었다.

"며칠 전에 한국 갔다 왔는데 상황이 빡빡하네요."

아빠는 머리를 긁적이며 뭔가 마음에 안 든다는 표정을 살짝 지었다. 아마도 한국 할머니 집에 있을 때 계속 왔다 갔다 하셨던 일이 잘 안 된 모양이었다.

"사드다 뭐다 여기 있는 것도 좌불안석이라니까."

파란색 넥타이 아저씨는 아빠를 위로하는 듯한 어조로 동감해 주는 것 같았다.

"한국 드라마 인기로 중국에서 분위기 좋았는데, 외교 하나가 그 나라 국민이 먹고 사는 문제까지 좌지우지하니 쉽지 않네요."

어른들은 각자가 중국 생활에 대한 이야기로 회포를 풀고 있는 것 같았다. 나는 한국이 어떠하고 중국이 어떠하다는 것보다 당장 오늘 있을 중국 여자배구 경기가 궁금해졌다. 나는 테이블에 놓인 아빠 스마트폰을 만지작거렸다. 아빠도 별 신경을 쓰지 않는 것 같았다. 아저씨들과 아빠는 다른 화젯거리로 이야기가 옮겨져 더 화기애애해졌다. 검색창에 여자 배구 경기를 쳤더니 바로 실시간 배구 경기가 진행되고 있었다. 내 눈에 배구 경기 자체는 그리 흥미롭진 않았지만 선수들의 열의와 응원의 열기는 내 심장을 충분히 두근거리게 했다. 결과는 모두의 염원대로 중국여자 배구팀 승. 그녀들이 얼싸안으며 눈물을 흘릴 때 내 눈에도 눈물이 핑 하고 돌았다.

아빠는 얼큰히 취하신 듯 보였다. 볼은 불그레하시고 입가엔 편안한 미소를 머금고 계셨다. 한 분 두 분 자리를 뜨시더니 아빠와 나를 포함해 모두 4명만이 남았다. 나는 온몸으로 긴 하품을 늘어지게 했다. 이를 본 넥타이 아저씨가 어서 집에 가라고 아빠를 일으켜 세웠다.

"애가 힘들겠어. 김 박사 어서 딸내미 데리고 집으로 그만 들어가지."

"네네, 선배님. 그럼 이만 이러나겠습다."

아빠의 발음은 올바르지 않았다. 중국어를 할 때 아빠의 모습과 달라서인지 낯설게 느껴졌다. 아빠는 내 손을 잡고 엉거주춤 걸어 나갔다. 나도 덩달아 엉거주춤 끌려 나갔다.

3

늦잠 자는 아빠를 일으켜 세우며 엄마의 잔소리는 시작됐다. 애를 밤 12시가 넘도록 데리고 술은 곤드레만드레가 되어서 아침식사 준비도 안 하고 애 유치원도 안 보낼 작정이냐며 숨 넘어 가는 목소리로 들이댔다. 엄마는 학원일로 바빠 늘 새벽이 되어서야 들어오니 대부분의 가정일은 아빠

몫이 되었다. 나는 혼자 옷을 갈아입고 세수를 하고 식탁에 얌전히 앉았다. 엄마도 피곤이 온몸에 젖은 듯 비틀거리며 차 우릴 물을 끓이고는 내 앞 식탁 의자에 앉으셨다.

"해미야, 너 중국에서 학교 다닐래? 한국에서 학교 다닐래?"

이건 엄마가 좋아, 아빠가 좋아, 라는 질문과 똑같다. 대답하기 어려워 엄마 얼굴만 물끄러미 보고 있자니 아빠가 슬리퍼를 질질 끌고 도전장을 내밀 때가 왔다는 듯 걸어와 우리를 향해 멈춰 섰다. 나의 초등학교 진학문제로 아빠와 엄마는 몇 달 전부터 입씨름을 벌이고 있었다.

"여보, 아이가 뭘 안다고. 내가 전부터 말했지만 해미는 한국에서 학교를 다니는 것이 좋겠다고 했잖아."

"그건 당신 생각이고요. 우리가 이렇게 중국에서 잘 살고 있는데 굳이 해미만 한국으로 보낼 필요가 있느냐 말이지요."

"해미는 한국말을 좀 배워야 해. 그리고 내 일이 진행이 좀 되면 모두 한국 가서 살자구."

"무슨 소리예요? 지금 잘 살고 있는데 한국에서 살아야 할 이유라도 있나요?"

"어머니도 혼자 계시고 해미도 더 늦기 전에 한국 생활에 적응해야지."

"난 싫어요."

엄마의 목소리는 단호하게 천장을 울리며 바닥으로 내려쳤다. 바닥에 차갑게 널브러진 엄마의 '싫어요'라는 음성은 내 마음을 때리는 것 같았다. 나는 싫다고도 좋다고도 말할 수 없는 내 마음이 이상했다. 할머니도 보고 싶고 차우도 그리웠다. 엄마는 방으로, 아빠는 화장실로 들어갔다.

나는 두 손을 식탁 위에 펼쳤다. 동글동글한 엄지손가락이 '도'하고 소리를 낸다. '도' 소리는 길게 늘어지다가 멈춘다. 내 호흡도 멈춘다. 난 유치원 가방을 메고 혼자 문을 열고 밖으로 나왔다. 아빠 없이도 유치원까지 찾아가는 건 별문제가 아니다. 그런데 막상 나오니 가고 싶지 않았다. 문밖에서 얼마동안 서 있었다. 엄마도 아빠도 나와 보지 않는 걸 보니 둘은 아직 각자의 공간에서 신경전을 벌이고 있는 중일 것이다. 나는 엘리베이터 버튼을 눌렀다.

"해미는 중국에서 학교를 다녀야 해요. 그 애도 그렇게 생각하고 있다고요."

"당신 일에 바빠 언제 해미를 제대로 봐줄 수나 있겠어?"

문밖으로 들리는 아빠와 엄마의 희미한 외침소리를 듣고 나는 엘리베이터로 발길을 옮겼다. 나는 유치원으로 가고 싶지 않아 아파트 단지 내를 천천히 걸으면서 안전하게 몸을 숨길 수 있는 곳을 찾아 두리번거렸다. 내 키를 훌쩍 넘는 대나무가 벤치 뒤쪽에 한가득 오밀조밀 모여 있는 곳을 발견했다. 그 속에 있으면 아무도 나를 발견하지 못할 것 같았다. 내가 필요한 곳은 바로 여기였다. 나는 작은 대나무 숲으로 몸을 숨겼다. 나 혼자 생각할 시간이 필요했다.

얼마나 지났을까. 유치원 등교시간이 지난 것은 분명했다. 날 찾고 있는 아빠와 엄마의 모습이 대나무 사이사이로 들락날락 보였다. 내 이름을 부르는 소리는 대나무가 바람에 흔들릴 때마다 사각사각 내 귀를 간지럽혔다. 나는 귀를 막고 눈을 감고 몸을 더 웅크렸다. 대답하고 싶지 않았고 들키고 싶지 않았다. 엄마, 아빠 모습이 더 이상 보이지 않을 때쯤 나는 대나무 사이를 헤집고 나왔다. 아파트 단지 내는 조용했다. 엄마, 아빠는 아마도 내가 갈 만한 다른 곳을 헤매고 계시리라. 나는 놀이터로 향했다. 놀이터에 있으면 마음이 편안했다.

벤치에 앉아 고개를 들어봤다. 바람이 내 얼굴과 목을 부드럽게 감싸 안았다. 포근한 느낌이 마치 할머니 손길 같기도 하고 차우의 목덜미 털 같기도 했다. 하늘은 여름의 푸르름으로 가득했지만 내 눈에는 눈물이 고였다. 나 때문에 왜 엄마 아빠가 싸움을 해야 하는지도 모르겠고 난 중국에서 중국말을 하며 사는데 내가 왜 한국인인지도 모르겠다. 할머니와 차우가 보고 싶은데 당장 만날 수 없다는 게 슬펐다.

"해미야."

등 뒤에서 아빠가 부르는 소리가 들렸고 다가오는 느낌이 들었다. 뒤는 돌아보지 않았고 혼이 날 걸 각오하며 머리를 숙였다. 아빠는 내 옆자리에 조용히 앉았다.

"아빠는 네가 한국어를 못한다고 걱정하는 건 아니란다. 네가 아빠의 나라에서도 살아 보면서 아빠를 이해하고 친해지기를 원해서 그런 거야. 지금은 무슨 의민지 모르겠지만."

고개를 들어 아빠를 물끄러미 바라보자 아빠는 내 머리를 쓰다듬어 주시고는 꼭 끌어안았다. 여름의 달큰한 냄새와 아빠의 온기가 내 살갗으로 스며들어 마음이 편해졌다.

"아빠, 난 아빠랑 엄마랑 싸우는 게 싫어요. 나 때문에 싸우지 않았으면 좋겠어요."

"미안하구나. 해미야, 아빠가 잘못했다."

나는 아빠가 한국 사람이라는 게 좋아 친구들한테 자랑도 하고 한국말을 뽐내기도 했는데 아빠가 한국 사람인 게 좋지만은 않구나라는 생각을 오늘 처음 하게 됐다. 나는 한국에 가서 학교를 다녀도 될 것 같다는 생각이 서서히 자라나기 시작했다. 아빠가 살았던 한국이라는 나라의 친구들은 어떨지, 선생님은 어떨지 궁금해졌다. 나는 한국인이지만 중국인이기도 했다.

초등학교 진학문제는 나의 한국행으로 일단락됐다. 엄마도 일이 바빠 날 돌보기 어렵다는 걸 자인할 수밖에 없었고 아빠의 의견에도 일리가 있었으므로 내가 한국의 할머니 집으로 가는 일은 예상보다 빨리 진행됐다. 할머니는 나를 위해 방 하나를 예쁘게 꾸며 놓으셨다며 스마트폰으로 사진을 찍어 전송해 주셨다. 사진 속에는 차우가 웃고 있었다. 나를 환영한다는 미소처럼 느껴졌다. 만날 생각을 하니 내 마음이 간질간질했다.

4

우리 가족은 나를 한국 학교에 진학시키기 위해 한국으로 왔다. 나를 할머니 댁에 두고 떠나는 날 엄마의 눈에는 하염없이 눈물이 흘러내렸다. 엄마는 아무 말도 하지 않고 나를 한참 동안 안아주었다. 엄마의 눈물은 내 목덜미로 흘러내렸다. 엄마의 눈물은 따뜻하고 부드러웠다. 나도 엄마의 목을 감싸 안고 따라 가겠다며 엉엉 울었다. 울다 지쳐 잠이 들었나 보다. 일어나 보니 내 곁에는 할머니와 차우뿐이었다. 엄마의 얼굴이 꿈처럼 느껴졌다.

할머니와 나는 한동안 다른 행성에서 온 사람처럼 서로를 조심스러워하며 탐색했다. 할머니는 나의 생활습관을 일부러 바꾸려고 하지 않으셨다. 내가 한국말이 서툴어도 가르치려 들지 않으셨다. 차우는 할머니와 나 사이를 오가며 적절하게 생활에 불편함이 없도록 도왔다. 차우는 중국 순수 혈통 개인데 녀석이 한국에서 오래 살아서인지 식성도 생김새도 성격도 변한 것 같았다. 나보다 더 한국적인 생활에 익숙해져 편해진 것 같았다. 나도 녀석처럼 변하겠지. 녀석처럼 중국말과 한국말에도 자유롭고 한국 생활에도 한국 친구들과도 친숙해지겠지. 그래 그렇게 변하겠지.

학교에 가면 아직도 나를 중국 사람이라며 놀리는 못된 친구들이 있다. 나는 한국 사람이라고 말해도 어떤 친구는 한국 사람인데 왜 한국말을 못하냐며 손가락질을 한다. 돌연 배구경기 때 느꼈던 흥분이 떠올랐다. 나는 아직도 그때의 기쁨을 기억한다. 그 기쁨이 얼마나 오래 지속될지는 모르겠으나 그때의 흥분을 잊으면 안 될 것 같았다. 그 기억이 사라지는 건 마치 엄마를 잊어버리는 것 같으니 말이다.

할머니가 동화책 한 권을 들고 방으로 들어오셨다. 나는 얼른 침대 이불 속으로 들어가 누웠다. 할머니는 "힘들지?" 하며 내 얼굴에 뽀뽀를 해 주시고는 나지막한 목소리로 책을 읽어 주셨다. 할머니의 뽀뽀가 싫지는 않았다. 할머니 목소리의 온기는 학교에서 상처 받은 내 마음을 늘 어루만져 주었다. 내가 손을 내밀자 할머니는 내 손을 꼭 잡아 주셨다. 나는 엄지손가락을 세워 할머니에게 보여 줬다. 할머니는 잘 안 보이는지 눈을 비비며 내 손가락을 가까이 댔다가 멀리 댔다가 했다.

"어이구, 해미 손가락이 할머니 엄지손가락을 닮았구나."

나는 잠자는 척을 했다. 어느새 차우는 내 옆에 길게 엎드려 꼬리를 흐느적거리고 있었다.

『문예운동』 2020년 가을호

베이징의 얼음사탕 차

1

목구멍은 황사와 중국 특유의 냄새로 가득하다. 베이징 왕푸징 거리는 황금색 가루들이 함부로 휘몰아치고 있었다. 바람에 검정색 비닐봉지가 땅바닥에서 회오리를 치더니 흙먼지와 함께 하늘로 치솟아 오른다. 나는 미리 준비해 온 마스크와 선글라스를 꺼냈다. 5월치고 더운 날씨다. 마스크를 찼더니 여간 답답한 게 아니다. 입 속에서 질겅질겅 흙 알갱이를 씹지 않으려면 참는 수밖에 없다.

밀려드는 차량들과 거대한 자전거 군단, 바삐 걷는 행인들이 사방으로 어지럽게 쓸려 가고 쓸려 오고 있었다. 스타킹을 얼굴에 뒤집어 쓴 아줌마는 자전거 페달을 마구 밟으며 마치 곡예를 하듯 달려가고 있다. 비닐봉지나 스카프로 얼굴을 돌돌 잡아 맨 사람들은 남들의 시선에 조금도 개의

치 않아하는 듯 보인다. 그들의 진지함에 헛헛한 웃음이 새어 나온다. 누가 볼까, 얼른 어색한 웃음을 잠재우려 어금니를 깨물었다. 머리부터 발끝까지 차려 입은 내 모습이 마치 끈 떨어진 고무 풍선마냥 둥둥 떠 보인다. 누구도 주지 않는 시선에 괜히 혼자 부끄러워하는 모습에 멋쩍어진다.

거리 풍경에 넋 놓고 머뭇거리다가 데모하듯 지나가는 행렬에 치여 카메라 가방 끈이 날름 떨어졌다. 나는 엎어지듯 몸을 숙여 카메라 가방 끈을 잡아 올렸다. 이번에는 끈을 한쪽 어깨를 넣어 크로스로 단단히 고쳐 멨다. 가슴 안쪽으로 카메라 가방을 끌어안고 앵글이 잘 잡힐 만한 장소를 찾아 다시금 주변을 두리번거렸다. 약 백 미터쯤 될까. 오른쪽으로 육교가 보였다. 저 정도 높이라면 황사와 황색의 사람들로 뒤덮인 베이징 거리를 황금색 배색으로 그럴싸하게 담을 수 있을 것도 같았다.

농도를 기술적으로 처리하지 않으면 고도의 스틸 작품이 되지 않을 것 같다. 너무 광범위한 주제를 선택한 건 아닐까? 잠깐 후회도 된다. 이번 졸업 전시회 주제로 '중국과 중국인'을 기획한 것은 중국 전통 문양을 전공하신 지도교수님의 압력이었다. 하지만 막상 이렇게 베이징에 와 보니 잘했다는 생각이 든다. 황사바람이 흩날리는 거리풍경 하나만으로도 중국과 중국인을 표현할 수 있을 것 같으니 말이다.

황사 바람처럼 무질서한 거리, 그러나 무질서 속의 질서

정연한 자전거 행렬, 잘만 하면 괜찮은 작품이 나올 것 같은 예감도 든다. 금방이라도 내려앉을 것 같던 비둘기 빛 하늘이 기름에 튀기듯 빗방울을 뿌리기 시작한다. 근처 골동품 류리창琉璃廠의 밤거리도 앵글에 담아 둘 생각이었다. 그러나 미쳐 있는 황사 때문에 지쳐 있을 카메라를 생각하니 비까지 젖게 해서는 안 될 것 같았다. 그냥 호텔로 돌아섰다.

찻길에는 일반 승용차보다 베이징의 샤리夏利 빨간색 택시가 더 많아 보인다. 살짝 엄지손가락을 올렸다. 어디서 잽싸게 나타났는지 택시 두 대가 나를 치받듯 앞뒤에서 달려들었다. 위협적이다. 나는 잠시 어기적거린다. 선택한다는 것은 고역이다. 특히 이렇게 아무 정보도 없이 눈 감고 찍어야 할 때는 더욱 그렇다. 나는 시트로엥 말고 소형 1.2 샤리 택시를 찍었다. 옆 택시기사의 가시 눈빛에 내 눈동자도 잠깐 방향을 잃었다. 나는 그저 소형 택시기사가 먼저 웃어 줬기 때문이다. 하얀 치아를 드러낸 기사는 여자였다.

호텔 이름을 대자 그녀는 쏜살같이 내달린다. 잠깐 내린 가랑비로 황사는 잠깐 잠잠해졌다. 흑기사 같은 검은 구름이 서쪽 하늘로 칼춤을 추며 쓸려 가듯 사라졌다. 택시 차창 밖의 황금색 음식 간판들이 아랫배의 허기를 부추겼다. 어젯밤 엄마의 가느다란 전화 목소리도 유리창에 비친다. 사스SARS가 베이징까지 번졌다는 불안한 떨림이다.

외출하면서 눈여겨 뒀던 음식점 거리가 보인다. 중국 전통의상을 화려하게 차려 입은 늘씬한 여자들이 고대 성문 같은 아치형 문 앞에 인형처럼 서 있다. 나는 택시 기사에게 '여기 세워 주세요'라고 쓴 중국어 쪽지를 보여 주었다. 그녀는 호탕한 웃음소리와 함께 '하오하오!'를 연발하며 급하게 브레이크를 꾹 밟았다. 차가 멈추자 여기사는 버튼을 누른다. 타자를 치듯 느릿느릿 프린팅 되어 나온 택시비 영수증을 하얀 치아를 드러내며 즐겁게 건넨다.

거리의 음식점들은 두 줄로 늘어서서 손님을 기다리고 있었다. 한글 간판도 보인다. 10년 전 가족들과 함께 여행 왔던 곳이 바로 여기였나 할 정도로 베이징은 거대한 변화의 페인트칠을 하고 있었다. 위험스러울 정도로 액셀 페달을 밟고 있는 건 아닌지. '중국 경제열차는 너무 과속이다.'라는 원자바오 총리의 한마디에 전 세계 증시가 출렁거릴 만도 하다.

골목길에서 풍겨 나오는 찐하면서도 아릿한 어떤 냄새가 내 발목을 잡는다. 뒤돌아 보았다. 연탄 난로 위로 하얀 연기가 날아오르고 나무 꼬치에 달걀 모양의 알 서너 개가 나란히 꽂혀 있다. 누런 황사가 그대로 내려앉아 있었지만 나는 호기심에 한 꼬챙이를 샀다. 허기만큼의 크기로 입을 벌려 달싹 베어 물었다. 진한 향신료와 까슬까슬 씹히는 털뭉치 때문에 헛구역질과 함께 목구멍을 움켜쥐었다. 입 안의 내용물은 시커먼 구정물 위로 떨어졌다. 구정물 위로 내 얼굴이 비쳤다.

간장 속에 잠겨 있던 달걀이 상했나 싶어 꺼림직했다. 목넘김이 까슬까슬한 것이 오리 날개 잔털 같기도 했다. 졸업여행으로 간 시골농장에서 오리 통닭을 먹다가 그때도 털이 목구멍에 걸려 혼이 났던 기억이 났다. 엄마의 걱정 어린 목소리도 다시 들린다. 한글 간판을 찾아 무작정 들어갔다. 김치나 된장찌개로 입가심이라도 해야 될 것 같았다.

2

'어어~써 오세요!' 어색한 말씨다. '어'를 길게 하고 '서'를 세게 발음하고 있다. 재미있게도 들린다. 나도 속으로 따라해 본다. '어어~써 오세요.' 한국 식당이라 그런지 중국인 종업원들은 모두 '어서 오세요'라는 말을 똑같은 발음으로 외치고 있었다. 높낮이가 없는 한국어에 마치 중국의 성조가 들어간 느낌이다. 종업원들은 들어오는 손님에게 똑같이 고개를 숙이며 '어서 오세요'를 녹음기처럼 반복했다. 훈련을 받은 듯 종업원들은 인사할 때 고개를 숙이는 것을 잊지 않는다. 나는 한쪽 구석 작은 테이블에 앉아 그 모습을 재미있게 지켜보며 미소를 풀풀 날렸다.

분주한 걸음으로 다가온 여자 종업원은 메뉴판을 탁자 위에 아무렇게나 던져 놓았다. 깜짝 놀라며 메뉴판을 받아들고 넘겨 보았지만 중국어 간체자가 마치 개미들이 재잘거리며 기어가는 듯 새카맣게만 보였다. 한국 식당이면서 메뉴판에 한글이 없다니. 나는 그녀가 영어를 모를 거라는 걸 뻔히 알면서도 영어로 한국인 종업원이 없느냐고 물었다. 그녀는 미간을 짧게 찌푸리고는 아무 말도 없이 사라졌다. 그녀가 삐딱하게 서 있다가 사라진 그 공간에서 나는 바람맞은 사람처럼 황당해졌다.

무중력 진공 상태 같은 그 공간에 한 남자 종업원이 다가와 메웠다. 그는 능숙한 영어로 주문을 요청해 왔다. 한글 메뉴판이 있느냐고 물었다. 그는 내가 한국인이란 것을 이미 알고 있었다는 듯 한국어 메뉴판을 조용히 내려놓았다. 반가운 한글이 한눈에 들어오자 뱃속까지 밝아졌다. 말과 글이 통하지 않는다는 것이 얼마나 구속적이고 부자유한 것인가. 그저 절벽같이 막막한 느낌이라는 걸 새삼 느꼈다.

"서울에서 오셨어요?"

전투적인 악센트의 북한 사투리이다. 그의 눈동자는 내 카메라 가방 위로 떨어져 있었다. 쌍까풀 진 큰 눈이 유난히 반짝거리고 있었다. 갸름한 턱 선에 하얀 피부가 시선을 잡아끈다. 스타일이 있는 머리모양은 아니지만 짧게 잘려진 머리칼이 단정해 보였다. 그는 조선족 동포였다. 한국 관광객들이 몰려다니는 곳은 어디건 조선족이 없는 곳이 없다고 하더니, 나는 한국어가 통한다는 생각에 내심 안심이 되었다.

"된장찌개나 김치찌개 되나요?"

나는 다급하게 말했다. 아까 먹은 달걀의 거북함이 목구멍까지 치올라 구역질이 날 것 같았기 때문이다. 이 느끼함을 씻어 주는 건 아무래도 김치찌개가 좋을 것 같았다.

"물론이지요, 음식이 나올 때까지 음료 같은 것 필요하세요?"

일직선 통바지 같은 한국어에 중국어 리듬이 더러 섞여 나왔다.

"아니에요. 찌개에 밥도 같이 나오죠? 그거면 됐습니다."

내부를 휘둘러보니 한국 유학생인 듯한 남녀 학생들이 배꼽티를 드러내 보이며 까르르 폭소를 터뜨리고 있었다. 그중엔 귀걸이, 코걸이에다가 배꼽걸이를 한 여학생도 보였다. 나는 두 손으로 이가 나간 찻잔을 받쳐 들었다. 노랗고 따끈한 찻물을 목구멍 깊숙이 천천히 흘려보내며 내 또래 같은 그들의 과장된 몸짓을 훔쳐 보았다.

보글거리는 거품소리와 함께 뚝배기에 담긴 김치찌개를

조선족 청년이 조심스럽게 가져왔다. 허기진 배를 채우고 나니 앞으로의 일들이 불안감으로 다시 밀려든다. 중국어를 한마디도 못하면서 무작정 대륙에 발을 내디딘 내가 또 원망스러워지는 순간이다. 평소의 대학생활을 건조하게 보냈던 것에 대한 반성으로 이번 마지막 졸업 사진전만큼은 힘들더라도 의미 있게 마감하고 싶었기 때문에 굳이 서해바다를 건넌 것이다.

"이제 치워 드릴까요?"

그 동포 종업원이다. 그는 대답도 기다리지 않고 습관적으로 식탁 위를 정리했다. 왠지 먹었으면 빨리 나가라는 신호 같아 기분이 언짢아진다. 그러나 무엇보다 말이 통하는 이 청년을 잡고 뭐든 정보를 얻어야겠다는 생각이 들었다.

"저기요, 뭣 좀 물어봐도 될까요?"

"네에? 그래요? 잠시만요."

조선족 동포 말씨는 북한 사투리와도 사뭇 비슷하다. 아마도 동북 어느 지방의 방언인 듯했다. 돌아가신 할아버지의 함경도 사투리와 비슷한 억양이기도 했다. 할아버지는 나를 업고, 구파발 텃밭을 돌면서 무슨 노래를 불러 주시며 북한 가족들을 그리워하곤 했다. 그의 말투를 들으니 간경

화로 돌아가신 할아버지 생각이 났다.

"저, 저는 한국에서 왔는데요. 베이징 골목길을 찍고 싶어서 그러는데요. 괜찮은 곳이 있으면 좀 알려주실 수 있나요?"

나는 그가 나를 경계하지 않도록 비교적 예의 바른 목소리로 물었다.

"골목길? 아, 후퉁胡同이요? 어, 지금 베이징에 후퉁이 많이 없어지고 있는데, 그래도 후퉁을 제대로 보려면 쳰먼前門 근처가 아무래도 좋을 겁니다."

"네에, 맞아요. 후퉁! 저기, 제가 이곳 지리를 잘 몰라서 그러는데 혹시 가이드를 부탁드려도 될까요?"

생판 모르는 사람이지만 그가 한국어를 한다는 것만으로 유대감이 생겼다. 막무가내 같은 부탁이었다. 그는 내 눈을 빤히 들여다보더니 눈동자를 천천히 굴리며 주저했다.

"가이드 비용은 충분히 드릴게요."

그는 좋다는 표시로 고개를 반쯤 끄덕인다. 나는 계산서를 넘겨주면서 그와 약속 시간을 정했다. 일주일 예정으로 날아온 터라 시간이 없다는 이유도 밝혔다. 그는 큰 눈을 끔

벅이며 내일이라도 괜찮다고 했다. 우린 아침 9시에 이 음식점 앞에서 만나기로 했다.

한국말을 해서일까. 사막같이 낯선 곳에서의 친숙함이 느껴져서 좋았다. 우선 말이 통해야 맘도 통하는 것일 테니. 졸업사진 촬영으로 중국에 간다고 할 때 사물놀이패 동아리 선배의 말이 내 생각의 흐름을 가로 지른다. 그 대학선배는 그곳에 가거든 절대 조선족과 가까이 하지 말라고 신신당부를 했다. 자세한 이야기는 덧붙이지 않았지만 선배의 단호한 목소리에는 문제의 심각함이 배어 있었다. 조심하라며 두터운 입술을 실룩였다. 다시금 야릇한 혼란이 황사 바람처럼 회오리친다. 그 동포 청년에게서 나는 따뜻하고 순진한 눈빛을 발견했기 때문이다.

3

분주한 아침의 출근 거리는 하얀 홀씨들로 분주했다. 노란 황사와 함께 털북숭이 홀씨들이 세상을 어지럽히고 있었다. 호텔 회전문을 밀고 나오자마자 동전 크기 만한 솜털들이 내 얼굴을 향해 일제히 공격해 들어왔다. 깜짝 놀랐다. 손으로 입과 코를 막았다. 그것들의 공격은 틈도 방향도 없다. 통통하게 부푼 홀씨들이 얼굴과 팔, 등에 벌레같이 달라붙었다. 나는 파리를 쫓듯 팔을 휘저으며 약속한 장소로 바쁘게 내달았다.

그는 먼저 와 있었다. 무릎이 불쑥 튀어나와 촌스럽게 늘어진 청바지에다가 마치 빈티지 같지만 세탁을 잘못해 물 빠진 검정색 반팔 남방을 입고 있었다. 왜소한 체격에 볼품없는 차림새라니. 저런 모습을 한 그와 오늘 하루를 함께 다닐 생각을 하니 창피한 생각도 든다. 그러나 나를 발견하고 먼저 수줍게 미소를 보내는 그의 반짝이는 눈빛을 보며 외모로 사람을 판단하려 든 나를 나무라며 그에게 환한 목인사를 건넸다.

"아침은 드셨어요?"

"네, 호텔 조식으로 간단하게 먹었어요. 식사하셨어요?"

"했습니다."

그의 음성은 건조했지만 밝게 대답했다. 생각해 보니 우린 서로 이름조차 소개하지 않았다. 나는 이름을 물어볼까 하려다 그만뒀다. 이름을 말하고 나면 사적인 이야기를 하게 될 테고, 그럴 필요까지는 없다는 생각이 들었다. 선배에게 들었던 말도 있고, 나 역시 그와 친구가 되고 싶기 보다는 내 일을 돕는 사무적인 관계인 게 편할 듯싶어서였다.

"그럼, 어제 말하신 후퉁은 어떻게 가야 하는 건가요?"

한가한 대화는 불필요하다는 생각에 딱딱한 목소리로 물었다. 그는 청바지 뒷주머니에서 베이징 지도를 꺼내 보이며 우리가 현재 서 있는 곳과 그가 말한 첸먼과의 위치를 차례로 짚었다. 가까운 거리라며 택시를 타면 기본요금이라고 한다. 택시 안에서도 그는 아무 말도 하지 않았다. 나도 딱히 할 말이 떠오르지 않아 차창만 재미있게 바라보았다. 택시 기사가 크게 튼 라디오만 징징거리고 있었다.

다행히 그도 나에게 꼬치꼬치 물으려 들지 않았다. 오히려 그는 내가 묻는 말에만 간단하게 대답했다. 어쨌든 편안한 관계가 될 것 같아 다소 안심이 됐다. 인간관계란 원래 서로에 대해 알려고 하는 순간부터 복잡해지니까 말이다. 알면 알수록 서로에게 구속이 된다. 큰 도로변은 대개 대형 공사 중이다. 보고만 있어도 뒤로 넘어질 것 같은 거대한 건축물들이 경쟁하듯 올라가고 있었다.

저렇게 거대한 건물들 속에는 대체 무엇으로 채워질지 엉뚱하게 갑갑해진다. 궈마오國貿 주변은 초고층 현대식 건물의 연속이다. 한국의 단조로운 아파트보다 이곳은 오히려 다양한 디자인이다. 신장성 위구르족의 아라비아 같은 문양의 외벽들도 보인다. 열심히 앵글을 돌린다. 이 필름은 지도교수님에게 선물해야지. 베이징 역 주변이나 대형 쇼핑센터들은 행인들을 압도하며 깔보는 듯 거대하게 내려 보고 있었다.

잠실 롯데 백화점의 열 배가 넘는 백화점도 수두룩해 보인다. 과연 이런 곳에서 오래된 후퉁을 찾을 수 있을까. 우리는 큰 네거리 모퉁이에서 내렸다. 거리에는 삼륜차, 자전거, 전기전차 등이 거미줄처럼 뒤엉켜 거대하게 흘러가고 있었다. 뒤엉킨 실타래 같으면서도 질서 있게 흘러가고 있었다.

"이쪽입니다."

그가 가리킨 손 끄트머리는 시장 입구였다. 나는 카메라를 꺼내 들고 그의 등 뒤에 바짝 따라 붙었다. 사람들에 밀려 또 놓쳐 버릴지도 모르기 때문이다. 십 미터도 못 들어가서 왕푸징王府井 번화가와는 전혀 다른 생뚱스런 광경이 펼쳐지고 있었다. 한 평 남짓한 구멍가게들이 즐비해 있고 그 앞으로 남녀노소 할 것 없이 갖가지 음식물이며 생활용품을 사고팔며 떠들썩했다. 동대문 시장보다 더 시끄럽다. '인간의 땀 냄새'가 난다. 나는 바로 이거닷! 셔터를 눌러대기 시작했다.

쓰레기 더미 옆에 한 더미의 사람들이 몰려 있었다. 할아버지들이 여기저기에서 장기를 두고 있었다. 우리나라 장기와 유사해 보인다. 말 모양은 거의 같지만 방식은 조금 차이가 있다고 그가 옆에서 살짝 설명을 덧붙인다. 주위에 모여든 사람들은 쉽게 자리를 떠날 것 같지 않아 보인다. 불편한 자세로 옹기종기 주위를 둘러싸고 하릴없이 보고 있었다. 후퉁 사람들의 표정은 그저 행복한 얼굴들이었다.

이곳은 마치 타임캡슐을 타고 과거로 흘러 들어온 것만 같았다. 한국 사람들의 '빨리빨리'가 여기에선 '느적느적'으로 정지되고 있다. 사각 앵글 안으로 천진스럽게 웃고 있는 한 젊은 청년의 얼굴도 들어왔다. 그는 피하기는커녕 그 자리에 서서 내 카메라를 마주 보며 뻐드렁니를 드러내 보이고 있었다. 그들의 모습을 공짜로 찍으려는 내가 미안해진다. 나는 참을성 있게 기다려 준 그 조선족 청년을 향해 눈인사를 보낸다. 그는 여전히 아무 말도 없이 묵묵히 앞서 나갔다.

중국인과 그들의 생활들이 내 앵글 속 깊숙이 들어오면 올수록 나는 그들의 5천년 문화의 땀 냄새와 대륙 특유한 수수께끼 속으로 빠져 들어가고 있었다. 좁은 골목길에 사람들은 밀가루 반죽하듯 서로 밀면서 빠져나와야 했다. 생뚱스러우면서도 벌거벗은 사람 냄새, 한 장면도 놓치고 싶지 않았다. 필름통을 3십 개는 더 갈아 끼웠다. 디지털 카메라까지 합치면 더 많다. 구석구석을 헤집고 다니는 곳마다 그 동포 청년도 카메라 시선에 따라 사람들을 막아 주며 바쁘게 움직여 주었다.

찢어진 비닐과 엉성한 나무 판때기로 바람막이를 한 노상 이발소가 보였다. 구레나룻 노인이 옛날 바리캉으로 머리를 밀고 있었다. 그 노인은 손님의 얼굴형에 맞는 스타일로 이발을 하는 것이 아니라, 그저 머리칼을 짧게 밀어내는 작업을 하고 있었다. 머리털을 깎는 것이 아니라 뜯는 건지 손님들의 얼굴이 찡그러지곤 한다. 고통스런 즐거움? 그래도 손님들은 한없이 줄을 이었다. 급한 게 없었다.

허연 머리털 같은 홀씨들은 바람과 함께 시장 여기저기를 밀려다니며 노점 음식판 위에도 올라앉았다. 우리는 좀 더 깊숙이 들어갔다. 잿빛의 벽돌들로 된 담벼락이 이어졌다. 두 사람이 동시에 들어가면 비좁을 만한 대문들이 보인다. 불쑥 안으로 들어갔다. 그 안에는 또 여러 문들이 사방으로 열려 있었다. 대문은 하나이지만 그 안으로 들어가면 여러 가족이 함께 모여 살고 있었다.

골목길에는 한가롭게 거니는 노인들과 말썽꾸러기 악동들처럼 보이는 동네 꼬마들이 천진스럽게 뛰어다니고 있다. 그들의 모습은 마치 내일을 위해 살기보다는 오늘 자체를 위해 살아가는 듯 보인다. 가만히 걷다 보니 흙냄새도 찡하게 올라온다. 거의 후퉁을 빠져 나올 때쯤 벙어리같이 있던 그가 오랜만에 입을 열었다.

"이곳도 얼마 안 가서 사라질 겁니다. 베이징의 후퉁은 이제 그림이나 사진에서나 볼 수 있을지도 모르죠. 21세기 역사 현장에서 마지막 기록물이 될 지도요."

“그래요오?”

나의 눈동자는 커졌다. 내 작품이 어쩌면 ‘21세기 베이징 후통 역사 현장’을 증언하는 기록물이 될지도 모른다는 기대감에 심장이 빨라졌다. 아, 제목을 뭐라고 붙일까. 이따금 인사동 전시관에 가보면 옛날 외국인 선교사들이 찍어 놓았던 19세기 전후 기록물들이 있다. 남대문 시장 입구의 조선 기와집 추녀 끝이나, 볏단을 지게에 지고 가는 영감님들, 숯을 팔고 있는 배꼽 소년들 사진을 보면 눈물이 날 정도로 감격스러워지곤 했었다. 사진이란 ‘진실이 살아있는 현장’이다.

“이곳이 사라지는 게 아쉽나요?”

그는 아무런 대답도 하지 않았다. 마치 자기와는 무관하다는 표정이다. 그에 관한 관심을 갖지 말자. 쓸데없는 감정 낭비이다. 후퉁은 끝이 없다. 시작도 없고 끝도 없다. 우리 인생 같기도 하다. 시작도 끝도 어지럽다.

“이렇게 좋은 곳을 소개해 줘서 고마워요. 오늘 정말 수확이 컸어요.”

어느새 어두워진 서쪽 해를 등지며 그에게 환하게 말했다. 카메라를 보석 다루듯 가방 안에 챙기며 성큼 내가 앞장섰다.

"중국도 이제 2008년 올림픽을 하고 나면 한국만큼은 발전할 겁니다. 아니 미국과 대결할지도 모릅니다. 지금 이렇게 못산다고 무시하지 못할 것입니다."

뜬금없이 탁하고 진한 가래 같은 그의 말에 나는 허둥대었다. 마치 쌓아 둔 억울함을 푸는 듯한 말투이다. 누가 뭐랬나요? 반문하고 싶었지만 공연히 무안하게 하고 싶지 않았다.

"저 때문에 점심도 못 먹고, 미안해요. 제가 맛있는 저녁 한턱 살게요. 어때요? 괜찮으세요?"

나는 쾌활하게 장난치듯 그의 어깨를 툭 쳤다.

"저어기… 그러지 말고 제가 집에서 저녁 대접을 하고 싶은데, 괜찮으세요?"

그는 용기를 내어 어렵게 말을 꺼낸 듯 목소리에 과장되게 힘이 들어가 있었다. 상대가 무거울수록 가볍게 대응하는 나의 습관 때문일까. 나는 즉시 아아, 좋아요! 그의 제안을 즐겁게 응했다. 그렇게 해 놓고선 다시 불안해진다. 이럴 때면 내가 싫어진다. 스스로 선택해 놓고선 왜 또 후회와 자책을 하는 걸까.

4

그의 집은 오래된 6층 아파트의 반 지하실이었다. 문을 열자 쾌쾌 묵은 누룩에다가 발 무좀 같은 냄새가 혼합되어 훅 콧속을 한방 먹였다.

"오빠! 이제 오나? 울매나 기다렸는데에?"

어디선가 여자 아이의 맑은 목소리가 들리더니 토끼같이 앳된 소녀의 얼굴이 드러났다. 노랗게 염색한 머리칼, 서툴고 진한 화장, 화려한 색상의 티셔츠와 짧은 청치마, 은색의 목걸이와 귀걸이 등이 그녀의 온몸을 뒤덮고 있었다. 보고만 있어도 복잡해진다. 한류韓流 열풍일까? 한국의 인기 걸 그룹의 모습을 흉내내고 있었다. 한쪽 벽면을 장식하고 있는 베이비복스 댄스 그룹 대형 사진과 그림들, 이정현 등 가수들의 전신이 찍힌 포스터들이 요란하게 춤추고 있었다.

"안녕하세요?"

그녀는 애써 서울 말씨를 흉내내며 발랄하게 인사를 했다. 그녀에게서도 어색한 한국어 불협화음이 생경해진다. 그녀가 무안해지지 않도록 나도 그 여가수같이 두 손을 쫙 벌리고 따뜻하게 답례를 했다. 그녀는 자기 방으로 안내했다. 그리고 식탁 위에는 음식이 차려져 있었다. 나는 이미 확실하게 초대되어질 사람이었던 것 같았다. 내가 오지 않았더라면 얼마나 실망했을까. 오히려 내가 안심이 된다. 그녀는 나를 의자에 서둘러 앉혔다.

"서울에서 오셨다구요? 언니라고 불러도 될까요? 와아, 오빠 말대로 곱게 생겼네요."

그녀는 내 머리끝에서 발끝까지 샅샅이 훑어보았다. 그러면서도 나에 대한 경계의 눈빛을 늦추지 않았다.

"피부가 참 좋아요. 역시 한국 화장품이 좋은가 봐요. 저도 한국 화장품을 써요."

"아, 그래요?"

한껏 흥분되어 있는 그녀에게 적당히 맞장구쳐 주었다. 그는 동생에게 짧게 주의의 눈빛을 보낸다. 그녀는 입술 양끝을 고무줄처럼 길게 삐쭉거리고는 고개를 한 번 갸우뚱했다.

"아참, 내 정신 좀 봐아, 배고플 텐데 어서 드세요."

그도 와 앉는다. 차려진 음식은 중국 음식도 아니고 한국 음식도 아니었다. 김치찌개처럼 보이는 것에는 양배추와 파 등 불필요한 야채들이 듬뿍 들어가 있고, 파전이라고 부친 것은 양파로 뒤범벅이 되어 있었다. 그래도 나는 정성껏 차려진 요리들을 밥과 함께 반찬처럼 먹었다. 그들은 밥은 먹지 않고 중국인들처럼 반찬들만으로 먼저 배를 채우고 있었다.

잠깐, 중국인들처럼? 이라니. 나는 방금 내가 한 생각에 대해 혼란을 겪는다. 그들 또한 중국인인데 말이다. 어디서부터 착각을 하게 된 것일까. 중국인 조선족, 조선족 중국인? 조선족 한국인? 어지럽다. 그때 전화벨이 울렸다. 그녀는 빠르게 일어나 전화기를 향해 날아갔다.

"웨이? 첸첸! 니하오!"

그녀의 친구인 듯하다. 남자 친구일까. 그녀는 까르르 웃으며 능숙한 중국어로 대화를 즐기고 있다. 그녀가 우리말을 할 때보다 중국어 목소리가 훨씬 부드럽고 안정감 있게 들린다. 우리가 밥을 다 먹은 후에도 전화 통화는 끝나지 않았다. 그녀가 수다를 떠는 동안 그는 식탁을 치우고 황금색 사기로 된 차 주전자와 찻잔을 가져왔다.

"한국은 식사 후에 차를 마시죠? 저희는 밥 먹으면서 차 또는 술을 함께 마십니다. 음식 문화에도 민족마다, 나라마다 차이가 있는 것 같아요."

차 잎을 우려내는 동안 그와 나 사이에도 다시 침묵이 우려 나오고 있었다. 다행이 어색한 침묵의 공간이 그녀의 드

높은 음성과 웃음소리로 메워지고 있었다.

"이걸 넣어 보십시오. 한국말로 하면 얼음사탕이라고 할 수 있을 겁니다."

그는 접시에 담긴 투명한 사탕 조각 그릇을 내 쪽으로 밀었다.

"차 이름이 뭐예요?"

"중국어로 하면 롄신칭훠차連心情火茶라는 겁니다."

"이건요?"

나는 투명한 사탕처럼 생긴 조각을 하나 짚었다.

"얼음사탕이라고 해요."

"이 얼음사탕을 넣으면 뜨거움도 식혀 주면서 쓴 맛도 없애 주는 좀 특이한 사탕이지요."

나는 보석처럼 빛나는 얼음사탕 하나를 골라 연둣빛으로 우러난 차 속으로 퐁 빠뜨렸다. '롄신칭훠차' 그의 중국어 발음은 음악성이 가미되어 새삼스럽게 느껴졌다. 맑은 연둣빛 차, 그 속에 투명한 얼음사탕이 살살 녹아 가고 있었다. 동포애의 시간이랄까. 그런 정감도 함께 녹아드는 것 같다.

뜨거움과 쓴 맛을 같이 없애 준다는 그의 말을 나는 '지나친 욕망으로 인한 아픔을 없애 주는 것'으로 혼자 해석해 보며 쓴웃음을 지었다. 나는 카메라를 꺼내 녹고 있는 얼음사탕을 찍었다. 그는 직업적인 나의 행동을 보고 피식 웃었다. 나는 차 한 모금을 입 안에서 오래 머금고는 자연스럽게 목줄기로 흘러가게 두었다.

"사진에 이 특별한 맛도 함께 찍히면 좋을 것 같은데."

"세상에는 특별한 속내를 보일 수 없는 일이 더 많은 것 같습니다."

툭하니 내뱉은 말치고는 심각하게 느껴졌다. 나는 일부러 입맛을 큰 소리 나게 다셨다. 일반 녹차와는 다른 맛이다. 고급스러운 맛과 향은 아니었지만 그 차만의 독특한 단맛과 쓴맛이 오묘하게 어우러져 있었다. 렌신칭훠차는 다른 차들과 구분해 낼 수 있을 만큼 개성이 뚜렷한 맛과 향을 가지고 있었다.

"언니, 우리집에서 자고 가면 안 돼요?"

그녀는 수다스런 전화를 끊고, 뒤꿈치를 가볍게 들고 가볍게 내게 말했다. 그녀에겐 세상이 모두 쉽고 가벼운 것 같았다.

"어때요? 괜찮아요? 언니! 함께 있으면서 한국 이야기 좀 많이 해 주세요. 네에?"

그녀는 이렇게 조르면 될 것 같은지 어린애같이 달라붙는다. 그녀의 황당한 얼굴을 보면서 나는 어쩌지 못하고 크게 틀어 놓은 한국 베이비복스의 댄스곡을 듣는 척했다.

"지금 우리 엄마, 아빠 모두 한국에 계세요. 엄마는 한 2년 전에 돈 벌러 한국에 갔는데 이후로 한 번도 못 봤어요. 엄마를 안다는 아줌마 말로는 엄마가 한국에서 몸이 아파 병원에 입원했다고 했어요. 그 말을 듣고 아빠가 엄마를 찾겠다고 한국에 간지 석 달이 되었어요. 아빠한테서 얼마 전 편지가 왔는데 한국에서 일을 찾았으니까 언제 올지는 모르겠다며, 돈 많이 벌면 들어오겠다고 했거든요."

그녀가 아무렇지도 않게 남의 얘기하듯 담담하게 하는 말에 나는 심각해졌다. 내가 왜 이런 곳에 왔을까. 아까 후퉁에서 단호하게 거절했어야지. 또 다시 후회다. 역시 나란 여자는 어쩔 수 없어. 이런 이야기를 너무 쉽게 말해 버리는 그녀의 태도가 밉기도 하고, 또 내가 들어줘야 한다는 게 공연히 억울했다. 그래서 어떡하란 말일까.

그는 애써 외면하며 보이지 않는 어두운 창밖을 주시하고 있었다. 어떻게 할까. 바쁘다는 핑계로 그냥 호텔로 갈까 보다.

"그래요. 그럼, 내일까지는 호텔에 있고 모레, 글피 이틀 정도 신세를 져도 될까요? 물론 이틀 동안의 숙박비 지불하고요."

내 입은 마음에도 없는 말을 내뱉고 있었다. 그들은 오히려 나의 적극적인 거래에 놀란 듯 보인다. 하지만 놀란 것은 오히려 나다. 내 의지와는 상관없이 나는 이따금 반대로 행동하곤 한다. 그녀는 염소처럼 폴짝 뛰면서 만세를 불렀다. 그도 침묵으로 승낙을 대신하는 듯 보였다.

5

그들과 함께 지내면 중국인들의 내밀한 안방 생활모습까지 필름에 담을 수 있을 것이라며 신중치 못한 내 행동을 스스로 달랬다. 내 의지와 상관없이 저지른 일이지만 뜻밖의 기회가 될 수도 있으니까 말이다. 졸업 시험을 대체하는 이번 사진 전시회는 생각보다 준비가 잘 될 수도 있을 것 같다. 나는 그의 퇴근 시간에 맞춰 약속 장소로 달려갔다. 그는 벌써 나와 있었다. 여행용 배낭을 메고 카메라 가방을 어깨에 걸친 나를 보고 마주보며 뛰어왔다.

"호텔보다 훨씬 불편할 텐데요?"

"오히려 저 때문에 더 불편하신 건 아닌지 모르겠어요?"

"숙박비 주신다고 했으니 불편함은 감수해야죠."

나는 고개를 두어 번 주억거리고는 앞장을 섰다. 그의 말이나 행동은 간단했다. 화가 난 듯한 그의 대답이 사뭇 서운했지만 내가 먼저 오해할 만한 소지를 제공한 게 아닌가라는 생각도 들었다. 사실 그들에게 동정심과 같은 생각으로 숙박비 얘기를 꺼낸 것은 아닌데 말이다. 그냥 사무적인 관계가 서로 편할 거란 판단이 앞서 있었을 뿐이다. 또 다시 혼란스러워진다. 무채색 같은 그의 말은 아무래도 속뜻을 헤아리기 어렵다.

반지하실 집에 도착하자 누이동생은 여전히 발랄하게 자신의 방으로 먼저 안내하여 내 짐을 옮겨 놓았다. 그는 거실에서 지내겠다고 한다. 잠깐 미안한 마음이 들었지만 역시 방값을 지불할 것이므로 부담을 가질 필요는 없었다. 간단히 짐 정리를 한 후, 안내 가이드 일당과 숙박비용을 미리 챙겼다. 약속한 액수보다 조금 더 붙여 편지 봉투에 넣었다.

그는 거실에서 텔레비전 채널을 돌리다 말고 고개를 돌렸다. 그에게 다가가 으쓱한 기분으로 두툼한 봉투를 내밀자 그는 고개를 끄덕이고는 한 손으로 받아 든다. 봉투 속 액수도 확인하지 않고 화가 난 듯 뒷주머니에 달랑 끼워 넣었다. 내가 다소 무안해졌다. 어느새 누이동생은 옷을 바꿔 입고 그의 방에서 나왔다. 압구정동 한복판 로데오 거리의 패션을 흉내내었다.

아직 학교를 다녀야 할 나이 같아 보이는데 학생 같은 분위기는 전혀 찾아 볼 수가 없다. 맞았어! 그녀의 방에는 책상이 없었던 것 같다. 뭘 하느냐고 물어볼까 하려다 괜히 개인적인 일을 관여하는 것 같아 그만두었다. 그들이 나에 대해 알려 하지 않듯 나도 그들에 대해 깊게 알지 않는 것이 서로에게 편할 것 같았다.

"언니! 요즘 한국에서 유행하는 복장은 뭐예요?"

"저어기, 사실 나도 유행 쪽에는 관심이 없어서 잘 몰라요. 아무래도 봄이니까 파스텔 계통의 색상이라든가, 편한 느낌의 면치마, 그리고 단정한 샤넬 스타일의 블라우스 정도?"

"파스텔의 색상은 어떤 색을 말하는 거예요? 그리고 샤넬 스타일은 요오? 한국은 참 영어를 많이 쓰는 것 같아요. 이해하기 아주 힘들다니까요."

그녀는 금세 시무룩해졌다. 다른 말로 다시 설명해 보려니 나 역시 적당한 단어들이 단박 생각나질 않았다. 파스텔 색깔을 중국어로 뭐라고 할까?

"한국이 많이 좋은가 봐요?"

"네, 좋아요, 좋죠, 좋기도 하고 저어, 나쁘기도 하고요.

우리 엄마를 데리고 갔잖아요? 어쩌면 아빠까지도."

그녀의 목소리는 점점 힘이 꺼져갔다.

"한국이 중국과 수교되고 우리보다 잘 사는 덕분에 다행히 우리도 한족한테서 힘이 생기고 기를 펴게 된 건 사실입니다. 한국이 중국보다 잘 사니깐 우리 조선족에게 할 일이 많이 생기게 되고, 우리 한족들이 우리 조선족 문화나 언어에 대해서 더 많은 관심을 갖게 되었다는 겁니다."

그는 기다렸다는 듯 책 읽는 목소리로 말했다. 아마도 시험문제에서 맥락이 맞지 않는 부분을 고르라면 딱 이 부분일 것이다. 뜬금없이 나온 말인 것 같지만 그의 가슴 속엔 오랫동안 묵혀 있었던 고대어처럼 들렸다. 나는 대꾸할 만한 간단한 말조차 떠오르지 않았다. 어색하게 머뭇거리다가 방으로 그냥 들어와 버렸다. 그도 누이동생도 소리 없이 자기 자리로 돌아가는 것 같았다.

그는 중국도 우리고 조선족도 '우리'라는 표현을 강조하고 있다. 나는 순간 축구 얘길 해볼까 하려다 그만둔다. 월드컵 때, 어느 쪽을 응원하겠느냐는 잔인한 질문 같다. 침묵이 다시 무겁게 내려앉았다. 그에겐 한국이란 어떤 존재일까. 그냥 말이 통하는 나라? 아님 고향 같은 나라? 아님 이웃나라? 대다수의 연변 조선족들은 북한에 그들의 할아버지와 할머니 또는 친척들이 아직도 상당히 남아있다. 그렇다면 근원적 정서적인 뿌리가 북한에 박혀 있는 건 아닐까.

다음날 이른 새벽, 나는 카메라를 들고 혼자 빠져나왔다. 조용하면서도 시끄러운 아침이다. 희뿌연 안개가 내려앉은 거리는 일찍 출근하는 사람들로 붐비고 있었다. 아파트 단지를 벗어나는 입구부터 큰 도로가 나올 때까지 시커먼 포장마차 식 이동 식당과 두어 평짜리 구멍가게 식당들이 줄지어 있었다. 빨랫줄 위에 앉은 참새들마냥 많은 사람들이 길가에서 아침 식사를 서두르고 있었다.

낚시용 간이 의자에 엉덩이를 겨우 걸쳐 놓고 긴 막대기 모양의 튀김 빵과 하얀 김이 모락모락 오르는 만두 그리고 뻘겋게 달군 철판 위에 밀가루 반죽을 얇게 깔고 야채와 달걀을 얹어 둘둘 만 중국식 햄버거, 두부로 만든 따뜻한 음료들이 정겹게 보인다. 모두들 한결같이 같은 것을 먹고 있다. 큰 길로 나오자 역시 자전거 행렬이 장관이다.

나는 앵글이 잘 잡힐 만한 자리를 골라 셔터를 눌렀다. 공원으로 향했다. 안으로 들어가니 노인들이 기공체조 등 아침 운동을 하고 있었다. 어디선가 한국말이 들렸다. 조심스럽게 둘러보니 두 아주머니가 싸우는 듯싶었는데 웃으면서 이야기를 하고 있다. 말투를 보니 조선족 아주머니이다. 싸우는 게 아니고 억양이 좀 강하다 보니 그렇게 들린 것이었다.

공원을 빠져 나와 작품이 될 만한 것들을 동물적인 촉감으로 살폈다. 다음에 다시 중국에 들어와 차분히 작품을 만들어야겠다는 욕심도 난다. 땀 냄새, 사람 냄새 그리고 고대와 현대가, 천사와 악마가, 존재와 비존재가 함께 숨 쉬는 수수께끼의 나라다. 오랜 세기 유불선 이념이 침윤되어 있으며, 금세기에는 극한적인 좌우 이념이 실험되었던 '철학적 현장'이다.

한글 음식점 간판이 쉽게 눈에 들어온다. 베이징에 한글 간판이 이렇게 많다니 다소 놀랍다. 한국 사람처럼 보이는 여자들이 또 떠들썩하게 지나간다. 세련된 디자인이면서도 과장된 옷차림이 어색하다. 한국 유학생일까. 자세히 보니 조선족 여인들이다. 한글 간판만큼이나 베이징에 조선족이 많다는 것에 우리 민족의 오랜 국력 같아 자부심이 들면서도 묘한 이질감이 생긴다.

어젯밤의 어색한 대화가 잠깐 마음에 걸린다. 그들 남매에게 쓸데없는 자존심을 건드린 건 아닌지. 무턱대고 나온 터라 숙소로 되돌아가려니 아무래도 좀 헤매야 될 것 같다. 이럴 때를 대비해서 전화번호라도 챙겨 놓을 걸. 그들에 대해서 일부러 일체 알려고 하지 않았던 덤터기다.

조선족에 대해 생각해 본다. 그들은 누구일까. 같은 민족이라는 생각은 틀림없지만 한국인과 중국인이 싸우면 어느 쪽 편을 들까? 불필요한 생각에 뜨거워진 이마를 주무르며 겨우 골목길을 찾아 들어서자, 문 앞에서 서성거리던 그녀가 반갑게 뛰어왔다.

"아침을 차려 놓고 한참 기다렸어요."

눈을 곱게 흘긴다. 그런 얼굴에 앵글을 맞추자 그녀는 안으로 들어가서 여러 옷을 바꿔 입어 가며 패션쇼를 한다.

"이렇게 집에 혼자 있으면 심심하지 않아요? 부모님 생각은 안 나구요?"

궁금했던 말이 나도 모르게 입 밖으로 터져 나왔다.

"사실 베이징으로 온 이후로 학교에 나가질 않았어요. 갈 필요도 없구. 물론 엄마, 아빠가 보고 싶긴 한데, 제 주위에 저 같은 애들이 많아요. 부모들은 돈 벌러 한국에 가고 우리처럼 애들끼리만 살고 있는 애들."

그녀는 별로 대수롭지 않은 듯 마지막 말끝을 가볍게 올린다. 난 더 이상 아무 말도 이어 나가지 못했다. 공연히 그녀를 아프게 할 필요가 없을 것 같았다.

"우리 피자 먹으러 갈래요?"

내가 목소리를 높이자 엎드려 있던 그녀의 머리가 환하게 돌아섰다.

6

일주일의 짧은 기간치고는 베이징 내면의 진지한 모습을 기대 이상으로 한껏 담아 가는 것 같아 발길이 가볍다. 그와 그녀는 짐을 꾸리는 나를 문지방에 서서 지켜보고 있었다. 거리를 두고 그들을 대했던 나도 이별이란 단어에 손동작이 잠시 허둥댄다. 그녀가 도와주었다. 정적이 더 무거워지기 전에 얼른 배낭을 가볍게 메고 그들 앞에 섰다. 누구도 먼저 말을 꺼내지 않았다. 그들 남매는 택시를 잡을 만한 큰 길까지 굳이 따라 나왔다.

"그동안 신세 많이 지고 또 고마웠어요."

"언니, 서운하네요. 사진 나오면 꼭 보내주시는 거죠?"

나는 밝게 웃으며 고개를 크게 끄덕였다.

"이거 그냥…"

그는 내가 이전에 건넸던 봉투를 다시 그대로 돌려준다.

"약속했던 액수와 달라서요."

그의 코맹맹이 목소리는 다소 냉정하게 울렸다. 괜한 짓을 했나 잠깐 후회가 된다. 나는 아무렇지도 않게 받아들고 그가 그랬듯이 얼른 바지 뒷주머니 속에 밀어 넣었다.

"그리고 이거… 선물입니다. 저희 집에서 마신 그 찻잎과 얼음사탕입니다."

택시 문이 열려 있던 터라 나는 고맙다는 인사를 하는 둥 마는 둥 택시에 올라탔다. 왠지 빨리 떠나야겠다는 생각뿐이다. 그러나 나도 모르게 뒤돌아 본 그의 얼굴 위로는 처음 둘이 음식점 앞에서 만났을 때의 밝은 미소가 그림자처럼 드리워져 있었다. 우린 서로 무채색의 얼음사탕 같은 표정을 한 장의 사진처럼 남기고 점점 멀어지고 있었다.

화끈거리는 뺨을 쓰다듬으며 나는 생각했다. 나는 왜 선배와 사람들의 일방적인 비난의 소문에만 휩쓸려 있었을까. 우리는 끝까지 이름조차 묻지 않았고, 서로에 대해 아무것도 모른 채 각자의 제자리로 돌아가고 있었다. 베이징에서 보낸 일주일은 오랫동안 잊지 못할 것이다. 조선족 동포 남매의 얼굴이 내가 태어난 구파발 시골 동네 친구들 같다는 생각도 든다. 달리는 택시 차창 밖 풍경만큼이나 세상일들은 빠르게 과거가 되어 간다. 나는 돌아가는 항공기 창밖 구름 속에 나타난 '베이징의 얼음사탕 차, 한 모금 마시는 한 핏줄의 남매 사진'을 가슴에 찍었다. 그리고 가난하지만 그 순수한 웃음을 액자에 넣어 내 방에 걸어 놓으리라.

중국 『장백산문학』 2005년 6월호
『조선문학』 2016년 10월호(재록)

홈스테이 인 베이징

1

입국심사 차례가 다가오자 심장은 빨라지고 손에 땀이 찼다. 앞사람 심사가 끝나기를 기다리며 왼손에 쥔 여권과 비자, 노란색 입국신고서를 다시 확인해 본다. 입국신고서를 여권 사이에 넣다 뺐다 하다가 그만 손가락 사이로 빠져 떨어지고 만다. 바닥에 쩍 달라붙은 노란색 종이는 손끝으로 좀처럼 낚이지 않는다. 엄지와 중지의 힘으로 간신히 들어올린 종이는 구겨져 버렸다. 허리를 펴자 앞사람은 이미 가버리고 제복을 입은 공안이 매와 같은 눈으로 나를 한심하게 노려보고 있었다.

나는 땀이 찬 오른손을 바지에 쓰윽 닦으며 왼손으로 여권을 내밀었다. 공안의 눈동자는 나의 얼굴을 덮고 있었다. 나는 불현듯 생각이 난 듯 긴장을 감추려는 무표정에서 불

쌍하고 난감한 얼굴로 표정 변화를 시도했다. 베이징으로 단기 어학연수를 간다고 하니까 조언이랍시고 말해 준 선배의 말이 생각나서였다.

'거기 가서 너무 당당하게 굴면 지는 거야. 특히 제복 입은 사람들 앞에서는 억울해도 맞서는 건 금지. 비굴해지는 게 현명해.'

매의 눈동자는 다시 나의 얼굴 구석구석을 훑으며 도장을 쾅 찍고는 여권을 건넨다. 나는 공손히 두 손으로 여권을 받으며 목례까지 하고 나니 면접시험에 합격한 기분이 들었다. 수화물을 찾으러 가는 길은 두 번째 난관이었지만 한결 마음이 편해진 상태였다.

나는 졸업 한 학기를 남기고 휴학을 했다. 늙수그레한 복학생이라 바로 졸업해도 늦을 판인데 일 년 더 휴학을 하고 나면 나이 제한에서 취업이 불리할 테지만 어쩔 수 없었다. 졸업 후 바로 취업할 자신도 없고 취준생이라는 딱지를 달고 각종 스터디 모임에 가입해서 전투적으로 옆 친구와 경쟁하는 삶을 살아야 하는, 그 삶을 조금이라도 늦춰보고 싶었다. 휴학생으로 불리는 편이 심리적인 안정감을 주기도 했고 다들 간다는 그 흔한 해외 어학연수도 꼭 한 번 해보고 싶었기 때문이다.

6개월 동안 낮에는 편의점에서 알바를, 오후에는 동네 교

습소에서 초등학생 숙제 도우미, 야간 화물 운전사 보조, 틈틈이 택배 배달까지 가리지 않고 돈 되는 일이라면 닥치는 대로 했다. 부모님이 금전적 보조를 해주는 동기들은 영미권으로 영어 연수를 간다지만 학비며 생활비까지 벌어야 하는 나의 처지에서 겨우 6개월 베이징 어학연수일지라도 혼자 벌어 간다는 것만으로 스스로 대견하게 여기고 있었다. 처음 타 보는 비행기가 국제선이다 보니 출입국 절차도 긴장을 풀지 못하고, 행여 문제가 생기면 지금의 중국어 수준으로는 혼자 해결이 불가능할 거란 걱정에 지레 겁을 먹고 있었다.

전광판에 수화물 라인 번호를 확인하고 주위를 살피면서 또박또박 걸었다. 익숙한 듯 지그재그로 당당하게 지나가는 사람들은 보니 나의 모습이 어쩐지 어설프고 초라해 보였다. 크로스로 맨 보조 가방 안으로 손을 넣어 본다. 여권, 현금 봉투, 지갑, 펜, 홈스테이 주소가 적힌 메모장, 민트향 껌, 핸드폰을 차례대로 만져 보며 확인해 본다. 이 소지품들이 여기서 나를 무사히 빼내 줄 수 있다고 생각하니 안심이 되었다.

여름이라 옷가지 짐이 별로 많지 않아 트렁크 하나로 짐 정리를 끝냈다. 어젯밤 식당 일을 마치고 늦게 돌아온 엄마는 이미 챙겨 둔 트렁크를 다시 열어 옷가지를 차곡차곡 정리해 주시고 몇 가지 밑반찬을 비닐 팩에 둘둘 말아 넣어 주었다.

“가서 탈 나지 말고 잘 지내라우. 여행도 많이 하면서 실컷 놀고 오라우. 어여쁜 중국 여자 친구 하나 만들구. 우리 식당에 같이 일하는 조선족 아줌마 있잖아. 중국 여자들 일도 야무지고 생활력도 강하더라우. 흐흐…”

엄마는 서울 사람이면서 말끝에 라우, 라는 말을 붙여 말하길 좋아했다. 삭막한 세상, 건조한 대화에서 이렇게 말하면 사람들이 한 번쯤은 헛웃음을 웃는다는 게 이유였다. 엄마는 체격이 크고 힘도 여느 남자 못지않게 세셨기 때문에 아버지가 돌아가시기 전까지 함께 택배 배달을 했었다. 아버지를 잃고 나시고 막상 먹고 사는 문제에 직면하게 되니까 엄마는 끼니를 해결할 수 있는 식당일을 시작하셨다.

“아들, 미안하다우.”

엄마는 나를 향해 윙크를 하시고는 하얀 봉투를 내 보조가방에 넣었다.

“엄마, 뭐가 미안해요. 내가 엄마한테 용돈 제대로 못 드려 죄송하지. 전 괜찮으니까 엄마 쓰세요.”

“많지 않다우. 비상금으로 쓰라우. 내 선물 사오면 더 좋구. 흐흐…”

매사 진지한 나에 비해 엄마는 매사를 가볍고 간단하게 처리하는 걸 즐겼다.

나는 보조 가방에 넣은 하얀 봉투를 만지작거리며 에스컬레이터를 타고 7번 수화물 라인을 찾았다. 수화물 라인에는 이미 출고된 캐리어들이 빙글빙글 돌며 주인을 기다리고 있었다. 노란색 끈으로 묶은 검정색 대형 캐리어는 눈에 쉽게 띄었다. 냉큼 집어서 카트에 올렸다. 캐리어의 손잡이를 잡으니 이제야 임무를 완수한 자의 뿌듯함이 밀려왔다.

이번엔 누구보다도 빠른 걸음으로 출구를 향해 걸었다. 자동문이 열리자 출구의 통행로 난간에 기대어 갖가지 피켓을 들고 서 있던 사람들의 눈동자가 일제히 자동문 쪽으로 쏠렸다. 수 십 개의 눈동자들은 문이 열릴 때마다 나오는 사람들의 얼굴을 길게 응시하며 따라가고 있었다.

계속 걸어 나가는데 내 이름이 적힌 종이가 보이지 않자 긴장되기 시작했다. 거의 통로 끝에 다다랐을 때까지도 픽업 나온 안내인을 찾을 수 없었다. 분명 예약한 홈스테이 집에서 픽업을 보내 주기로 했는데 순식간에 국제 미아가 돼버린 거 같았다. 나는 뒤돌아서 걸어 나왔던 출구 통행로를 다시 걸어 들어가야 하나 싶은 난감함에 주저하고 있었다. 왼쪽과 오른쪽을 살피며 누군가 나를 반갑게 맞아주기를 바라는 애타는 표정으로 걸어오는 사람들을 주시했다. 다급히 저쪽에서 뛰어오는 한 남자가 시야에 포착됐다. 숨을 헐떡

이며 말을 잇지 못하는 남자는 나와 눈이 마주쳤다. 더 이상은 힘든지 달리기를 멈춘 그 남자는 나와의 눈빛을 끊지 않았다. 그는 자리에 서서 손에 들고 있던 종이를 펼쳐 들었다. 한글로 '고모네 홈스테이'라고 쓴 흰 종이였고 그 밑에 이윤재라고 씌어 있었다. 내가 고개를 끄덕이니까 남자는 이곳까지 뛰는 걸 포기하고 자신이 있는 쪽으로 오라는 손짓을 보냈다.

나는 그를 향해 걸었고 남자는 무심히 등을 돌려 부지런히 달려왔던 곳을 향해 다시 걷기 시작했다. 나는 그의 등을 주시하며 그를 따라 묵묵히 캐리어를 끌고 함께 주차장으로 향했다. 흰 티셔츠를 입은 남자의 등은 흥건히 맺힌 땀 때문에 맨살이 투명하게 드러났다. 아마도 내가 도착하기 직전까지 열심히 뛰어 온 모양이었다.

공항의 에어컨도 땀을 식힐 만큼 충분히 시원하지 않았다. 공항을 빠져나가자 시큼하지만 텁텁한 흙냄새가 나의 코를 자극했다. 사람들의 땀냄새가 공기 중에 뭉쳐진 걸까. 맨살에서 나는 냄새와 시골 비포장 신작로에 나풀거리는 먼지의 냄새가 화학적으로 반응하여 나는 냄새 같았다. 야외 주차장까지 한참을 걸어가면서 남자는 내가 잘 따라오는지 슬쩍 한 번씩 돌아볼 뿐 한 마디 말도 걸지 않았다.

남자는 짐을 번쩍 들어 트렁크에 싣고는 능숙하게 운전을 했다. 차는 검정색 폭스바겐이었다. 뒷좌석에 앉아 한숨을 돌리고 앞을 바라봤다. 차 내부를 눈으로 쭉 훑어봤다. 앞좌석 의자가 당겨져 있었고 내가 앉은 자리는 넓게 확보되어 있었다. 좌석 옆에는 생수 두 병과 물티슈가 나란히 놓여 있었고 깔끔했다. 뭔가 고급스러운 환대를 받는 기분이었다. 기사 아저씨는 백미러로 나를 보며 중국어로 뭐라뭐라 했지만 말이 너무 빨라 무슨 말인지 전혀 알 수 없었다. 나는 백미러로 비춰진 아저씨의 이마만 멀뚱히 바라봤다. 아저씨는 답답하다는 듯 손으로 물을 마시는 흉내를 내며 옆에 있는 생수병을 가리켰다.

나는 그제야 이해를 했지만 생수를 마시면 돈을 지불해야 하지 않을까 싶어 망설여졌다. 너무 목이 말랐기 때문에 용감하게 중국어로 '둬샤오첸(얼마예요)?' 라고 물었더니 그는 손사래를 치며 중국어로 또 뭐라 말했다. 돈을 안 받겠다는 뜻 같았다. 공짜인 것도 좋았지만 나의 첫 중국어를 알아들었다는 사실에 마음속에서 환호를 질렀다.

나는 생수 한 병을 벌컥벌컥 마셨다. 기분이 한결 나아지자 나도 모르게 이를 드러내며 웃고 있었다. 이런 호사를 부릴 수 있다는 게 믿어지지 않았다. 기사 아저씨는 말해봤자 내가 못 알아들을 게 뻔하니까 더 이상 말을 안 하기로 작정한 것처럼 묵묵히 운전만 했다. 짧은 중국어라도 말을 붙여 말하기 연습이라도 하고 싶었지만 백미러에 비친 기사 아저씨의 눈은 방해받고 싶지 않다는 눈빛이었다. 나는 용기를 차마 내지 못하고 창밖 풍경을 감상하기로 했다.

하늘은 잔잔한 쪽빛을 뿜으며 맑게 도시를 감싸고 있었고 가로수들의 여릿한 잎들은 여름 햇빛을 받으며 반짝반짝 흔들거리고 있었다. 베이징의 첫인상은 맑음이었다. 베이징이란 거대 도시의 고속도로를 달리고 있다는 것만으로 나의 가슴은 벅참으로 차오르고 있었다. 이미 인생의 관문 하나를 통과한 듯한 성취감도 느껴졌다. 혼자 힘으로 여기까지 왔다는 자신감이 내 마음을 더 단단하게 했다. 6개월간 각종 아르바이트를 하며 얻어진 기쁨이란 생각에 내심 뿌듯했다.

한 50분을 달렸을까. 차는 아파트 단지 안으로 들어갔다. 가장 끝 쪽의 아파트 앞에 섰고 기사 아저씨는 트렁크에서 짐을 꺼냈다. 한국 아주머니로 보이는 분이 아파트 입구에서 잰걸음으로 나오는 것 같았다. 아주머니는 기사 아저씨에게 차량비로 돈을 건네주고는 나의 캐리어를 대신 끌어주며 밝게 웃었다. 한국에서 미리 연락했던 홈스테이 아주머니였다.

"오느라 고생 많았지? 학생. 더우니까 얼른 들어가자."

어깨까지 내려오는 곱슬곱슬한 파마머리를 하나로 질끈 묶은 아주머니는 육체적 노동으로 다져진 듯 단단한 살집과

노고를 마다하지 않을 것 같은 의욕이 어우러져 빛나고 있었다.

"아뇨. 너무 편하게 잘 왔습니다. 차도 너무 좋구요…"

"으흥, 공항에서 학생들이 순진하게 불법차량 호객에 끌려 문제가 많이 생기길래 내가 픽업은 좀 신경 쓰고 있지."

아주머니는 씩 웃어 주었다. 입술 사이로 살짝 돌출된 치아는 어금니까지 다 보였다. 하얗고 가지런한 치아가 아주머니의 성실함을 드러내는 것 같았다. 아파트 외양은 마치 유럽의 고대 건축물처럼 웅장해 보였는데 실내는 동굴처럼 어두컴컴했다. 이끄는 대로 아주머니를 따라 엘리베이터를 탔다. 엘리베이터 삼면에는 모두 광고판이 가득 걸려 있었다. 광고판에는 잘생긴 남자와 날씬한 몸매를 드러낸 여자가 해당 광고 제품을 들고 매력적으로 웃고 있었다. 그 중 모델 한 명이 눈에 익어 유심히 쳐다봤다. 한국의 남자 배우였다. 메이크업은 조금 낯설었지만 중국 부호 여성의 마음을 사로잡았다던 그 미소 그대로 짓고 있었다.

"날 고모라고 편하게 불러. 우린 7층 3호이야. 잘 기억해 두고. 마침 유 박사가 집에 와 있는데 서로 인사하고 친하게 지내. 유 박사는 중국생활 10년차라 궁금한 거 물어보면 잘 설명해 줄 거야."

조카를 대하듯 친근하고 생기 있는 아주머니의 말투는 타국에서 만난 한국인끼리 서로 돕고 의지해야 된다는 유대감이 배어 있었다. 다소 넘치는 친절에 어떻게 응대해야 할지 몰라 얼어붙은 웃음을 어색하게 지었다. 엘리베이터 문이 열리자 기다리고 있던 중국 노인 한 분과 나의 눈이 정면으로 마주쳤다. 노인은 살짝 튀어나온 둥글고 큰 눈을 부릅뜨고 있었고 눈밑 주름에는 고집과 아집이 서려 축 쳐져 있었다. 총기가 느껴지는 눈빛이었다.

나는 그 눈빛에 놀랐지만 흡입력 있는 눈빛 때문인지 피하지 못하고 이끌리듯 몇 초 동안 마주보고 있었다. 아주머니는 일부러 반쯤 고개를 숙이고 노인을 애써 못 본 척 어색하게 피해 나갔다. 우리가 복도로 걸어가는 동안 노인은 엘리베이터를 타지 않고 우리 쪽을 의심쩍게 노려보고 있었다. 나는 노인을 의식하며 슬쩍슬쩍 고개를 돌려보다가 아주머니한테 주의를 받았다.

"학생, 다음에 저 할아버지 마주쳐도 못 본 척 지나가라구. 후예예라는 앞집 사는 노인인데, 자기네 집의 전기를 우리가 써서 전기료가 많이 나온다며 시도 때도 없이 계량기를 확인하면서 의심을 한다구. 고집스러운 노인네야. 지끈지끈 골치 아파."

아주머니는 낮은 목소리로 비밀스럽게 말했다. 엘리베이

터 문은 이미 닫혔는데도 노인은 그대로 서 있었다. 나는 다시 노인을 힐끔 쳐다봤다. 머리카락은 전부 은발이었고 마른 체격에 어깨는 약간 구부러졌지만 건장해 보였다. 노인은 미동도 없이 화석처럼 그 자리에 서 있었다. 그 사이 아주머니는 문을 열고 집안으로 들어갔다.

"유 박사, 집에 있지? 방금 한국에서 온 대학생이야. 반갑게 맞아줘."

아주머니는 들어서자마자 아무도 없는 허공에 대고 유별나게 큰 소리로 말했다. 유 박사는 거실에 없었다. 아주머니는 화장실 옆에 있는 방을 안내해 주었다.

"이 방이 학생 방이야. 화장실은 여기고. 중학생이 한 명이 더 있는데 이 화장실은 둘이 쓰면 될 거야. 유 박사는 방에 화장실이 있어."

"네, 감사합니다."

침대와 옷장, 크림색 원목 책상이 단정하게 자리하고 있었다. 나는 아주머니께 살짝 목례를 하고 방으로 들어갔다.

"간단하게 짐 풀고 나와서 시원하게 수박 좀 먹으라고."

50대 후반정도로 보이는 아주머니는 그 연세라 볼 수 없게 명랑하고 발랄했다. 나는 트렁크를 열어 옷가지와 책들을 꺼내 옷장과 책상 위에 나란히 배치하고 침대에 대자로 누웠다. 하얀 시트 위로 마른 먼지 냄새가 한 움큼 올라왔다. 인위적 향이 조금도 배어 있지 않은 맨살의 냄새라고 할까. 대충 정리를 끝내고 창밖을 내려다 봤다. 노란 벤치에 한가하게 앉아 있는 사람들, 삼삼오오 유모차를 끌거나 산책하는 노인들이 담소를 나누는 듯 보였다. 그들의 차림새는 편안해 보였고 걸음걸이 또한 슬리퍼를 질질 끄는 듯 느릿느릿 했다.

낮 시간 텅 빈 한국 아파트의 광경과는 달랐다. 옛 풍경 사진을 펼쳐보듯 곳곳에 심어진 무성한 나무들이 사람들과 어우러져 불규칙하게 흔들리고 있었다. 이곳은 장신구들로 화려하게 꾸며진 도시라기보다 맨살을 여과 없이 보여주고 있는 질박한 도시라는 생각이 들었다.

각박하게 지냈던 한국생활이 문득 풍경화 속 아득한 배경처럼 멀게 느껴졌다. 다람쥐 쳇바퀴 돈다는 삶이 그야말로 내 일상이었다. 사람들이 알아주는 대학은 아니지만 나의 착실함의 역량으로 들어간 대학이었고 장학금을 노릴 만큼 학업에 열중하진 못했지만 취업에 지장될 만한 성적도 아니었다.

틈틈이 아르바이트를 하며 두 명의 여자 친구도 있었다. 한 명은 편의점 아르바이트를 하면서 만난 여고생이었고 한 명은 과 후배였다. 지금은 둘 다 헤어졌지만 우연이라도 그녀들과 만나면 편하게 인사하는 사이라는 점에서 스스로 괜찮은 녀석쯤으로 위안했다. 지원이 부족한 집안 형편을 원망한 적도 있었지만 경제적 지원금에 얽매여 부모님의 간섭에 시달리는 친구들보다는 낫다고 스스로를 위로했다. 나는 그렇게 극히 평범한 인생을 선택하며 살아왔다.

내일 당장 규칙에 따른 시간의 굴레 속에 날 밀어 넣지 않아도 된다는 사실이 뻥 뚫린 천장 위로 내 몸이 날아오르는 기분을 갖게 했다. 마치 빗겨나간 시공간에 진공 포장된 상태로 서 있는 기분이었다. 원래대로라면 나는 방부제가 들어 있는 상품에 과장된 포장지에 싸인 채 마트 어딘가에 전시되어 누군가가 선택해 주길 기다리는 취준생의 모습을 하고 있어야 한다. 그곳에서 벗어났다는 생각이 들자 심장이 불규칙하게 뛰는 것 같았다. 내 인생의 시계는 누적된 과로의 시간에 질질 이끌려 고장난 듯 움직이는 것 같았다. 베이징행은 나답다고 말할 수 없는, 평범하지도 비범하지도 않은 선택이었다.

노크 소리와 동시에 문이 열리더니 활짝 핀 아주머니 얼굴이 먼저 들어왔다.

"학생, 나와서 유 박사와 인사해."

나는 머리를 긁적이며 고개를 살짝 끄덕였다. 아주머니는 재촉하듯 벌의 날개짓처럼 야단스러운 손짓으로 나를 거실로 끌어냈다. 아주머니의 태도는 다소 호들갑스럽기도 했지만 친근한 쪽에 가까웠다.

"안녕하세요?"

나는 멋쩍게 먼저 유 박사라는 사람에게 인사를 건넸다. 박사라 그런지 한 눈에도 나이가 들어 보였다. 나도 모르게 경계하는 눈빛으로 그를 바라봤다. 키는 중키였고 몸은 다부졌지만 배가 조금 나온 편이었다. 흰 티셔츠에 청바지를 입은 캐주얼한 복장은 그가 고리타분한 인물은 아닐 거라는 느낌을 주었다.

"어서 오세요. 여기 앉으세요. 어학연수 오신 건가요?"

부담스러운 존댓말이었다. 말은 또박또박했지만 무척 느렸다. 그의 눈은 눈웃음을 지으니까 눈동자는 거의 보이지 않았다. 마치 눈을 감고 있는 듯했다. 내가 경직되어 보였는지 그는 웃는 표정을 유지하며 부드러운 분위기를 만들려고 애쓰는 것 같았다. 내가 고개를 꾸벅꾸벅 끄덕이자 유 박사는 너털너털 웃음소리를 냈다. 웃을 일도 아닌데 그는 웃고 있었다.

"고모님께서 자꾸 유 박사라고 부르시는데 사실 아직 박사학위를 못 받았어요. 계속 박사과정 공부 중인 거죠. 중국 온지는 수교 후 바로 왔으니까 15년이 좀 안 됐네요. 박사 시작한 지는 내년이면 10년인데 쉽지 않네요."

묻지도 않은 내용을 그는 고백성사라도 하듯 나긋나긋 이야기했다. 낯이 간지러운 듯 손으로 얼굴을 문질러 가면서. 첫인사가 자신의 신세한탄이라니. 그의 말 속에는 박사라는 족쇄가 그의 삶을 붙들고 있는 것만 같았다.

"저, 영광입니다. 저는 박사 공부하시는 분은 처음 뵙습니다."

나는 하지도 못하는 너스레를 떨었다. 인사든 위로든 해야 할 것 같아 뚝 튀어나온 말인데 잘했다는 생각이 들었다.

"이 생활도 오래하다 보니 뭐, 박사라고 불리는 것도 익숙해지네요. 허허허"

너털너털 너스레로 답하듯 그는 소리 내어 웃었다. 알고 보니 그의 눈은 반달눈이라 가만히 있어도 눈웃음을 짓고 있는 듯했다. 그는 어쩌면 슬픈 일이든 기쁜 일이든 분노할 일이든 저렇게 웃는 표정으로 말할 것만 같았다. 그의 웃음소리 깊숙이 뭔가 씁쓸한 체념이 섞여 있는 듯 웃음의 끝은 처량하게 들렸다. 나는 고개만 끄덕이고 있었지만 뭔가를 이야기해야만 할 것 같은 무언의 압박이 느껴져 목덜미를 만지작거리기 시작했다.

"아휴, 그렇지. 그 정도 공부했으면 박산 거지. 도사인지 뭔지, 사람을 몰라보는 거야."

아주머니는 유 박사의 말을 듣고 혀를 끌며 눈을 찡긋거렸다. 도사는 중국어로 '다오스導師'라고 박사 지도교수를 말한다고 유 박사는 설명해 주었다. 한국처럼 교수면 모두 박사생을 지도할 수 있는 게 아니라 중국은 박사를 지도할 수 있는 교수가 구분되어 있다고 덧붙였다. 다오스 눈에만 들면 입학도 졸업도 그리 어렵지 않을 정도라고 하니 대단한 위치임은 분명했다.

"저는 졸업 한 학기 앞두고 휴학을 하고 열심히 아르바이트로 돈 벌어서 6개월 중국어 어학연수를 하러 왔습니다."

나는 자기소개를 준비해 온 양 매끄럽게 말했지만 면접을 보듯 떨리는 음성이 간헐적으로 들어갔다. 이렇게 매끈하게 한 마디하고 나니 내가 왠지 모범생처럼 느껴졌다.

"그러시군요. 한국에서 취업이 힘들죠? 허허허 그에 비하면 지금 중국은 호황기예요. 으흠, 중국어 열심히 해서 여기서 취업도 생각해 봐요. 흐흐흐"

그는 한 문장이 끝날 때마다 특유의 웃음소리를 내며 나무늘보처럼 느릿느릿 말을 이어갔다. 어눌하게까지 들리는 그의 말에서 혹시 중국에 너무 오래 살아서 한국어 어휘를 소실한 탓에 생각해 내느라 뜸을 들여 말하는 건 아닐까 라는 생각이 들었다. 여기서 취업할 생각은 손톱만큼도 해본 적 없다. 중국어를 선택한 것도 최선이 아닌 차선책이었으니까.

"우리집에서 홈스테이 하는 학생이 한 명 더 있어. 중학교 3학년 남학생인데 부모는 한국에 있고 혼자 유학하는 친구야. 속을 좀 썩이고 있어. 에휴 그래도 관심 좀 주고. 이따 올 텐데 저녁 먹으면서 대학생 형이 잘 좀 이끌어주라고. 응?"

아주머니의 걱정이 진심으로 전해졌지만 나는 갑자기 친교를 강요받는 느낌이 들었다. 해외에 사는 한국인이니까 안면이 없어도 초기 과정은 생략하고 친분을 형성해야 하는 당위성이 존재해 온 것만 같았다. 나의 대답 없는 침묵에 대해서 아주머니는 개의치 않아하는 것 같았다. 허공에는 여름의 온기가 가득했다. 우리는 수박 먹는 데 열중했다. 수박은 이가 시릴 정도로 차가웠다.

"저기, 실은 제가 중국어 학원을 다녀야 하는데 주변에 괜찮은 학원이 있나요?"

수박 과즙이 입술을 타고 흘러내렸다. 침묵을 깨고 나는 누구한테든 대답을 구하기 위해 유 박사와 아주머니를 번갈아 쳐다보며 물었다. 나는 여행 비자를 받고 왔기 때문에 장기 비자로 바꿔 줄 수 있는 어학원 등록이 시급했다.

"근처에 지구촌이라고 중국어 학원 큰 게 있어요. 거기 한국 학생들 많이들 다녀요."

"네, 저도 한국에서 듣고 오긴 했는데…"

"가까우니까 내가 안내해 줄게요."

"감사합니다."

유 박사는 서슴없이 안내자 역할을 자청했다. 선뜻 손을 내밀어 준 유 박사의 호의가 해외에 사는 한국인의 정이라 느껴지면서 나의 경계심도 풀리는 것 같았다. 우리는 내일 오전에 같이 가 보기로 하고 각자 방으로 들어갔다. 나는 여독 때문인지 피로가 밀려왔다. 한숨 잠을 청했다.

거실에서 저녁 식사하라는 아주머니의 목소리가 들렸다. 어슴푸레 눈을 뜨니 허기가 꾸멀꾸멀 올라왔다. 나는 동시에 문을 열고 나오는 유 박사와 마주쳤다. 마침 현관문도 열렸다. 나는 바로 화장실로 들어갔다.

"다녀왔습니다. 배고파요."

문은 거칠게 소리를 내며 닫혔다.

"아들, 오늘도 고생했어. 어서 손 씻고 앉아."

아주머니는 오랜만에 만난 듯 반갑게 맞아 줬다.

"오늘 한국에서 대학생 형이 왔어. 인사해."

나는 손만 얼른 씻고 나와 헌이라는 학생에게 눈인사를 건넸다. 학생은 나를 보더니 눈을 번쩍 뜨고는 위 아래로 훑어봤다. 나는 학생의 도끼눈과 큰 덩치에 눌려 주춤거렸다. 학생은 체육복을 입고 있었고 오른쪽 가슴 쪽에 중국학교 이름과 마크가 있었다. 헌이는 인사는 생략하고 휑하니 방으로 들어갔다.

"윤재 학생, 너그럽게 봐줘. 저 녀석이 사춘기 최고점이야. 나도 속상해 죽겠어. 부모는 코빼기도 안 보이고, 저래 쌀쌀맞아 보여도 마음이 여린 녀석이야."

아주머니는 친자식처럼 진심으로 걱정해 주고 있었다.

옷을 갈아입고 나온 헌이는 신경질적으로 식탁 의자에 앉았다. 나와 유 박사와 함께 셋은 사인용 식탁에 마주 앉았다. 낯선 중국에서 처음 만난 한국인들과 한국 음식을 다정하게 먹는다는 게 미묘한 기분이 들었다. 운명 공동체가 된 느낌이랄까. 중학교 3학년생 헌이는 한창 클 나이답게 식성이 어마어마했다. 반면 유 박사는 밥 한 그릇을 간신히 비우는 것 같았다. 한국에서 간단하게 밥을 해서 먹거나 컵밥이나 김밥, 인스턴트 식으로 끼니를 때우며 식사를 해왔던 나는 이렇게 만찬으로 차려준 밥을 먹으려니 가슴이 아려왔다.

"아들, 천천히 먹어. 물도 마시면서. 급식 또 제대로 안 먹은 모양이네. 중국학교 간지 2년이 넘었는데 이제 좀 중국 식단에 적응해야지. 쯧쯧"

아주머니는 혀를 차며 말했다. 헌이는 아주머니를 보고 얼굴을 붉히며 싱긋 웃었다. 한국에서 공부도 못하고 사고뭉치 중,고등생들이 중국으로 도피 유학을 온다더니 혹시 헌이가 그런 케이스가 아닐까, 나는 실눈을 뜨고 헌이를 훑어봤다.

"제가 이렇게 밥 먹고 살고 있는 건 모두 고모님 덕분이죠. 가출한 저를 찾아 주지 않으셨다면 전 국제 미아가 되었겠죠. 뭐."

헌이는 옛 생각이 난 듯 머리를 긁적이며 멋쩍게 말했다. 거무접접한 피부에 또렷한 눈매, 반곱슬 머리와 건장한 어깨, 바른 자세로 앉은 모양새는 문제아 같지는 않았다. 헌이는 밥 한 숟갈을 크게 떠서 입에 넣었다. 유 박사는 별말 않고 묵묵히 밥을 먹고 있었고 아주머니는 부엌으로 들어갔다.

"이렇게 어릴 때 혼자 나와 있으면 부모님께서 걱정 많이 하시지 않아?"

나는 기껏 한다는 얘기가 어른인 척 고리타분한 질문이었다.

"걱정하셨으면 절 여기로 보내셨겠어요?"

헌이의 말투에는 이미 깊은 상처가 훑고 지나간 것 같았다.

"아버지가 변호산데 재혼하셨거든요. 새엄마 사이에서 아기가 생기니까 절 자연스럽게 가까운 중국으로 보내시더라고요."

헌이는 무덤덤하게 얘기했다. 나는 초면에 원치 않는 비밀들을 알게 된 것 같아 마음이 무거워졌다. 어느새 이들의 삶의 굴레가 내 인생 한복판으로 와락 들어선 것 같았다. 이렇게 쉽게 가까워져도 되는 걸까. 거부를 허용하지 않는 상황에 직면한 것 같아서 뒷걸음질을 칠 수도 없었다. 허겁지

겁 밥을 먹고 있는 헌이도 안쓰러워졌고, 송글송글 이마에 땀을 내며 침묵처럼 밥을 먹는 유 박사도 가련하게 느껴졌다. 나는 깊은 우물 속에 빠져 있는 것 같았다. 지금 나는 졸업을 유예하고 도피 연수를 온 취준생. 이력서에 중국어 어학연수라는 스펙 한 줄을 더 넣기 위해 날아온 자신도 애잔하게 느껴져 밥이 잘 넘어가지 않았다.

"주말에 내가 마들렌 만들어 줄게. 모두 기대하라구!"

아주머니의 힘찬 말과는 달리 유 박사와 헌이의 반응은 동공이 확대되며 못 들은 척 딴청을 피웠다. 이유를 물으려다가 뭐, 나중에 알게 되겠지 싶어 입을 다물었다.

2

나와 유 박사는 똑같이 아디다스 로고가 들어간 슬리퍼를 끌고 밖으로 나왔다. 남색과 흰색이 교차된 이 슬리퍼는 오래 전 한때 유행했었다. 이제 더 이상 찾아볼 수 없는 이 촌스러운 슬리퍼를 나는 고등학교 때부터 신어 왔다. 그의 것은 내 것보다 훨씬 낡아 있었다. 생산이 중단된 줄무늬 슬리퍼를 유 박사는 도대체 언제부터 가지고 있었을까. 그는 어느 한 시대의 과거 속에 살고 있는 사람 같았다.

햇볕은 여과 없이 정수리를 향해 쏟아 붓고 있었다. 내 정수리는 태양열 에너지를 저장하듯 쏟아지는 볕을 빨아들이고 있었다. 온 몸이 달아오르는 것 같았다. 미간이 살짝 찌푸려지고 나는 한낮의 더위와 맞서듯 전진했다. 같이 걷는 유 박사를 슬쩍 쳐다보니 그도 나를 슬쩍 쳐다보며 '뜨거울 거예요. 흐흐' 한다. 뜨거우니까 뜨겁다고 말하는 것뿐이지 그 이상 뭐가 어떠냐는 태도였다. 뜨거우니까 그늘로 걸어요 라든가, 뜨거우니까 시원한 거 좀 마실까요 라든가, 그 상태를 모면하기 위한 대답을 기대한 건 아니지만 시시한 반응이었다. 그와의 대화는 길지 않게 끝이 났다. 난 말수가 적었고 그의 대답은 단답형이었다. 입안까지 들어찬 더위에 할 말도 없었다.

공항에서 맡았던 익숙한 흙냄새가 나의 콧속으로 깊숙이 들어왔다. 베이징의 냄새. 입이 막히니 후각이 살아나는 것 같았다. 걷다 보니 아직 정비가 안 되어 잡풀이 자란 흙길이 꽤 눈에 띄었다. 흙바닥 길을 걸어 보니 발바닥이 간지러웠다. 흙바닥의 굴곡이 그대로 느껴졌다. 질질 끌리는 슬리퍼 때문에 나풀거리는 흙먼지가 다섯 발가락 위로 뭉게뭉게 모여들었다. 뭉개져 부풀어진 먼지 연기는 살포시 발등에 내려앉았다.

어릴 적 운동장에서 친구들과 일부러 운동화를 질질 끌며 먼지를 일으켜 걸었던 기억이 올라와 피식 웃음이 났다. 땅 위로 내리쬐는 여름 볕은 바스락 소리를 내며 부서질 정도로 바싹 말라 있었다.

"집에서 학원까지 걸어가면 한 20분이지만 자전거를 한 대 사서 타고 다니면 5분이면 갈 거야. 버스는 세 정거장이면 되니까 버스가 편할 수도 있어. 버스카드를 만들면 버스비가 더 싸지니까 만들면 좋지. 자전거는 분실 위험이 있지만 그래도 있으면 아주 편리해."

유 박사는 열심히 설명했다. 일상적인 이야기를 마치 논문을 발표하듯 공을 들였다. 마지막으로 그가 팔을 길게 늘려 손끝으로 가리킨 곳은 교통카드를 만드는 곳이었다. 나는 동선을 꼼꼼히 기억했다. 방향치라서 엉뚱한 길을 걷게 될지도 모른다는 공포가 나를 늘 괴롭혔지만, 거리에는 자전거를 타고 다니는 사람들로 가득했다. 나도 내심 자전거를 한 대 구입해서 타고 다니고 싶다는 생각이 들었다.

"윤재 학생은 취미가 뭐 있나?"

유 박사는 심심한 두 남자 사이의 침묵을 깨고 싶은 듯 물었다.

"없어요. 아르바이트하며 돈 버는 거…?"

나는 말끝을 흐리며 고민하는 척했다. 고민하는 척하다 보니 진짜 고민이 됐다. 지금까지 생존을 위해서 해온 일은 있어도 여가를 위해서 해온 일은 없었다. 좀 더 고민해 보니 동네 빵집에서 아르바이트를 하며 어깨 너머로 배운 제빵? 집에서 혼자 있을 때 가끔 식빵이나 모닝빵을 구워 먹었던 게 내 유일한 낙이었던 기억이 났다. 빵 만드는 거라고 말하려다가 타이밍이 지난 것 같아 난 다시 침묵을 지켰다.

"허허허, 나도 여태 살면서 취미 하나 만들지 못했네. 마흔이 넘었는데 아직도 이러고 살고 있어."

나 대신 유 박사가 웃음으로 입을 열었다. 그는 슬픈 말도 웃으며 말하는 능력이 있는 것 같았다. 마치 자신이 말하는 모든 말 속에 웃음이 들어가야 하는 것처럼. 그의 허허, 털털거리는 웃음이 내게 상처처럼 아프게 다가왔다. 마흔이 넘도록 일도 없이 공부만 하는 모습이 어쩌면 취업 공포에 떨며 중국어라도 배우겠다고 흙바닥 위에 선 자신의 미래 같기도 했으니까. 하지만 유 박사가 던지는 웃음에는 인생 뭐 있니, 사람들이 다 똑같이 살아갈 필요는 없잖아, 이런 삶도 그리 나쁘지 않아, 라는 삶의 순응과 달관이 우러난 격조 높은 관조가 담겨 있었다.

"윤재 학생은 가슴에 우물이 깊어. 고인 물은 안 좋아. 졸졸졸 흐르는 냇물이 어떨까?"

"네에? 무슨 말씀인지…"

유 박사는 꺼이꺼이 웃었다. 그의 웃음의 종류는 언어만큼 다양한 것 같았다. 동양 철학을 전공하셨다더니 철학관에서나 말할 법한 무당 같은 말을 던졌다. 우물? 냇물? 우물 안에 개구리라고 한다면 내가 맞다. 원한 삶은 아니었지만 남들처럼 한 우물만 파고 산 건 사실이다. 옆 우물로 물이 들어가지 않도록 더 열심히 우물을 파면서.

나는 유 박사 덕분에 학원 등록을 무사히 마치고 비자 신청 서류 준비까지 끝낼 수 있었다. 대가 없는 인간적인 도움은 낯선 베이징에 대한 경계심을 호감으로 바꾸기 충분했다. 나는 베이징이 묘하게 좋아졌다. 슬리퍼를 질질 끌어도 눈치 주는 시선 따위는 없었다. 샤워를 하고 나와도 도시의 냄새가 모든 걸 덮어 버릴 것 같은 곳, 한국에서는 남과 다르다는 게 두려웠는데 이곳에선 달라도 상관없을 것 같았다.

우리는 근처 슈퍼에서 칭다오 맥수 한 캔씩 사 들고 마시면서 집으로 향했다. 집으로 돌아가면서 꽤 많은 이야기를 나눴다. 유 박사의 근황 이야기가 대부분이었지만 인생 특강 같아 재미있게 들었다.

유 박사는 대학에서 유교철학을 공부하고 큰 포부로 공자의 나라 중국에 와서 본격적인 유교연구를 시작하려 했지만 문화대혁명을 거쳐 사회주의 기틀이 잡힌 중국에서 유교사상은 이미 오래된 유물에 지나지 않았다는 것이다. 유교사상이 중화사상의 근간을 이룬다는 그의 논문 주제는 매번 초록 발표에서 유예가 되었고, 그렇다면 알아서 주제를 바꿀 만도 한데 그는 독립투사처럼 굽힐 생각을 안 한 모양이었다.

'다오스'라는 지도교수는 그의 유교사상 문제를 직접적으로 지적은 안 했지만 우회적으로 여러 번 눈치를 준 것 같으나, 유 박사의 강건한 의지로 언젠가는 통할 거라고 여기며 주제를 바꾸지 않고 밀고 나갔다는 것. 유 박사한테 들은 내용을 이렇게 요점 정리를 하고 나니까 그가 왜 아직 베이징에 표류하고 있는지 그 원인을 알 것 같았다. 이번 가을 학기에도 초록 발표가 있을 예정인데 그는 마지막이 될지도 모른다는 심정으로 도전해 보고 안 되면 이번을 기점으로 학위를 포기할 작정도 하고 있었다.

엘리베이터에서 내리자 복도 전체가 울릴 정도의 높은 언성이 들렸다. 앞집 노인 후예예와 아주머니의 실랑이가 벌어진 것 같았다. '후胡'는 성이고 '예예爺爺'는 중국어로 할아버지라는 뜻이었다.

"아이고, 유 박사 마침 잘 왔어. 기다리고 있었어. 내가 중국어가 안 되니 당최 이 노인과 말도 안 통하고. 계량기 가리키는 거 보니 또 전기료 운운하는 거 같은데 몇 번을 말해도 고집불통이야."

유 박사는 말도 하기 전에 벌써 반달눈을 하며 웃고 있었다.

"후예예, 계량기는 이 집하고 전혀 상관이 없어요. 정 의심스러우면 관리 사무소나 베이징 전력에 직접 연락해서 확인해 보세요."

유 박사는 노인에게 친절한 음성으로 얼굴에는 미소를 머금고 정중히 말했다. 후예예는 유 박사의 나긋한 태도에 성질은 조금 수그러들었지만 의심의 눈빛은 바뀌지 않았다. 여전히 아주머니의 집 전기 계량기가 자신의 집 계량기에 합쳐져 전기료를 자신이 모두 부담하고 있다고 주장하는 것이었다. 어처구니없는 억측이었지만 후예예의 강한 믿음 때문에 모두 말문이 막힌 상태였다. 소란이 잠잠해진다 싶었는지 후예예의 부인이 복도로 나와 미안쩍은 듯 시선을 아무하고도 마주치지 못 하고 후예예의 팔을 잡아끌면서 집으로 들어갔다.

"조용하다 싶으면 한 번씩 저런다니까. 노인네라 뭐라 할 수도 없고. 이웃인데 불편해서 살 수가 없네."

아주머니는 화풀이 식으로 몇 마디를 내뱉고는 저녁 준비를 하러 부엌으로 들어갔다.

"다른 나라에서 살다 보면 이런저런 이해 불가능한 일들이 종종 일어나지."

유 박사는 많은 별일들을 겪어 봤다는 듯 관조하며 속 편한 결론을 내리는 게 유리하다고 조언했다. 이런 상황이 논란이 될 만한 일인지 납득이 잘 되지 않는 나는 집게손가락 끝으로 머리만 긁적였다. 둘은 각자의 방으로 들어갔다.

한국에서는 학교와 집, 도서관과 아르바이트로 대부분의 시간을 보낸 나였다. 그 외에 다른 무엇을 할 수 있는 시간도 없었고 다들 이렇게 살고 있기 때문에 불평도 없었다. 이웃과는 눈인사 정도를 하고 지내며 분쟁이 생기지 않도록 서로 조심하고, 뒷담화를 하더라도 그 앞에서는 미소로 환대하는 데 익숙해졌다고 할까. 감정은 내 안에서만 조용히 살도록 조심하며 지냈다. 후예예처럼 내면의 감정도 거침없이 내비칠 수 있다는 게 더 인간적인 것이 아닐까라는 생각이 나의 머리를 살짝 스쳤다.

나는 근처 대형 마트에서 거금을 들여 자전거를 큰 맘 먹고 샀다. 학원까지 통학용이기도 했고 주말에 베이징 시내 박물관이나 관광명소를 둘러볼 때 요긴할 거 같아서였다. 유 박사와 헌이도 쉬는 날이면 함께 동행하면서 중국 요리 맛집을 함께 찾아다니기도 했다. 고모네 홈스테이에서의 생활들은 점점 익숙해져 갔다.

베이징 여름의 끝은 여전한 더위로 기승을 부리고 있었다. 온도는 쉬이 떨어질 것 같지 않게 고온으로 이어졌고 구름에 가려지지 않는 햇볕은 건조한 공기 속에 그대로 투과되어 그 뜨거움이 배가 된 채 살갗으로 타들어 왔다. 한낮의 거리는 지친 매미와 가을을 알리는 잠자리 떼, 도로 위를 달리는 자동차들뿐, 중국 사람들의 우슈午休 시간을 알리듯 사람들의 이동은 좀처럼 찾아볼 수 없었다. 고온이지만 건조해서일까. 숨 막히게 덥다기보다는 사막에서 느끼는 갈증처럼 몸이 바짝 말라가는 더위 같았다.

"이렇게 덥다가도 갑자기 긴팔을 입어야 할 거야. 국경절 지나면 선선한 바람이 불기 시작하는데, 가을이 왔나 싶다가도 어느 틈에 겨울이라고."

아주머니는 에어컨을 틀어도 좀처럼 식혀지지 않는 더운 공기를 향해 얼마 안 남았다는 듯 중얼거렸다. 오랜만의 나른한 토요일 오후, 우리 셋은 복숭아를 먹으며 한가한 시간을 보내고 있었다. 우리는 중국 아동 채널 카쿠에 나오는 대머리 아저씨 만화를 보며 헤죽헤죽 거리고 있었다. 한국에서의 시간은 기름칠이 된 듯 신나게 돌아가는데, 이곳은 녹슨 시침이 꺼꺼꺼 느릿느릿 돌아가는 것만 같았다. 나는 이런 느긋한 여유에 불안해하지 않아도 된다는 게 스스로 신기하게 느껴졌다.

딩동딩동! 평화로운 토요일 오후 2시, 고모네 홈스테이에 방정맞은 벨소리가 연속해서 울렸다. 택배 배달원이라고 하기에는 신경질적인 리듬이었다. 아주머니도 신경질적으로 묻지도 않고 열림 버튼을 눌렀다. 잠금장치가 풀리며 문을 밀자 붕어처럼 눈이 크게 튀어나온 앞집 후예예였다. 후예예는 한 발짝 성큼 들어와 수사관처럼 거실 내부를 살폈다. 벽에 붙어 훨훨 찬바람이 나오는 엘지 에어컨과 빙글빙글 돌아가는 선풍기 두 대를 확인하더니 뭔가 증거물을 확보했다는 듯 눈을 반짝거리며 몸을 돌려 나가 버렸다. 순간 예상치 못한 훅이 날아 들어왔다 나간 것 같았다. 순식간에 행해진 후예예의 행동에 아주머니조차 고개를 갸우뚱하고 문을 닫았다.

"신경들 쓰지 마. 좀 독특한 노인네라 생각해야지 뭐."

셋은 다시 어린이 만화로 시선을 돌렸다. 화면 속에서 대머리 아저씨가 두 마리 곰을 쏘려다가 널빤지를 밟는 바람에 오히려 자신이 당하는 장면이 나오자 모두 일제히 키득거렸다. 가끔 대머리 아저씨와 곰 두 마리가 주고받는 중국어가 눈과 귀에 쏙 들어오기도 했다. 그럴 때면 맛있게 먹은 밥이 소화가 잘 돼 속이 편안해지는 기분이 들었다.

육체적 노동에 시달리며 아르바이트를 전전할 때를 생각하면 한가로이 만화나 보고 앉아 있는 건 사치라는 생각이 들었다. 하지만 만화를 보는 것도 중국어 공부이며 생산적인 활동이라며 위안을 하니 마음이 한결 편해졌다. 우리는 여전히 만화에 열중했다. 생각 없이 보고만 있어도 만화는 권선징악의 본때를 보여주고 해학의 즐거움을 선사했다. 적어도 만화를 보는 동안은 순수하게 웃기도 하고 잠자던 양심을 깨우게도 하는 것 같았다. 그러고 보면 나의 내면은 참 오랫동안 꽁꽁 얼어 있었다. 곰들이 돌부리에 걸려 넘어지는 광경을 보고 내가 웃고 있다니.

이날 저녁 유 박사는 전화를 급히 받고 나가더니 밤 10시가 넘어 들어왔다.

"유 박사, 술 마셨어? 아니 술도 못하는 양반이 무슨 술이야."

아주머니가 타박하는 소리가 들렸다. 그러고 나서 유 박사의 방문 닫히는 소리가 났다. 나는 어학기를 돌리며 열심히 중국어를 학습 중이었다. 잠시 후 낮지만 분명하게 방문 두드리는 소리가 약간의 간격을 두고 두 번 울렸다. 어학기 소리를 낮추고 '들어오세요.' 라고 말하며 의자에서 일어났다. 문을 열고 고개를 내민 건 유 박사였다.

"박사님, 어쩐 일로…"

그의 볼은 이미 붉게 취기가 올라 있었고 코끝도 귀엽게 발그레 해 있었다.

"박사님 말고 중희 형이라 부르라고 했잖아. 흐흐흐, 괜찮으면 맥주 한잔 어떨까?"

그의 손에는 칭다오 맥주 두 캔과 진미 오징어 제품 하나가 들려 있었다.

"그럼요, 저야 괜찮지만…"

나는 침대와 책상 사이 공간에 자리를 마련했다. 우린 맨 바닥에 앉았다. 유 박사는 침대 쪽으로 등을 기댔고 나는 벽 쪽으로 등을 붙였다. 캔 뚜껑을 열고 오징어 비닐 포장을 뜯는 동안 잔잔한 침묵이 흘렀다. 그는 눈웃음을 지으며 왼손으로 머리를 다듬고 있었다. 덥수룩 내려온 앞머리는 약간 곱슬머리였다. 그에게 무슨 일이 있는 듯 보였다.

"즐거운 토요일 밤을 위하여…"

유 박사가 먼저 말을 꺼내지 못하는 것 같아 내가 먼저 운을 떼고 건배를 청했다. 건배는 알루미늄 캔의 무음으로 끝났다. 그러고도 몇 초의 침묵이 공기 중으로 떠돌았다. 나는 한 모금 마셨지만 그는 마시지 않고 손에 들고만 있었다.

"아까 급히 나간 거 보니 무슨 중요한 일이 있으셨나 봐요."

내가 이렇게 화두를 시작하지 않으면 그는 그냥 저렇게 침묵만 지키다가 말 것만 같았다.

"윤재 학생, 내가 오늘 중대한 선택을 하고 왔어."

그의 비장한 태도에 나의 동공이 커졌다. 논문을 포기하겠다는 말인가, 아님 중국을 떠나겠다는 말, 그것도 아님 극단적인 선택을 하기 전에 신호를 보내기도 한다는데, 그런 것인가. 나의 별의별 상상이 순식간에 뇌세포를 흔들었다. 그는 말하기로 결심한 듯 맥주를 후르르 넘겼다.

"결혼까지 고려한 여자 친구가 있었는데 헤어지기로 했어. 으흐흐"

"박사님 아니 형, 여자 친구분이 계셨군요. 한 번도 말씀을 안 하셔서 몰랐네요. 근데 왜 헤어지시려구요?"

"나 같은 남자 만나면 불행해."

"무슨 말씀이세요…"

"내가 내 몸 하나 인격을 갖추고 살아가는 일도 힘든 인생인데, 내가 누구의 손을 잡아끌고 갈 수 있겠나…"

그는 자신을 비관하며 말하기보다는 초연한 자세로 객관적으로 말하고 있는 쪽에 가까웠다. 신세타령보다는 무슨 철학자나 구도자가 인생을 달관한, 한 단면을 보는 듯도 했다. 문득 나는 여자 친구라는 분이 무척 궁금해졌다. 이런 생각을 하는 게 그에게는 조금 미안한 일이었지만, 저렇게 온순하고 순진한, 세상 물정 모를 것 같은, 더욱이 규칙적인 수입원이 없는 40대 남성에게 여자 친구가 있다는 게 의아했다.

"저… 형, 여자 친구는 혹시 중국분이신지…"

"흐흐, 궁금하지? 일본 여자야."

"네? 어떻게 만나셨어요?"

나는 대뜸 물었다. 숫기 없고 미래 불투명한 이 남자를 만날 상대는 한국 여자는 아닐 거라는 짐작은 했다.

"나도 로맨스가 있었어. 허허"

그때를 떠올리듯 그는 나무늘보처럼 느리게 기억을 더듬고 느리게 말을 이어갔다.

"베이징의 봄날은 한창 좋다가 꽃가루 날리기 시작하면 눈을 못 뜰 정도거든. 봄에 함박눈이 내린다고 생각하면 될 거야."

그는 그날을 추억하듯 봄날의 배경을 설명해 주었다. 사방으로 날리는 함박눈 같은 꽃가루라, 그 장면을 상상하니 로맨스의 한 장면보다는 성가시고 불편한 거리 풍경이 떠올랐다.

"중국어 어학연수를 온 나오미라는 일본 여자였어. 난 꽃가루 알레르기 비염 때문에 마스크를 끼고 강의를 들으러 가는 길이었구. 가는 길목에 한 여자가 자전거 페달을 돌리며 곤란해 하는 것 같았어. 두리번거리더니 내 앞으로 오더라구. 그러더니 자전거를 가리키며 일본어로 얘기를 하는 거야. 갓 온 터라 중국어가 서툴러서 말을 못했던 거지. 급한 마음에 나를 잡고 일본어를 쓰는 거야. 슬쩍 보니 자전거 체인이 내려 앉아 있었어. 체인이 풀린 거지. 어려운 일이 아니니 가서 체인을 다시 껴주고 있는데 그 친구도 기침과 재채기를 연발하는 거야. 나는 속으로 이 친구도 꽃가루 비염이군, 했지. 체인을 다 맞춰주고 가방 안에 있던 마스크 여분을 꺼내서 건네줬어. 그랬더니 머리를 연신 숙이며 고맙다고 어찌나 과한 인사를 하는지. 허허"

"오라, 그때부터 썸이 생긴 거군요? 정말 영화 같은 로맨스 같은데요?"

나는 실실 웃음을 쪼개며 초등학생 놀리듯 놀렸다. 유 박사는 툴툴거리며 순진무구한 미소로 웃었다. 그 다음을 재촉하자 그는 뜸을 좀 들였다. 맥주도 두어 모금 마시고 오징어를 입에 물고 우물우물 다 먹을 때까지 침묵이었다. 그는 행복했던 시절을 추억하는 듯도 싶었고 고민하는 듯도 싶었다. 그 두 가지의 표정 변화는 아주 미묘해서 눈여겨보고 있지 않으면 그 차이를 알아채지 못할 것 같았다.

"나오미는 일본에서 전문대를 졸업하고 10여년 직장 생활을 하다가 때려치우고 중국으로 연수를 온 거야. 그때가 서른 중반이었지. 일본 생활이 지치고 힘들어서 좀 쉬고 싶어서 중국으로 왔다는군. 결혼은 하고 싶지만 일본 남자는 싫대. 그렇다고 서양인은 부담스럽고 그래서 동양인 중 중국 사람이나 한국 사람을 만나고 싶었다고 하더라고. 참 솔직하고 당당한 면이 있더라구. 몇 번의 만남 후에 나는 유학생 기숙사를 나와서 나오미와 함께 살게 됐어. 나오미는 음식 솜씨도 좋았고 부지런함이 몸에 배어 있었어. 그렇게 행복에 겨운 생활을 2년 좀 넘게 했어. 2년이란 세월 동안 서로에 대해 많이 편해졌고 나태하고 무료해질 만도 한데 나오미는 한결 같은 친절과 기본적인 예의를 잃지 않았어. 그런 그녀가 대단하다는 생각이 들 때쯤 나는 그녀의 곁을 떠나야 한다고 생각했지. 나한테는 너무 과분한 여자였으니까."

유 박사는 캔에 남은 마지막 몇 모금을 입 안으로 털어 넣고는 입맛을 다셨다. 술이 더 필요할 듯 보였다. 그가 과거에 잠겨 있는 사이, 나는 거실로 나와 부엌으로 들어갔다. 아주머니는 이미 집으로 돌아가셨고 나는 냉장고를 매의 눈으로 샅샅이 훑었다. 냉장고 문 쪽 아래 칸에 아주머니가 요리할 때 청주로 쓰던 소주가 두 어병 눈에 띄었다. 유리컵과 소주 한 병을 들고 방으로 돌아왔다. 그는 아직도 과거에서 깨어나지 못한 듯 깊은 눈동자가 방바닥을 응시하고 있었다.

"저는 형이 남다른 로맨티스트튼지 몰랐네요. 공부밖에 모르는 공부벌레인 줄 알았는데? 갑자기 막 멋있어 보이고 그러네요."

나는 너스레를 떨며 유 박사의 비위를 맞추고 싶었다. 어찌되었든 그는 지금 실연 중일 테니까.

나도 한때였지만 불타는 사랑의 욕망에 상사병에 걸려 가슴앓이를 한 적이 있었다. 혼자 열감기에 걸려 몇 날 며칠을 고생하고 겨우 고백한 그녀에게서 거절의 대답을 들을까 봐 아르바이트 중이던 편의점에서 도망을 친 적이 있었다. 난 비겁했고 철저히 겁쟁이였다. 편의점 근처 아파트 단지에 살던 그녀는 주기적으로 하겐다즈 아이스크림과 생리대를 사러 왔었다. 그 아파트 단지는 수십억 원대로 뉴스에도 오르내리는 고급 강남 아파트 단지였다. 눈이 마주치면 그녀는 피식 웃으며 목례를 해주었다. 가끔 어깨에 멘 원통형 모양의 긴 플라스틱 검은색 가방을 보고 미대생일 거라는 짐작을 했다. 그 안에는 그녀가 그린 그림들이 돌돌 말려 있겠지. 어떤 그림을 그릴까 가끔 상상하곤 했다.

한 번은 그녀와 눈이 마주쳤는데 그녀는 내가 뭔가를 말하려고 했다고 생각했는지 그냥 지나치지 않고 할 말 있으면 해보라는 눈빛을 보냈다. 나는 뭐라도 묻지 않으면 안 될 것 같아서 어깨에 메고 있는 가방 이름이 뭐냐고 물었다. 그녀는 밝게 웃으며 '화통이라고 해요.'라고 깔끔하게 대답했다. 그러고 나서 우리 둘의 대화는 어떻게 되었는지 기억할 수가 없었다. 내가 말이 가로막히자 쥐구멍이라도 찾듯 곧장 창고로 들어가 버렸던 것 같았다. 이 일이 있은 후 편의점에 온 그녀와 나는 사사로운 이야기를 주고받게 되었다. 날씨 얘기나 교통 상황, 편의점에 들어온 신제품이라든가 그때그때 흘러나오는 노래에 대한 감상이라든가 라디오에서 나오는 사연에 대한 코멘트 등 그녀가 물건을 고르면서 계산을 할 때까지 짧은 대화가 오고갔다.

그런 설레고 사사로운 즐거움을 느끼며 지냈으면 되었거늘 나는 그 가속화된 욕망을 이기기 못하고 그녀에게 데이트 신청을 해놓고는 그 다음날부터 편의점을 결근하기 시작했다. 나는 비열했다. 인정한다. 스스로 그녀에 비한다면 못났다고 생각했기 때문에 용기보다는 도주를 선택한 것이다.

사실 당시 나의 데이트 신청은 계획적이지 못했다. 그날 그녀는 근처에 영국식 브런치 카페가 새로 생겼는데 분위기도 좋고 맛도 좋다는 이야기를 했다. 나는 그녀가 좋아하는 모습을 보며 나도 모르게 돌아오는 금요일에 그곳에서 같이 브런치를 먹자고 말했던 것, 갑작스런 데이트 신청이었다.

그녀는 방긋 웃었지만 좋다는 대답은 하지 않았고 대신 자신의 핸드폰 번호를 알려주었다. 나는 굉장히 창피했고, 부끄러움의 강도는 점점 더해져 집에 갈 때쯤은 스스로에 대한 수치심 때문에 자책하기 시작했다. 내가 왜 그런 말을 했을까. 그녀의 핸드폰 번호가 적힌 메모장은 떨림보다는 두려움이었다. 그날 밤 몸살을 심하게 앓고 그 다음날 편의점을 결근할 수밖에 없었다. 지점장은 고래고래 난리를 쳤고 나는 독감에 걸려 못 간다고 차일피일 미루다가 보름치 아르바이트 비도 받지 못하고 그만둬야 했다.

석 달쯤 지났을까. 그녀를 우연히 3호선 경복궁 지하철역에서 보게 됐다. 그녀도 나를 본 듯 했다. 같은 방향 열차였고 그녀와의 거리는 불과 지하철 출입문 두 개의 간격이었다. 마음만 먹으면 걸어가서 인사를 할 수 있는 거리였다. 나는 물끄러미 그녀를 바라봤고 그녀도 내 눈을 피하지 않았다. 나는 심장이 떨려서 그 자리에 얼어붙었다. 내 심장의 고동소리는 열차가 쿵쾅쿵쾅 들어오는 소리보다 내 귀에 더 크게 들렸다. 그녀의 눈동자는 흔들림 없이 나를 바라보고 있었고 눈빛은 내가 감히 짐작할 수 없을 만큼 깊었다.

열차의 문이 열리자 그녀는 가느다란 다리를 뻗어 열차 안으로 걸음을 옮겼다. 내 발바닥은 여전히 미동도 할 수 없을 정도로 얼어붙어 있었다. 문은 냉정하게 닫혔고 열차는 서서히 출발했다. 그녀는 출입문 쪽에 기대어 서 있었다. 그녀의 시선은 창밖이 아닌 그녀의 발등이었다. 내 존재가 순간 그녀의 발등으로 떨어져 버린 것 같았다. 열차는 가차 없이 내 눈동자를 쓸고 지나갔다. 안전선을 밟고 있는 나의 두 발은 좀처럼 움직이지 않았다. 그게 마지막이었고 나는 그냥 겁쟁이가 되어 버렸다.

"그럼 그분은요? 형이 떠난다고 할 때 그냥 있던가요?"

나는 냉장고에서 꺼내 온 요리용 소주를 유리잔에 반쯤 따라 유 박사에게 건넸다. 유 박사는 소주가 어디서 났을까 궁금한 눈빛으로 나를 바라봤지만 묻지는 않았다.

"기다린다고 하더라구. 허허. 역시 난 한 수 아래였어. 흐흐."

"와, 그분이 형을 무지 좋아하나 봐요. 대단하세요. 그래서 지금까지 기다렸던 거예요?"

나는 말하는 도중 소주를 한 모금 넘겼다. 소주 맛이 영 아니었다. 밍밍한 맛에 화학 약품 냄새가 훅 풍겨 나와 나도 모르게 미간을 찌푸렸다. 음식에 사용하다가 뚜껑만 닫아놓은 요리용 소주라는 걸 감안하더라도 이 소주 맛은 분위기를 망치는 맛이었다. 나는 유 박사가 들고 있는 잔을 다시 수거하려고 했다. 내가 고개를 절레절레 흔들며 입을 쫑긋거리자 그는 눈치껏 알겠다는 표정으로 순순히 잔을 돌려줬다. 진지한 로맨스 한 장면에 몹쓸 술 광고가 들어가 한껏 달아오른 분위기를 깬 것 같아 미안했다. 그럼에도 유 박사는 진지하게 말을 이었다.

"그러고 나서 그 친구는 다시 일본으로 취업하러 가고 나는 뭐, 허허 여기서 이러고 지냈지. 난 누굴 만나 부양하고 함께 살아갈 소질이 없는 거 같아. 크크."

'형 좀 덜 떨어진 거 아니에요?'라는 말은 마음속으로만 외치기로 했다. 이 말은 사실 내가 들어야 할 말이니까. 하지만 난 지레 포기할 생각은 없다. 내가 희망하고 계획하는 미래가 있고 관계들 속에서 살아남을 자신도 아직은 잃지 않았다.

"오늘 만나신 건…?"

"으응, 그 친구가 마지막으로 직접 만나서 내 생각을 듣고 싶다고 하더군. 크큼."

"바뀐 건 없고요?"

나는 '머저리시군요.'라는 말도 마음속으로 했다.

"행복하라고 했어."

나는 밋밋한 소주를 마셔버렸다. 그렇게 맛없는 소주는 내 입으로, 목으로, 위장으로 들어가 위액을 만나 속을 더 쓰리게 했다.

아침 9시부터 3시까지 학원에서 중국어를 배운 지도 4개월이 지났다. 계절도 어느새 겨울이 되었다. 난방이 될 때까지 덜덜 떨며 지내야 했다. 한국은 벌써 두 차례나 눈이 내렸다는데 베이징은 소문대로 눈 소식을 접하기 힘들었다. 건조한 지역이라 물방울들이 생기지 않기 때문이리라. 한국에 돌아갈 날이 석 달도 남지 않았다. 조급해진다. 말하기 실력은 좀처럼 늘지 않고 HSK 시험날짜는 다가오고 있었다.

중국에 오면 중국 사람들과 이야기도 많이 하고 언어 환경이 좋으니까 자연스럽게 중국어가 늘 거라 생각했는데 기대와 상상은 현실 속에서 늘 반대로 나타났다. 중국어 학원에 다니다 보니 모두 다른 나라에서 중국어를 공부하러 온 외국인들뿐이었다. 중국 땅에서 중국 친구 한 명 사귀기가 어렵다는 게 아이러니했다. 남은 기간은 시험공부에 더 집중해야 할 것 같았다. 시험 성적이라도 좋아야 후회가 없을 테니까.

학원 수업이 끝나고 바로 홈스테이 집으로 왔다. 이젠 날도 추워져서 자전거 타고 구경 다니는 것도 힘들어졌다. 집에 와서 시험 준비에 매진하는 게 남는 거였다. 거실 소파에 헌이가 앉아 있었다. 헌이는 조금 우울한 표정이었다. 텔레비전은 켜 있었지만 보는 것 같지 않았고 학교에서 온 그대로 옷도 갈아입지 않고 책가방도 소파 위에 그대로 놓여 있었다.

"일찍 왔네?"

의아해하며 말을 걸었다.

"형은 지금 오는 거예요?"

헌이는 멍한 상태에서 금방 깨어난 듯 두 손으로 얼굴을 비볐다.

"이제 반나절 수업만 해요. 고등학교 입학시험이 끝나서 학교 선생님들도 거의 수업도 안 해요. 다음 주부터는 등교하지 않아도 된대요."

"좋겠구나. 인마, 여자 친구 없어? 너 좋다고 따라다니는 중국 여학생들."

난 방으로 들어가지 않고 헌이 옆에 앉았다.

"전 관심 없어요."

"시시한 녀석."

우리는 동시에 피식 웃었다.

"방학이면 한국에는 안 들어가니?"

"아버지가 들어오라 하면요."

라고 말하는 헌이를 좀 더 자세히 살펴보니 눈과 오른쪽 볼이 붉게 부어올라 있었다. 나는 좀 더 세심하게 헌이를 살폈다. 헌이는 얼굴을 살짝 돌렸지만 그냥 지나갈 일은 아닌 것 같았다. 헌이의 손등은 동상에 살이 터진 듯 굳어져 붉게 멍이 들어 있었다. 내가 손등에 손을 대려하자 헌이는 얼른 팔짱을 꼈다. 무슨 이유인지 물어야 할 것 같은데 선뜻 입이 열리지 않았다.

현관문이 열리자 아주머니는 손에 잔뜩 물건을 들고 들어왔다. 현관문 사이로 찬바람이 휑하게 거실 깊숙이 들어왔다. 나는 얼른 아주머니 손에 들린 장바구니를 받아 들었다.

"아이구, 추워라. 다들 집에 있었구나."

헌이는 여전히 텔레비전을 보는 척 앉아 있었다. 아주머니는 무슨 낌새를 느꼈는지 헌이를 무심코 지나치지 않았다. 헌이의 충혈된 눈이며 부루퉁한 손등을 꼼꼼히 살피면서 헌이의 손목을 끌고 식탁 의자에 앉혔다. 싸움이나 하고 온 건 아닌지 누구한테 두들겨 맞고 온 건 아닌지, 아주머니는 헌이를 다그쳤다. 헌이는 온몸의 기운이 빠진 듯 어깨가 축 늘어졌고 시무룩한 울상을 짓고 있었다. 마침 유 박사가 들어왔고 이 상황을 보고 그의 작은 눈이 휘둥그레졌다. 헌이의 붉게 물든 눈이 촉촉해졌다. 눈꺼풀만 내려오면 닭똥 같은 눈물이 주르륵 흐를 것만 같았다.

"무슨 일 있었니?"

아주머니가 묻자 헌이는 고개를 숙이고 두 손으로 머리를 감쌌다. 뭔가 일이 벌어진 것만 같아 내 심장도 두근거리기 시작했다.

"어디 아픈 건 아니고?"

유 박사는 오리털 파카를 벗으며 조심스럽게 물었다. 아무 대답이 없자 둘은 조용히 헌이가 대답할 때까지 기다리는 쪽을 택했다. 무거운 침묵이 진공 상태로 멈춰졌다. 헌이는 무언가 말하려고 한 것 같았지만 입을 더욱 굳게 다물었다.

"얼굴이 말이 아니네."

아주머니는 정의감이 넘치는 분이었다. 홈스테이에 조기

유학 온 학생이 있으면 행여나 그릇된 길로 빠질까 따뜻한 관심으로 자식처럼 대해주고 불이익을 당한 억울한 학생이 있으면 앞장서 해결해 주었다. 또 학생들의 식성과 취향에 맞춰 반찬을 만들어 주고 가끔 돈이 쪼들리는 학생에게는 좋은 성적을 받아오는 조건으로 홈스테이 비용을 할인해 주기도 했다.

대학 때 운동권이었다는 아주머니는 결혼 후 전업주부로 지내다가 10여 년 전 남편이 암으로 세상을 떠나고 나서 아들과 단 둘이 베이징으로 와서 홈스테이를 시작했다. 그녀의 아들도 중국에서 대학을 졸업하고 지금은 군복무를 하고 있었다. 타국에서 살다 보면 불이익이 있어도 감수해야 하고 억울해도 호소할 곳이 없다는 걸 아주머니는 누구보다도 잘 알고 있었다.

"저녁이나 맛있게 먹고 힘내자구."

"고모, 밥은 못 먹겠어요. 그냥 쉴게요."

헌이는 터벅터벅 힘없이 방으로 걸어갔다.

"그래 아들, 아무 생각하지 말고 푹 자라고. 자고 나면 한결 좋아질 거야."

어떤 말의 위로도 소용도 없을 거라 생각했는지 유 박사는 침묵을 유지했다.

아주머니는 연신 혀를 차며 다른 말은 아끼는 듯 보였다.

"오늘 저녁 먹고 치맥 어때?"

유 박사가 분위기를 바꾸려는 듯 목소리를 높였다.

"치맥 좋죠, 형. 저도 오늘 술 한잔 하고 싶었어요."

"왜? 윤재 학생도 무슨 일 있었어?"

자라 보고 놀란 가슴 솥뚜껑 보고 놀란다고 아주머니는 또 무슨 일이 생겼나 싶어 황급히 물었다.

"아뇨, 별일은 아니에요. 오늘 버스에서 지갑을 잃어버렸어요. 날씨가 너무 추워서 자전거는 놔두고 버스를 타고 갔는데 내리고 보니 가방이 찢겨 있더라고요. 다행히 지갑에 돈은 많이 없었는데 HSK 접수증이 들어 있어서 좀 곤란해졌네요."

"아이구, 이건 또 뭔 일이야. 연말에는 좀도둑 특히 조심해야 돼."

아주머니의 얼굴이 찡그려졌다.

"접수증은 괜찮을 거야. 재발급이 가능할 테니까 걱정말

라구."

유 박사는 잘 안다는 듯 안심시켜 주었다. 산다는 게 실수투성이 같았다. 쉴 새 없이 터지는 작은 구멍을 막고 사는 게 삶이 아닐까. 내가 겨우 할 수 있는 일이란 건 작은 돌부리에라도 넘어지면 까진 무릎을 쓰윽쓰윽 문지르고 일어나서 다시 걸어가는 것뿐이라는 생각이 들었다. 표지판이 없을 수도 있고 길을 잘못 들어섰을 수도 있을 것이다. 그저 내가 할 수 있는 일이라곤 코앞에 놓인 작은 목표를 잃지 말아야 한다는 것뿐이었다.

나와 유 박사는 술자리에 헌이도 부르기로 했다. 저녁도 못 먹었으니 분명 출출할 테고 오늘 일 때문에 상한 마음을 달래 주고도 싶었기 때문이다. 내가 헌이의 방문을 노크했다. 아직 자고 있는지 조용했다. 나는 들어가 깨울 셈으로 손잡이를 돌렸는데 돌려지지 않았다. 문이 잠겨 있었다. 시계를 보니 밤 10시가 다 되어가니 헌이가 방으로 들어간 지도 6시간이 넘었다. 화장실 한 번 가는 소리를 못 들었으니 잠이 깊이 든 모양이었다.

"헌이가 잠에 깊이 빠진 모양인데 그냥 저희만 갈까요?"

거실 소파에 앉아 기다리는 유 박사를 향해 물었다. 유 박사는 '너무 오래 자는데?' 혼잣말을 하며 일어나 헌이의 방문 앞으로 와서 손잡이를 돌렸다. 잠겨 있었으니 열리지 않았다. 유 박사는 대뜸 주먹을 들어 문을 쿵쾅쿵쾅 두드렸다. 나는 유 박사의 민첩한 행동에 다소 놀라서 뒷걸음질 치며 물러섰다. 그의 주먹은 점점 거칠어졌다.

"윤재 학생, 방문 열쇠 찾아봐!"

"네에?"

"거실 하얀색 탁자 오른쪽 서랍에 열쇠통이 있을 거야. 가져와 줘."

유 박사는 왼손으로는 손잡이를 부러뜨릴 듯 휘어잡으며 오른손으로는 문 두드리는 걸 멈추지 않았다. 이렇게 시끄럽게 굴면 깰 만도 한데 방안은 여전히 조용했다. 나는 부리나케 열쇠 꾸러미를 가져왔다. 유 박사는 침착하게 열쇠 하나하나를 확인하면서 헌이 방문 열쇠를 찾아 열었다. 헌이는 침대 위에 엎어져 있었다. 방바닥에는 널브러진 옷가지, 책상 위에는 흰 종이들이 흩어져 있었다.

유 박사의 작은 눈은 의미심장하게 곳곳을 추적하고 있었다. 그는 이불을 들추더니 흰색 약통을 찾아냈다. 비워져 있는 약통을 확인하자 유 박사는 헌이를 무섭게 흔들기 시작했다. 나는 바보처럼 어리둥절해 하며 서 있었다. 헌이는 깊은 잠에 든 듯 일어날 기미가 보이지 않았고 몸은 무겁게 늘어져 있었다. 그 순간 뭔가 돌멩이에 세게 얻어맞은 듯 머리는 멍해졌지만 심장은 세차게 뛰기 시작했다. 나는 유 박사를 도와 헌이를 흔들며 일으켰다. 내 몸은 굉장히 민첩해졌고 힘은 놀랍도록 솟아났다. 나의 두 팔을 헌이의 양 겨드랑이에 끼고 헌이를 일으켰다. 하지만 헌이의 두 다리와 어깨는 흐느적거리며 거대한 중력의 힘에 의해 땅바닥으로 미끄러져 내려앉았다.

"아무래도 안 되겠어. 구급차를 부르자."

유 박사는 다급히 전화를 걸었다. 구급차를 기다리는 동안 우린 아무 말도 나눌 수 없었다. 나의 시선은 책상 위로 향했다. 흩어진 종이들 위로 글자들이 보였다. 그 글자들은 절규하는 것처럼, 구원을 원하는 것처럼 꾹꾹 눌려 낱낱이 날아오르고 있었다. 나는 그 종이들을 한 장 한 장 집어 들었다. 대여섯 장이나 되었다. 거대한 책임감이 내 손을 짓눌렀다. 잘 챙겨서 반으로 접고 또 반으로 접은 후 주머니에 넣었다.

구급차도 빨리 도착했고 병원도 가까운 곳에 있었다. 헌이는 필요 이상의 수면제를 복용했고 위세척을 했지만 결과는 어떻게 될지 모른다고 병원 측은 설명했다. 목숨에는 다행히 지장은 없지만 깨어나 봐야 안다는 것이었다. 아주머니한테 연락을 드리자 한 걸음에 달려왔다. 누워있는 헌이를 보며 손을 꼬옥 잡고는 안쓰러워하며 혀를 찼다.

"헌이 부모님께 연락을 드려야 하지 않을까요?"

나는 아주머니와 유 박사가 있는 자리에서 물었다.

"연락 드려야지."

아주머니는 꼬집어서 말하듯 입을 앙다물었다.

"아주머니, 깨어나면 연락드릴 테니 들어가세요."

"그런 소리 말게. 유 박사 걱정 말고 유 박사랑 윤재 학생은 들어가 쉬어."

나도 유 박사도 집에 들어갈 생각은 조금도 없었다. 헌이는 아주머니께 잠시 맡기고 우리는 병원 밖으로 나왔다. 찬바람이 불어왔다. 대부분의 상점은 이미 문을 닫았다. 우리는 어둡고 조용한, 딱딱하게 얼어붙은 밤길을 걸었다. 약속이나 한 듯 우리는 불빛이 켜진 곳을 향해 걸었다. 할 말도 없었지만 강하게 불어 닥치는 바람을 맞서며 걷느라 입을 열기도 어려웠다.

이자카야처럼 홍등이 걸린 식당 하나가 눈에 들어왔다.

일식집이었고 연말이라 그런지 늦게까지 술을 팔고 있었다. '이랏샤이마세' 입구에 들어서자 누군가 일본어로 명쾌하게 인사를 건넸다. 내부는 넓은 다다미방으로 되어 있었다. 우리는 신을 벗고 올라섰다. 얼었던 발에 폭신하게 눌리는 다다미가 포근하게 느껴졌다. 주인장이 아무래도 일본 사람이든가 아님 일본으로 유학을 다녀온 중국 사람인 게 분명했다. 내부 장식을 둘러보니 흉내냈다고 하기에는 일본식 벽지와 광고판, 일본 특유의 소품들이 곳곳에 눈에 띄는 게 현지 일본 식당 같았다.

우리는 구석 자리로 가서 앉았다. 다다미방이었지만 식탁 아래로 다리를 내릴 수 있도록 골이 패어 있었다. 양반다리가 어려운 중국 사람들을 위한 것인 것 같았다. 우리는 자리에 앉아 얼마간 숨소리만 주고받고 있었다.

"형, 사는 게 뭐죠?"

나는 술을 몇 잔이나 이미 마신 사람처럼 대뜸 물었다. 정말 사는 게 뭔지 모르겠다는 생각이 들었기 때문이다.

"여긴 어디니?"

"네?"

"중국? 베이징? 일식집?"

"너는 누구니?"

"한국 사람? 남자? 대학생?"

"그런 거야. 뭐라고 말할 수 있지만 정의할 수 없고 장소의 존재이든, 인간의 존재이든 복합적이지."

"무슨 말인지 하나도 모르겠어요."

"모르는 걸 안다는 건 아는 거지."

"어렵네요."

나는 머리를 긁적이는 것으로 이 이야기는 마무리짓기로 했다. 유 박사는 사케를 시켰다. 사케는 비쌌다. 따뜻한 사케를 다 마시고 나서 더 마시고 싶었지만 돈 때문에 맥주를 시켜야 했다. 유 박사는 돈이 싫다고, 술주정을 부렸다. 왜 인간은 돈이 없으면 살 수 없는지 괴롭다고 했다. 오래된 일본 엔카가 구슬프게 흐르고 있었다. 형의 눈에도 엔카가 흘러내렸다.

나는 주머니에 손을 넣어 책상에서 주워 온 헌이가 쓴 백지를 만지작거렸다. 손끝으로 헌이의 목소리가 만져지는 것 같았다. 접혀진 백지를 꺼내 펼쳤다. 엔카가 흐르던 유 박사의 눈이 동그래졌다.

“형, 헌이 방 책상에 있었던 종이들, 제가 주워 왔어요.”

백지 위에는 여러 개의 문장들이 사선으로 쓰여 있었다. 문장들은 마치 절벽 끝에 매달린 듯 아슬아슬해 보였다. 탁자 위해 종이를 펼치고 우리는 퍼즐을 풀듯 몇 장의 백지를 맞춰 가며 문장들을 읽어 내려갔다.

‘날씨가 부쩍 추워졌음을 느꼈다. 잠바 깃을 세우고 팔짱을 꼈다. 어떤 죄의식, 공포심, 허탈함, 두려움과 같은 감정들이 저 멀리 어디선가 뒤엉켜 몰려드는 것 같았다. 나는 양손으로 가슴을 더 감싸 안았다. 눈물은 닦을 겨를도 없이 흘러내렸다. 내 인생에서 처음으로 외롭다는 생각이 들었다. 부모님이 이혼하셨을 때도 이유가 있겠지, 아버지가 재혼하셨을 때도 혼자 사시기 힘드셨겠지, 새엄마가 아이를 낳았을 때도 동생이 생겨 기쁜 일이라 이해하려 했고 중국으로 보내졌을 때도 내 미래를 위해서야, 라며 스스로를 위로했다. 나는 꾹꾹 참아왔다.

중국으로 보내지기 전, 엄마를 잃었다. 처음에 엄마는 나에게서 멀리 떠났고 두 번째는 영영 떠났다. 이번에는 내 차례이다. 아빠에게서 멀리 떠났고 이제 영영 떠날 일만 남았다. 내 이름이나 간신히 한자로 쓸 수 있었던 나, 중국어로 매일 수업을 들어야 했다. 영어 시간을 제외하면 벽과 소음으로 가득 찬 공간에 앉아 있을 뿐이었다. 중간에 전학

온 나를 한국 친구들은 모른 척했다. 내가 모르는 척했는지도 모르겠다. 공부도 싫었고 애들도 싫었다. 그랬기 때문에 그 애들이 그랬는지도. 나는 더 이상 참고만 있을 수 없었다. 걔네들이 왜 그러는지 알고 싶지도 않다. 모든 게 모르는 거 투성이였고 내 미래도 모르겠다. 내게는 이제 아무것도 없다. 나는 모든 것이 원망스럽고 모든 것이 두렵다. 당장이라도 어디로든 사라져 버리고 싶다.'

삼일이 지나자 헌이는 정신이 좀 돌아온 것 같았다. 아주머니의 전화를 받고 병원으로 갔다. 헌이의 눈은 게슴츠레 슬퍼 보이기도 했다. 무슨 생각에 잠긴 듯 눈동자는 고정되어 있었다. 호흡기를 꽂고 숨만 겨우 쉬고 있었다. 헌이의 부모님은 끝내 오시지 않았다. 돈을 넉넉히 아주머니께 보낸 모양이다. 헌이는 퇴원하여 일주일 정도 통원 치료를 했다. 얼마 지나지 않아 헌이는 눈에 띄게 좋아졌다. 과거는 모두 오려내어 살려는 듯 헌이는 어제 일도 기억하지 않았다. 헌이의 내부에서 무슨 일이 있었던 걸까.

4

쾅쾅! 쾅쾅!

벨이 버젓이 있는데도 누르지 않고 아침부터 누군지 무례하게 문을 두드렸다. 그 두드림은 다급한 듯도 하고 화풀이를 하는 듯도 했다. 아주머니는 두 손을 허리에 올리고는 문을 두드린 사람이 누구든 벨이 어디에 있는지 정확히 알려주고 훈계할 작정을 하며 열림 버튼을 눌렀다. 잠금장치는 띠리릭 소리를 내며 매끄럽게 열렸고 아주머니는 힘차게 손잡이를 밀었다. 앞에 서 있는 사람은 제복을 입고 있는 사람이었다. 오른쪽 팔뚝에는 '공안'이라고 써져 있었다. 아주머니의 눈동자는 점점 커져 갔고 한 소리하려던 기세는 제복차림의 위력에 밀려 금세 사그라들었다. 공안이 먼저 입을 열었다.

"남호 파출소에서 왔습니다. 이곳에서 불법으로 숙박업소를 운영한다고 신고가 들어와 나왔습니다. 집주인입니까?"

목소리는 낮고 엄숙했다. 아주머니는 공안이 무슨 말을 하는지는 대략 눈치껏 알아챘다. 아주머니의 얼굴은 점점 하얗게 질려 가고 있었다. 사실 민박처럼 홈스테이를 운영하면서 사업자 등록은 내지 않았다. 늘 손님이 있는 것도 아닌 한때 장사라 수입도 규칙적이지 않기 때문이기도 하고 정식 숙박업체로 등록을 하려면 일정한 장소가 필요했다.

유 박사는 굵은 남성의 목소리를 듣고 현관문으로 나왔다. 공안은 유 박사를 의심스런 눈초리로 훑어봤다. 유 박사는 목례를 살짝 하고는 무슨 일이냐고 다시 물었다. 공안은 대답 대신 신분증을 요구했다. 나도 생소한 목소리에 놀라 거실로 나왔지만 제복을 입은 공안을 보자 선배의 말이 다시금 떠올랐다. 당당하기 보다는 비굴하게 구는 편이 낫다는, 기억이 번뜩 스치자 동참하기 보다는 피하는 편이 도와주는 일이 될 것 같아 슬그머니 방으로 몸을 피했다.

쾅쾅거리는 문소리가 복도를 어찌나 우렁차게도 울렸던지 벌써 옆집 사람들 몇몇이 문을 빼꼼히 열고 호기심 가득한 눈빛으로 구경하고 있었다. 모두 공안이 온 게 궁금했던 것이다. 그 무리 중 후예예도 있었다. 아주머니는 후예예와 눈동자가 마주치는 순간 분노의 눈빛으로 뜨거워지기 시작했다. 그녀는 저 노인네가 결국 사고를 쳐서 자신의 홈스테이 집을 신고했을 거라고 확신했다. 후예예의 튀어나온 큰 눈은 어떻게 될까 결과를 기다리는 듯 예리하게 빛나고 있었다.

아주머니는 어설픈 중국어로 몇 마디 말을 하자 공안은 금세 외국인임을 눈치채고 한국인이냐 묻더니 여권과 거류증을 가져오라고 했다. 아주머니는 태연하려고 노력했지만 내가 범인 맞소, 라고 자백이라도 하듯 목소리가 떨리고 있었다. 유 박사는 침착하게 상황을 지켜보면서 우선 여권과 거류증이라도 들이밀어야 할 것 같아서 가져와 건넸다. 공안은 여권과 거류증을 거만하게 건네받으며 유 박사의 얼굴을 꼼꼼하게 훑어 내렸다. 위압적 시선에 유 박사도 주춤거렸다.

그때 후예예가 홈스테이 집 현관문으로 다가왔다. 유 박사도 그랬지만 아주머니는 이제 벌금이나 물고 이사해야 할 예감에 심장이 뜨거워졌다.

'못된 영감탱이 같으니 기어코 이런 식으로 골탕을 먹이는구나.'

아주머니는 원망스럽게 중얼거렸지만 이미 체념을 준비하고 있었다.

"안녕하쇼? 난 앞집 사는 노인이오."

후예예는 공안의 시선을 자신에게로 돌렸다.

"이 아주머니는 한국 사람인데 내가 잘 안다오. 아들이 한 명 있는데 한국에서 아들 친구들이 많이 오는 것 같소만 영업 같은 건 하고 있진 않다오."

"분명합니까?"

공안의 목소리는 짧고 엄숙했다.

"내가 이 집에 10년 넘게 살았소. 분명하오."

공안은 별다른 의심 없이 후예예 말을 곧이곧대로 믿는 듯 보였다.

"신고가 들어오면 저도 방문을 안 할 수 없습니다. 앞으로 조심하십시오."

공안은 순식간에 사라졌다. 아주머니는 문에 기대어 애써 아무렇지 않은 듯 멍하니 서 있었다. 복도로 구경 나왔던 구경꾼들도 어느새 각자의 집으로 소리 없이 사라졌다.

후예예도 아내의 손에 끌려 집으로 들어갔다. 아주머니는 잠시 생각을 정리하듯 혼란스러운 표정과 무표정이 오갔다. 유 박사와 나도 거실에 모여 잠깐의 소동을 되씹어 보았다. 누군가 신고를 했다면 후예예 밖에는 떠오르는 사람이 없는데 정작 그들을 도와준 사람은 후예예였다. 어쩌면 후예예의 불친절한 태도 때문에 그를 오해했을 수도 있다는 생각에 미치자 아주머니는 뭔가 깜박한 사람처럼 얼른 냉장고에서 갖가지 과일을 꺼내더니 아침에 빵집에서 사 온 파운드케이크까지 쇼핑백에 담아 밖으로 나갔다.

그녀는 후예예네 집 앞으로 가서 벨을 누르고 택배기사 아저씨처럼 기다렸다. 유 박사도 아주머니의 의사소통을 도울 겸 뒤따라 나섰다. 후예예의 부인이 문을 열었다. 아주머니는 아까 고마웠다며 서투른 중국어로 인사를 하고 쇼핑백을 건넸다. 그의 아내는 수줍게 웃으며, 남편이 굉장히 고집불통이지만 나쁜 사람은 아니라며, 이웃에 한국 사람이 이사 오니까 호기심이 생겼는데 사람 사귀는 방법을 몰라 그렇다면서 무례한 행동들을 좀 이해해 달라는 것이었다.

아주머니는 그런 것도 모르고 인사도 제대로 하지 못하고 지냈다며 미안해했다. 그때 후예예가 나왔고 뭘 이런 걸 주느냐며 손사래를 치지만 내심 반가운 기색을 보였다. 후예예 부인은 집에서 차 한잔 마시고 가라고 자꾸 권했지만 아주머니는 멋쩍은 표정으로 다음에 하자고 정중히 사양하고 집으로 돌아왔다.

나는 HSK5급을 통과했다. 이 합격증을 들고 한국에 간다고 내 삶이 달라질 건 없을 것 같았다. 한국에 가면 여기서 쓴 돈을 생각해 아르바이트를 두 탕은 더 해야 할지 모른다. 그러면 취업은 또 늦어지겠지. 겨울 방학이 되었고 헌이는 혼자서 동남아 여행을 간다고 했다. 유 박사는 북쪽 하얼빈에 간다며 나와 같이 가 보겠냐고 제안했다. 하.얼.빈 생각지도 못한 곳이다. 내 머릿속에는 하얼빈 하면 안중근 의사가 이토 히로부미를 저격한 역사적인 공간으로 기억하는 것 외에는 아는 바가 없다.

학교, 집, 도서관, 아르바이트의 생활로 다시 돌아가야 한다. 그 속에서만 내 삶이 있었으니깐. 오랫동안 길들여진 내 몸이 기억하고 있다. 하얼빈, 인터넷으로 검색을 해본다. 여행을 다녀온 블로거들의 소개 내용과 뉴스, 포스팅 사진들이 가득하다. 하얼빈 빙등제, 하얼빈 맥주, 안중근 의사 기념관 등 같은 주제로 사람들이 자랑하듯 써 놓은 다양한 경험들이 내 마음을 흔들고 있었다.

수첩을 열어 남아 있는 비용을 따져 봤다. 한국으로 돌아가면 당장 한 달 동안 쓸 용돈을 남겨 둔 터였다. 계획대로 한국을 돌아갈 것인가, 중희 형과 여행을 떠날 것인가. 우물 밖의 삶은 없었던 나에게 고민거리가 생기니 머리가 지끈거린다. 잠시 눈을 붙여야 할 것 같았다. 몸은 공중부양된 듯 나른해지고 팔이 저리다. 아주머니의 목소리가 아득하게 들려온다. '윤재 학생, 아침 먹어야지…'

『창조문학』 2020년 여름, 원제 〈민박집 사람들〉

작가의 말

가장자리는 늘 변화하고 고독하고 위태롭습니다.

그곳을 서성이는 사람들은 보이지 않거나 누구의 관심에도 없습니다.

외롭고 위태로운 사람들끼리 안부를 묻습니다.

당신은 어떻게 지내시나요?

남들과 똑같이 살려니 힘들고 외롭습니다, 라고 대답합니다.

당신도 그렇군요. 그 말을 들으니 위로가 됩니다.

조심하세요. 우리가 서 있는 곳은 언제든 사라지거나 떨어질 수 있으니까요.

오랫동안 묵은 이야기를 꺼내 봅니다.

그들의 이야기 같지만 내 이야기가 될 수도 있습니다.

외계 행성처럼 스스로 빛을 낼 수 없지만 존재합니다.

경계에 있기 때문에 언제든 변하고 사라질 수 있어서 자신을 감추려는 사람들의 이야기입니다.

중국에서 살아가고 있는 평범한 사람들의 따뜻한 이야기입니다.

| 지은이 소개 |

신사명

1976년 서울 출생으로 명지대 문예창작학과 및 동국대 국문학과 석사 졸업 후 2002년 중국으로 건너와 중앙민족대학에서 2006년 〈한중대중문화비교연구〉로 박사학위를 받았다.

2004년부터 베이징어언대, 동국대, 중앙민족대에서 강의를 했으며 현재 대외경제무역대학 한국어학과 외국인 교수로 한국어를 가르치고 있다. 2006년 〈펜문학〉 소설 신인상으로 등단, 소설집 《샹그릴라로의 시간여행》, 《체스 앤 키친》(전자책) 등이 있고, 역사기행 《아이들과 발견한 중국》, 한국어 교재 《고급한국어》(상하), 《한국어회화사전》, 《외국인을 위한 한국역사의 이해》 등이 있으며 중국어 교재 《속달 중급 중국어》(인터북스, 2020)를 출간하였다.

홈스테이 인 베이징

2022. 10. 20. 1판 1쇄 인쇄
2022. 10 . 28. 1판 1쇄 발행

지은이 신사명
발행인 김미화 **발행처** 인터북스
주소 경기도 고양시 덕양구 통일로 140 삼송테크노밸리 A동 B224
전화 02.356.9903 **팩스** 02.6959.8234 **이메일** interbooks@naver.com
홈페이지 hakgobang.co.kr **출판등록** 제2008-000040호
ISBN 978-89-94138-88-6 03810 **정가** 15,000원

■ 파본은 교환해 드립니다.